ハヤカワ文庫JA
〈JA1489〉

日本ＳＦの臨界点　中井紀夫
山の上の交響楽

伴名 練編

早川書房
8676

目次

日本ＳＦの臨界点　中井紀夫

山の上の交響楽

山の上の交響楽

三カ月先に難所が迫っていた。

難所中の難所だと、楽団員たちは囁きあっている。

神業に等しい超絶技巧を要求されるので、バイオリニストは発狂してしまう。ピアニストは指が蝶々結びになってしまう。管楽器奏者は狼男になってしまう。その他その他、その種の話には事欠かない。

八百人楽章。

難所はそう呼ばれていた。

1

楽団事務局の音村哲夫《おとむらてつお》は、多少忙しくなることは覚悟していたものの、心配はしていなかった。これまでにも難所といわれる楽章はいくつも乗りきってきていたからである。

午後のオーケストラのチェロ奏者・倉峰和彦《くらみねかずひこ》が写譜の遅れを指摘したときも、ほとんど気に止めなかった。倉峰が世間話のついでにひょいと重要なことを言う癖のあることを知ってはいたけれども。

いつものとおり倉峰は、痩せた体を不安定に傾けて、ひょろりと事務所に入ってきた。強い横風に吹かれながら歩いているような体の傾け方だった。

「どう？」倉峰は言った。

音村は書類から顔を上げて微笑した。

どこか飄乎《ひょうこ》とした滑稽味を感じさせるこの初老のチェリストに、音村はなんとはない親しみを持っていた。

倉峰は、チェロの魂柱《こんちゅう》の位置が決まらなくて往生しているなどと雑談をし、それから不意に、写譜が遅れ気味になっている、と言った。

「パート譜がみんなの手に渡るのがね、いままでずっと、だいたい本番の二十日前ぐらいだったんだけどね。ここのところだんだん遅くなってね、いつのまにか十五日前ぐらいになってるんだよ。八百人楽章も近づいてることだしね、ちょっと心配でね」

「八百人に手を取られているのかな。ちょっと訊いてみよう」

音村は事務机の隅っこの電話に手を伸ばし、机の真中に移動させてから、写譜室を呼び出した。

「はい、写譜室」シャフ寺《てら》の明るい素頓狂な声が受話器から響いた。

シャフ寺というのは、写譜の寺和田《てらわだ》のことである。同姓の楽団員がいるため、そう呼ばれていた。

音村は写譜の遅れの件を尋ねた。

「だいじょぶ。すぐ取り戻せる」シャフ寺は請け合った。

「だいじょぶと言ってる」受話器を置いて、音村は倉峰に言った。

「だいじょぶね」倉峰は首を傾げた。

シャフ寺は安請け合いをするやつだった。

山頂《さんちょう》交響楽。

と、それは呼ばれていた。山の上の奏楽堂で演奏されていたからである。

奏楽堂では、早朝、午前、午後、夕、宵、夜、深夜、未明と、一日を八つの時間帯に分けて、四管編成の八つのオーケストラがかわるがわるステージに上がり、二〇〇年ほど前に第一楽章が始まって以来、楽章の切れ目をのぞいて、音が跡切れたことは一度もない。三カ月後に演奏される八百人楽章では、その八つのオーケストラが、同時にステージに上がることになるのだ。

その八百人楽章の棒を振ることになっている夕のオーケストラの指揮者・空岡陽光《そらおかようこう》が、事務所に姿を見せた。夕の本番が終わったあとの時刻であった。

「きょう、本番中に、ちょっと思いついたことがあるんだ」

事務所の片隅の応接セットに量感のある体を沈めて、空岡は言った。

この人はいつも壮大なことを思いついてしまう人だ。音村哲夫は警戒した。しかも思いついたとたんに、何がなんでもやる気になってしまい、現実の問題はどこか遠い空の彼方へ飛んで行ってしまう。

空岡は天井に向かって、大きな花が開くような手振りをしながら言った。

「八百人楽章のときに、奏楽堂の屋根を開いたらどうかと思うんだ」

音村はつられて天井を見上げた。螢光灯が一本切れているのが目に入った。取り替えなくてはと音村は思い、それから椅子の上でぴょんと跳ねた。

「屋根を開くだって？」

「そう。八百人楽章は蒼穹《そうきゅう》の下《もと》で演奏すべき楽章だと思うんだよ。奏楽堂の屋根はスライドするように出来ている。それなのに二〇〇年間一度も開かれたことがない。今度が開くチャンスだよ」

それは大変だ。音村は思った。演奏家たちがみんな反対するに決まっている。


山頂交響楽の作曲者は東小路耕次郎《ひがしこうじこうじろう》といった。

三五〇年ほど前にこの世に生れた人である。

十四歳のときに天啓を受けてこの交響曲を書きはじめ、九十七歳で没するまでの八十三年間、食事と睡眠と犬の散歩以外のすべての時間を注ぎこんで、ただ一曲の交響曲を書き上げた。生涯独身で、風呂には入らなかったらしい。

一度たりとも楽器には触れず、ひたすら五線紙に向かってペンを走らせた。ペンを走らせる速度は秒速五十センチだったとも一メートルだったとも言われている。何十段にもわたるスコアを書くのに、である。仕事中の東小路を写真に写すと、手のところがブレて心霊写真のようになってしまったという。

あるとき、東小路の友人がこう尋ねた。

「よくまあ、楽器で音を確かめもせずに、それだけすらすらと書けるものだね」

東小路は猛烈な勢いでペンを動かしつづけながら答えた。彼は仕事中以外は人と話をしなかった。

「楽器の音なんか聴いたら、書くべきことを全部忘れてしまうよ」

山頂交響楽は、東小路十四歳のときに、細部にいたるまですべて、一瞬にして頭の中にできあがったものであり、あとはただそれを忘れずにいることと、譜面に書き記すことのみが東小路耕次郎の課題だったのだ。

この天才がすべてを書ききって死んだのかどうかはいまだに不明である。全曲を演奏したものはおろか、スコアのすべてに目を通したものすらまだいないからである。

そんな長大な曲を書くことについて、東小路耕次郎はこう語った。

「私の作品は、この宇宙の中で、ただ一度だけ演奏されるべきものである。二度以上演奏されるようなことがあれば、それはすでに私の作品ではない。しかし困ったことに、私の作品は多くの人に愛され、一度聴いた人は必ず二度聴きたくなるであろう。それゆえ、私の意図が完全に実現されるためには、無限の長さの——いや、少なくともこの宇宙の寿命と同じ長さの曲を書かねばならないのだ」

現在、彼の意図をほぼ確実に実現することのできる量の楽譜が残されている。楽譜は二階建ての倉庫百数十棟をいっぱいに満たしており、すべてを演奏するのには数千年、まかりまちがえば一万年を要するであろうと言われていた。

2

東小路耕次郎が書き残したスコアから、楽器ごとのパート譜に写すのが、写譜室の仕事であった。曲の進行に追いつかれないように作業を進めなければならない。八百人楽章が近づいているため、このところ作業量は膨大になっていた。

シャフ寺のだいじょぶは、やはりあてにならなかった。遅れがもどらないのだ。倉峰が風に吹かれながら事務所にやってきて、そのことが知れた。

「どう?」倉峰は傾いたまま言った。

「そっちは?」音村は訊きかえした。

「魂柱がどうしても気になってね」倉峰は手にした金属製の細い棒を振ってみせた。「いじりだすと泥沼なんだ」

「そんなものかね」先端がカーブしたその棒を見ながら音村は言った。

魂柱はチェロの表板の振動を裏板に伝えるために胴の中に立てられている柱である。ほんの少しずれただけでも響きが大きく変わってしまう。倉峰の持っている金属棒は、チェロの胴内に差し入れて魂柱の位置を調整するためのものであった。

ひとしきり魂柱談義をしたあと、倉峰は言った。「写譜の方が相変わらずでね」

「遅れっぱなし？　しょうがないな」

音村は眉をつりあげて電話を取った。写譜室を呼び出す。

「だいじょぶ、だいじょぶ」電話の向こうでシャフ寺が言った。

脳天気な声だ、と音村は思った。

「この間だいじょぶと言ってから、もう一カ月たったぞ」

「だいじょぶ」

「だいじょぶなもんか。全然遅れを取り戻していないじゃないか」

「だいじょぶだよ」シャフ寺の声が少し刺《とげ》を含んだ。

音村は不安を感じた。「だいじょぶばかりじゃなくて、具体的な状況を聞かせろ」

「しつこいやつだな。写譜の遅れより心配しなきゃならないことがあるぞ」シャフ寺は話をすりかえた。シャフ寺の得意技だった。

「何のことだ」音村はそれと知りながら乗せられてしまった。

「八百尺《はっぴゃくしゃく》という楽器だ」

「なんだって」

「知らないんだろう。事務局がそんなことでは困るね。八百人楽章に必要な楽器だよ。スコアにそれを使えと書いてある」

調べると、八百尺は巨大な角笛のごとき楽器だということがわかった。そんな楽器を楽団は持っていない。いや、この世に存在していない。新しく製作しなければならなかった。楽器のおおまかな構造だけが、スコアの余白に、東小路耕次郎の手書きで、簡単に図示されていた。

音村は、雨藤常太郎《あめふじじょうたろう》の管楽器工房へ出向いた。

二階が自宅になっている板敷きの仕事場で、分解したオーボエのキーを調整しながら、雨藤常太郎は音村の話を聞いた。聞き終わると、七十を過ぎてめっきりしわの増えた顔で、下唇を突き出して渋面を作った。

「いやだね」にべもなく言った。「そいつは報われない仕事だ」

しばらく黙って手を動かしつづけた。

やがて手を止めて音村を見た。

「昔は町の人々の心がひとつになって、山頂交響楽を演奏しつづけていた。そのことが喜びだった。楽器を作る喜びもそこにあった。それが今はどうだ。交響楽は惰性で続けられているだけだ。そりゃ今も、早朝オケから未明オケまで、音は毎日途絶えることなく続いてはいる。しかし、そこにはなんの喜びもなくなっている。そういうなかで、困難な楽器作りをやってみても、ろくなことにはならない。失敗すればとやかく言われるだけだし、成功してもだれも心から喜んではくれまい。いやだね、お断わりだよ」

「困ったね」音村は言った。「まあ、ちょっと考えてみてくださいよ。できる人はほかにいないんだから」

雨藤管楽器工房からの帰りがけ、音村は時田久子《ときたひさこ》に出会った。

時田久子は八十七歳、楽団最高齢のトライアングル奏者である。

「チャコさん」

と音村はこの老婆を呼んでいた。

そう呼ばないと、彼女は機嫌を損ねた。

「あたしの出番はないかね」チャコは音村の顔を見るたびに、にこにこ笑いながら訊いた。

「残念ながら、今のところは」音村はそう答えるしかなかった。

東小路耕次郎の楽譜の中に、トライアングルを使う箇所が現われる気配は、まったくなかったからである。

チャコは悲しそうな顔をした。

音村も悲しい気持ちになった。この人だけは惰性でなく、演奏したくてたまらない気持ちをいまでも持っている、と音村は思った。

「出番がありそうだったら、すぐに知らせておくれよ」チャコは言った。

雨藤良子《りょうこ》は三十五になるが、まだ独身だった。目鼻立ちがくっきりとして、知的で化粧もうまく、まっすぐな髪を肩まで伸ばしているのに、独身だった。

ゲネプロと本番の合間に、練習所の喫茶室で、音村は良子に会った。父親を説得してほしい、と音村は良子に頼んだ。雨藤管楽器工房の雨藤常太郎は彼女の父親なのだ。

ガム抜きのアイスミルクを一口すすってから、良子は言った。

「難しいわね」

「難しいけどね」音村は同意した。

良子は午後のオケのバイオリン奏者で、八百人楽章でソロ・パートを弾くことになっていた。

良子はそのことを不安に思っていた。自分にはこなせそうもないと言うのだ。

「わたしには無理なんじゃないかしら。怖いの。力不足だと思うのよ。もっと適任の人がいるはずだわ」

大丈夫だよ、と音村は言った。

「指揮の空岡氏も雨藤良子がいいと言っている。きみならできるよ」

良子は初夏の日が差す窓外の通りを眺めた。

「あの人は帰って来ないのかしら」ぽつりと言った。

「あの人?」音村は眉をひそめた。「桶原登志夫《おけはらとしお》のことを言っているのか」

「そう。帰って来そうな気がする」

「どうかな」

「あなたは帰って来ないと思っているの?」

「きみはそんなことを期待しない方がいいと思っている」

桶原登志夫は将来を嘱望されながら、忽然《こつぜん》と町から姿を消したバイオリンの若きヴィルトゥオーソだった。雨藤良子とはとかくの噂があった。彼女がいまだにひとりなのは、桶原への想いのためらしい。

「期待しない方がいい」音村は言った。「八百人のソロはきみがとるんだ」

弦の奏者たちは、空岡陽光が奏楽堂の屋根を開けと言い出していることを知って、強く異を唱えた。

吹きっさらしのところで演奏するのはとてもかなわない。楽器も駄目になってしまう、というのだ。

反対の声は燎原《りょうげん》の火のごとく弦奏者の間に広がった。

「管の人たちはいいかもしれないけどね」夕のオケのビオラ奏者が音村に言った。「おれたちはそうはいかないよ。あんたは実際に楽器を持たないから平気な顔をしているけど、ステージに上がる身にもなってみなよ。たまらないよ。そんなことを事務局で勝手に決められちゃかなわない」

まだ決めてはいない、と音村は思った。

「八百人のときに、梅雨があけているかどうかも問題だな」未明のオケのコントラバス奏者は言った。「雨に降られたら一巻の終わりだ」

梅雨はたぶんあけている、と音村は思った。

「音響的にもどうかな」宵のオケの若いバイオリン奏者が言った。「八百人で演奏するとなると、ただでさえバランスが取りづらいのに、屋根を開けて反射音が聞こえなくなったら、いよいよ混乱する」

反射板をうまく使うしかないな、と音村は思った。


「どう?」

相変わらず風に吹かれながら、倉峰が事務所に入ってきた。金属棒を振り上げて、音村に挨拶した。

湾曲した金属棒の先端に、歯医者が口中に差し入れるような小さな鏡が取り付けられているのを見て、音村は怪訝な顔をした。

倉峰は笑った。「これでね、チェロの胴の中を覗きながらね、魂柱を調整しようってわけ」

いよいよ泥沼のようだ。

接着剤でくっつけられた鏡は、いくらか滑稽な印象を与えた。

音村は弦奏者たちが屋根を開くことに反対している件を、倉峰に話した。

「聞いてるよ」倉峰は言った。「弦の人たちの言うこともわかる。八百人楽章の間中ずっと屋根を開けておくのじゃ大変だよ。一昼夜ぐらいはあるわけだろうからね。だから、こうしたら」

倉峰は折衷案を出した。

「八百人の中の一番最後の楽章、クライマックスにあたるところ、その部分だけ開くということにしたら、どう？　屋根は電動でスライドするんだから、最終楽章の直前のインターバルの間にでも開けられるでしょう」

音村に否やはなかった。

「じゃ、それでまとめてみるよ」

あっさり言って、倉峰は風に吹かれて弦奏者たちに会いに行った。

彼が弦奏者に信望の厚いことが、再確認される結果になった。

「というわけで落ち着いたよ」翌日事務所に現われた倉峰は言った。

「助かった」音村は破顔した。

倉峰は付けくわえた。「ついでに空岡氏のところにも行ってきたよ。屋根が全然開かないよりはいいだろうって言ったらね、うなずいていたよ。あまり面白くなさそうな顔をしていたけどね」

大丈夫かな。音村は思った。

3

作曲家東小路耕次郎の死後五十年ほどの間、その膨大な量の楽譜の存在は知られてはいたものの、だれひとり演奏を試みようとするものはなかった。ひとたび演奏しはじめれば一生を費やしても奏しきることができず、しかもただ一度しか演奏してはならないものである以上、途中で放り出すわけにいかない楽曲を、いったいだれが演奏しようと思うだろう。

ところがそこに、宇治原保《うじはらたもつ》なる人物が現われた。宇治原は優れた指揮者にして凄腕の組織家だった。とくに組織家としては天才といってよい人物であった。

宇治原は、ある夏の夜、夕涼みがてら東小路の楽譜を納めてある倉庫に入り、序奏の部分のスコアに目を通した。

「漬物石を頭の上に落とされたような気がしたよ」

のちに、そのときのことを、宇治原はそう語った。

たちまち彼はそのとりこになった。一週間ほど徹夜を続けて、最初の何十楽章かを読んだ宇治原は、

「らーとーとらーとらーらー」

東小路交響楽第一楽章の第一主題を口ずさみながら、ふらふらと倉庫から出てきた。

出てきたときには、演奏を決意していた。

「この曲を演奏せずにいることは、飯を食わず、酒も飲まず、犬も飼わずに暮らすこと――つまりは生きていないのと同じことだ」

宇治原はそう言って人々を説いてまわった。

彼の組織家としての力量は遺憾なく発揮された。町長や町議会の有力メンバーを説得し、企業を巻きこみ、東小路交響楽演奏のための一大運動を展開した。

十年余の準備期間ののち、楽団が創設され、町の北側にある小高い山の頂上近くに専用の奏楽堂が建設され、ついに交響楽の第一楽章が演奏されはじめた。

それは、作曲家直筆のスコアに指定されたとおり、黄葉した銀杏《いちょう》の葉が夕日に映えてきらきらと舞い落ちる、ある秋の夕暮れのことであった。

以後、山頂の奏楽堂では、八つのオーケストラが三時間ずつ八交替で、昼夜をわかたず、交響楽を演奏しつづけることになった。

作曲者自身は曲名を付けていなかったが、演奏が開始されてから、山頂交響楽の愛称がついた。

楽団の初代理事兼音楽監督として、宇治原は一生この交響曲と交響楽団の世話をしつづけたが、この間彼がもっとも腐心したのは、自分の死後も世代を越えて山頂交響楽が演奏されつづけるように、組織を固め、この大事業を町の文化として定着させることだった。

宇治原保の天才は、みごとに実を結んだ。

「どう?」

次に事務所に姿を現わしたとき、倉峰は手ぶらだった。

「おや、楽器は?」音村は首を傾げた。

「ついにね」倉峰は言った。「あきらめた。とうとうどうにもならなくなってね、楽器屋に出した」

「歯医者の鏡は?」

「うん、わりと便利だったんだけどね」

「たしかに便利そうに見えた」

「ところで、写譜の方なんだけどね、どうもうまく行ってないみたいだね。どんどん遅れが大きくなってる。このぶんだとね、八百人のときには写譜してる隣で覗きこみながら弾かなけりゃならなくなるよ」

「やれやれ、どうなってるんだ」音村はうなった。「もちろん写譜室の中で分担して、現在演奏中のところとは別に、八百人のところにもすでに取りかかってはいると思うけど」

「そうだろうね。それじゃなきゃ間に合わないもの。しかし、あれが一人の作曲家が書いたものとは驚くね。何十人もかかって、スコアからパート譜を起こす作業だけで追いつかなくなるんだからね」

「まったく」

　音村は同意して、電話を取った。


「遅れが日増しに大きくなってるそうじゃないか。どうなってるんだ」

「だいじょぶ」

「この前もその前もそう言ったぞ」

「うるさいやつだな。おれはシャフ寺だぞ。写譜の寺和田だ。生れたときから写譜をやってるんだ。おれのおやじもじいさんも写譜屋だった」

「そんなことは訊いてないよ。見通しはどうなんだ」

「八百人楽章が心配なんだろう。もう取りかかっているさ。しかし、なにしろ八百人分だからな、一朝一夕にはいかない。写譜のことはこっちに任せておけ。それよりそっちで心配してもらいたいことがある」

「八百尺なら、いま、雨藤常太郎を説得中だ」

「いや、そうじゃない。別の楽器が必要な箇所が出てきたんだ。石琴《せっきん》だ。これも作るしかないぞ。そっちこそ間に合うのか」


石琴もまた、まだこの世に存在しない楽器だった。

ピアノ以上の広い音域を持つものが要求されていた。その要求に応じるには、奏者が走りまわって演奏するほどの大きさにならざるをえない。低音部では各石鍵《せっけん》の長さが数メートルになる。

それもオーケストラとの音量のバランスの関係で、相当台数並べねばならず、さらに、楽曲中には平均律の音階だけでなく、ガムラン風の音階やインド風の音階が入り乱れて現われるため、それぞれのセットを用意しなければならなかった。

打楽器奏者とも相談の上、音村は、町から三十キロほど離れた山の中から石を切り出すことにした。

石琴は各楽団の打楽器奏者が総掛かりで演奏しなければならないことになる。

「チャコさん、出番がありそうだよ」音村は時田久子に言った。たとえ石琴でも、出番があれば喜ぶだろうと思ったのだ。音村は時田久子を喜ばせたかった。

チャコは、しかし、悲しそうな顔をした。

「あたしはやっぱりトライアングルが叩きたいよ。だって、二十年前に、二回叩いたっきりだからね。あたしは毎日練習を欠かしたことはないっていうのにさ」

石切り場から切り出した石材が、連日、トラックで運ばれてくるようになって、町は活気づいてきた。八百人楽章はもう一ヵ月先に迫っていた。季節は梅雨に入っていた。

石琴作りが軌道に乗ったところで、音村は何度目かの雨藤管楽器工房詣《もう》でに出掛けた。もちろん八百尺の件である。

「しばらく来なかったな。もうあきらめたのかと思った」

雨藤常太郎は下唇を突き出して言った。

その表情にかすかに寂しそうな気色《けしき》があることを読み取って、音村は脈ありと思った。

そこでその日は世間話だけして辞した。

三日ほどおいて、もう一度訪ねた。

町がひとつにまとまりつつある、と音村は言った。

「雨をついて、石切り場へもたくさんの人が手伝いに行ってくれています。楽団と直接関係ない町の人たちがね。弦の人たちも、奏楽堂の屋根を一部開くことに合意してくれました。八百人楽章を成功させることによって、きっとまた以前のように町はひとつになりますよ」

「どうだかな」雨藤常太郎は目を細めて音村を見た。

「あとは八百尺ができあがれば、問題はすべて解決するんです」

「すべて？　そうは思えないがな」

大粒の雨が工房の軒を打つ音が大きく聞こえていた。

「まあいい」やがて常太郎が言った。「八百尺の件は引き受けよう。ただし——」

礼を言おうとする音村に、常太郎はたたみかけた。

「なにしろ巨大なものになるから、最初から演奏する場所に据えつけて作らなければならんぞ。ということは、試し演奏はできないということだ。それからけっこう金がかかるぞ。途中で予算がないなんて言いだすなよ。おれは自分の納得のいくものでなきゃ作らんからな」

「助かったよ」

音村は山の上の奏楽堂から降りてきた雨藤良子をつかまえて言った。

片手にバイオリンのケースを下げた良子は、立ち止まってにっこり笑った。先刻まで降っていた雨が上がって、うっすらと差した日に、さらりとした髪が揺れる。

「ちょっと脅かしたの」良子は言った。「オケが盛り上がって八百人楽章を乗り切ったのに、父のために八百尺だけが欠けたなんてことになったら、町の人たちは雨藤工房のことをなんて言うかしらって。効いたみたいね」

「効いた」音村はうなずいた。「あとはきみがやる気になってくれさえすれば、すべてうまく行く」

「それが、わたし、ますます不安になってきたの」

「考え過ぎるんだよ。いつもと同じ気持ちでやればいいんだ」

「簡単にいうのね」

「簡単にいわなきゃ、きみはいよいよ不安になる」

「技術的なことだけじゃないの。山頂交響楽って、いったいだれが聴いてるのかしらって、このごろ思うの。最初から最後まで通して聴ける人はだれもいないのよ。それどころか、今生きている人で、交響楽の一番初めの部分を聴いた人はいない。それがどうやって始まったのか、だれも知らない。それなのに、みんなどう考えて演奏しているのかしら。何のために演奏しているの」

「昔から多くの人が悩んできた問題だな。だれも答えは見つけていない。著名な演奏家や音楽学者、哲学者や心理学者でさえも」

「そう。だれかが書いているのを読んだわ。山頂交響楽を演奏する人間のすぐ後ろに、いつも暗闇のように横たわっている問題がある。だれが聴いているのかという疑問だって。ちょっとでも自信をなくしたり、気持ちが音楽から離れてしまったりすると、その暗闇が襲ってくる」

「大変な問題を考え出しちゃったもんだな」

「ひやかさないで。まじめなんだから」

「ぼくも昔悩んだことがある」

「現役のころ?」

「ティンパニを叩きながら、不意にだれが聴いているんだろうなあって思ったんだ。なんか凄い虚無感を感じた」

「怖かった?」

「怖かったね。だって自分の立っている地面に突然ぽっかり穴があいてしまうみたいなもんだからね」

「それが事務局の仕事に移った理由？」

「たぶんね。でもそれは事務局の仕事をしてても同じなんだ。だって山頂交響楽を演奏しつづけるための仕事だからね」

「たいていの人はその疑問を棚上げにしちゃってる」

「ぼくの考えでは、実は、だれが聴いているのかが問題なのではないんだと思う。だれが聴いているのかと考えてしまうことが問題なんだ。だから、考え出すと泥沼にはまる」

「よくわからないわ」

「ぼくもよくわからない」

「演奏しつづける以外に答えはないのね、きっと」

「なんだ、わかってるんじゃないか」

「わかってても、すっきりしないのよ。あの人は帰って来ないのかしら」

「それを期待したら駄目だったら」

「でも帰って来るっていう噂を聞いたわ」

桶原登志夫が帰って来るとの噂は、しばらく前から流れていた。

八百人楽章のソロ・パートは大変なヴィルトゥオーソでなければこなせないとの話は前々からあった。そのことが、桶原の帰還への期待感を煽ったのだろう。雨藤良子ではやや不安だとの漠然とした感触も楽員たちのあいだにあった。

桶原登志夫は八百人楽章の難所をこなしうる力をつけるため、修行の旅に出たのだ、という話も囁かれていた。バイオリン一丁さらしに巻いて、流れ流れた果てに、ヨーロッパのどこかのひなびた村でジプシーの天才フィドラーに巡り会い、入門し、血の出るような修行の末、免許皆伝となり、いま帰国の途にあるなどという伝説さえ生れた。

「面白いね」倉峰は笑った。

面白い、と音村も思った。だが、そのことで、良子の期待感が増幅されて、それを待つだけの受身の気持ちになられても困る。

4

写譜の遅れが決定的になってしまったことが判明したのは、八百人楽章が半月後に迫ってからであった。

シャフ寺が青い顔をして事務所に飛びこんできた。

音村の顔を見るなり、土下座せんばかりに頭を下げた。

「すまん」シャフ寺は言った。

音村は背中に冷汗がどっと噴き出した。「だいじょぶじゃなくなったのか」

「すまん」シャフ寺は泣きそうな顔で何度も頭を下げた。「おれの責任だ。できるはずだったんだ。何としてもやるつもりだった。ごまかすつもりはなかった。すまん」

やれやれ、と音村は思った。

「やれやれ。それでどのぐらい進んでいるんだ」

「十分の一ぐらい……」シャフ寺は消え入りそうな声で答えた。

音村は椅子から飛び上がり、うなりながら、動物園のライオンのように事務所の中を歩きまわった。

「大勢でやっつけるしかないな」音村は言った。

音村は倉峰に事情を話した。

「写譜のギャラは出るんだろうね」

確かめてから、倉峰は腰を上げた。

音村といっしょに楽員たちのところをまわり、協力を要請した。一日何時間か時間をさいて、写譜を手伝ってほしいと頼んだのだ。

みな一様にいやな顔をした。練習六時間、本番三時間を毎日こなしている。個人練習の時間もとらなければならない。そのうえに写譜を手伝えとはなにごとか、それは自分たちの仕事ではない、と怒った。

「頼むよ」倉峰は風に吹かれながらおだやかに言った。「ここはみんなでなんとかしようよ」

倉峰の人望の高さがまた証明された。

「シャフ寺を助けるつもりなんか全然ないが、倉峰さんに頼まれては、手伝わないわけにはいかない」

それがほとんどの楽員の反応だった。

楽員を総動員して写譜作業が始まった。

降り番の楽員たちがかわるがわる写譜室へやってきて、手をインクだらけにして譜面と格闘した。それまでの写譜室でのやり方とのからみもあって、分担が複雑になり、作業はなかなか円滑に運ばなかった。

時田久子は、毎日、朝早くから鉢巻きをして手伝いに現われた。夜遅くまで写譜を続け、帰りがけには必ず、

「トライアングルは出てこないねえ」

悲しそうに溜息をついて、腰を叩いた。

数日かかって、ようやく写譜作業は軌道に乗った。八百人楽章がはじまるぎりぎりまでには完成する見通しが立った。

ところが、そのことが思わぬ波紋を呼んだ。演奏家たちに無理を頼んだ結果、屋根問題が再燃することになってしまったのだ。

「おれたちにばかり負担を掛けるのはどういうわけだ」夕のオケのビオラ奏者が代表して不満を述べにきた。「無理に時間をさいて写譜を手伝った上に、屋根を開いて演奏するというのでは、みんな納得しないよ。ここは空岡氏に譲歩してもらわないと駄目だ。空岡氏があくまで屋根を開くと言うなら、写譜を手伝うのをやめる」

屋根の問題と写譜の問題は直接関係ない、と音村は思った。思いはしたが、口に出さなかった。理屈で説得できそうもなかったし、演奏家たちに写譜を放り出されたのでは、二進《にっち》も三進《さっち》もいかなくなる。

音村は空岡陽光に譲歩してもらおうと交渉した。

が、それが藪蛇になった。

一度は、八百人楽章の一部でだけ屋根を開くことで妥協した空岡だったが、ふたたび、八百人楽章全体を通じて、屋根を開くべきだと言い出したのだ。

「こっちだって、ずいぶんいろんなことをがまんしているんだ」空岡は大きな体を震わせんばかりに怒って言った。「八百尺の試奏ができないし、パート譜の完成がぎりぎりになるから、ほとんど初見でやらなければならない。そういう悪条件を全部飲んでいる。だから屋根の件ばかりは譲歩できない。一部でだけ開くなんて中途半端なことにしないでもらいたい。あくまで楽章を通じて屋根を開くべきだ。それでなければ、ぼくは降りる。辞退する。やめる」

こちらも説得のしようがなかった。ただのこねあいみたいだった。

音村は沈痛な顔で事務所に戻った。

「今度ばかりは倉峰さんの神通力も通じそうにないな」倉峰の顔を見ると、音村は溜息をついた。

「困ったね」倉峰は思案顔で腕を組んだ。「とにかく今は写譜の方を優先するんだね。屋根は閉じたままやることにしてね」

八百尺が完成した。

雨藤常太郎はさすがにみごとな仕事をした。

音村は雨のあいまを選んで、奏楽堂まで見物に出掛けた。

練習所の裏手に登り口があり、三十分ほど歩くと奏楽堂に達する。

二つの尾根の間の緩やかな斜面を、頂上から少し下ったところに、奏楽堂は建っている。麓《ふもと》側がステージになっていて、斜面がそのまま客席の傾斜に利用されている。

客席の中央の通路を、上から下へ貫いて、八百尺の管が据えつけられていた。下へ行くほど太くなっている土管のようだ。

歌口《うたぐち》、つまり空気の吹き込み口は上端に作られている。人間の吐く息ではとてものことに音にすることができないので、吹き口には四つの鞴《ふいご》と、鞴から出た空気をいったん集める空気袋が接続されていた。

下の端、つまり音の出口の方は、客席の通路を走る管がいったんステージの下へ潜りこみ、ステージの下でJの字状に上へ曲り、巨大なアサガオとなってオーケストラが乗る雛段の最上部に顔を出していた。

音村が奏楽堂へ入って行ったときには、午後のオケが本番中だったが、その打楽器奏者の頭の上に、金色のアサガオがぬっと首を出していた。

「凄いことになりそうですね」

顔見知りの聴衆のひとりに、音村は声を掛けられた。

奏楽堂の近くに住みついて、交響楽を聴きつづけている人々のうちのひとりだった。

彼の目が期待に輝いているのを、音村は冷汗の出る思いで見た。


音村は雨藤管楽器工房へ礼を述べに行った。

「まあ、なんとかなったよ」雨藤常太郎は相変わらず下唇を突き出した顔で言った。「ほめたりするなよ。あんたが職人のほめ方を知っているとは思えない」

音村は黙って頭を下げた。

「これで八百人楽章がうまく行くといいけどな」常太郎は一瞬唇の端に得意気な笑みを浮かべた。

もう一度頭を下げて立ち去ろうとした音村の耳に、バイオリンの音が聞こえてきた。

工房の二階にある良子の部屋からであった。それは、八百人楽章のソロ・パートの一節のようであった。

音村が天井を見上げて耳を傾けると、常太郎がかすかに笑った。

「やってるよ」常太郎は言った。「毎日ずいぶん一生懸命だ」

残り一週間を切った。

屋根は開かないとの条件で、どうにか楽員たちは写譜作業を進めていた。

本番五日前の夕刻、チャコこと時田久子が、事務所の音村のところへやってきた。

「あった、あった、あったよ」チャコは大声で言いながら、写譜したばかりの譜面の一枚を振りまわした。「あたしの出番があったよ。トライアングルが叩けるんだ。嬉しいよ」

手の舞い足の踏む所を知らぬようすである。

よかったな、と音村は思った。

町の人口が増えはじめた。

八百人楽章のニュースを聞いて、聴衆が続々と集まってきたのだ。たちまち普段の人口の数倍にふくれあがった。ホテルや旅館はたちまち満室になった。役場の観光課はてんやわんやの大騒ぎになった。

町の外からの聴衆に混じって、桶原登志夫が密かに帰ってきているらしい、との噂が流れた。雨藤良子のところにだけ連絡があったという話も出ていた。

そんななかで、石琴の搬入が始まった。

低音部の石はなにしろ大きさが大きさだけに、大騒ぎであった。練習所の庭に設けた作業場で、最後の調律をしたあと、ひとつひとつトラックに積んで、奏楽堂まで上げた。石琴はステージには乗らず、ステージのすぐ下の客席を何列か取りはずして、そこに並べられた。

同時に、八百人の楽員が乗れるように、客席の方へ張り出す仮設ステージも作られた。


「どう?」倉峰がひょろりと事務所に現われた。

「そっちは?」音村は挨拶がわりに言った。

「チェロのことなら、どうにか落ち着いたよ」倉峰はにっこり笑った。

倉峰の後ろから、空岡陽光の量感のある体がのっそりと現われた。

空岡は怒ったような、困ったような、笑っているような、複雑な表情をしていた。

やったね、と音村は思った。

「むりやり拝みたおしたんだ」倉峰が言った。その目が、音村を見ながら、意味ありげに笑っていた。

拝みたおされたことにしてくれと空岡に拝みたおされたな。音村は思った。それにしても、よくまあ、拝みたおされたことになったもんだ。何か条件を出したのかな。

「ぼくは納得はしてないんだ」怒り困り笑いながら、空岡は言った。「屋根は開くべきだと今も思っているし、音合わせができないのも不満だし、八百尺もぶっつけ本番というのは気にくわない」

「まあまあ」倉峰が言った。「それはね、置いておいて」

空岡は怒り困り笑いながら、うなずいた。

「それは置いておいて、交響楽を途絶えさせないことが、なにしろ大切だ、と倉峰に説得された。泣きつかれた。拝みたおされた。だから、ぼくは振ることにした。倉峰に泣きつかれて断わるわけにはいかない。ぼくも男だからね。しかし、納得したわけではない。納得は全然していないんだ。そこをわかっていてほしい。全然していない」

音村は三回繰り返しうなずいた。

「早朝オケの指揮者にね、ちょっとネジを巻いてね、空岡しかできないと言いに行かせたんだ」空岡が帰ってから、倉峰は小さな声で言った。「状況から言って空岡が振るしかないという意味だよ。空岡は能力的に自分しか振れないという意味だと思って気をよくしたみたいだけどね」

「屋根は完全に閉じたままでもいいと？」

「そう。空岡が振らないなら、他のだれかにやらせるしかないと脅しもかけた。結局振りたい気持ちはいっぱいなわけだから、格好がつきさえすればよかったんだよ」

「何か条件を出したんじゃないでしょうね」音村は倉峰の目を覗きこんだ。

「いや」倉峰は天井の蛍光灯を見上げた。「蛍光灯、また切れてるね。取り替えた方がいいよ」

音村はそうした。

梅雨明けの遠雷が聞こえていた。

5

八百人楽章は日の出とともに始まった。

明るい青空が奏楽堂の上に広がっていた。

直前の楽章が終わって、二十分の休憩ののち、華々しいトゥッティの序奏が奏楽堂に響き渡った。立ち見の聴衆が客席の通路を埋め尽くし、場内に入り切れない人たちが、ロビーにあふれた。客席の中央通路を走る八百尺によじ登ろうとする人々を、会場係はたびたび制止しなければならなかった。

　音村はステージの袖に立って、演奏の開始を見守った。いつもは入れかわり立ちかわりで演奏している八つの楽団の八百人の楽員が、一斉にステージに上がっているさまは、それだけで壮観であった。

　幾つかのパートで、楽章後半にまだ届いていない譜面があった。ついに間に合わなかったのである。しかし、八百人楽章は一昼夜二十四時間続く。ラストのクライマックスは翌日の夜明けになる。それまでには出来上がる目処《めど》は立っていた。シャフ寺がねじり鉢巻きで奮闘しているのだ。


　八百人楽章は、現在までの二〇〇〇年間に、繰り返し現われていたいくつもの主要なモチーフが、一挙に噴出する激しく長い序奏のあと、それぞれのモチーフが、過去に現われたときとは微妙に、あるいはまったく違う相貌をもって、次々と立ちあらわれ、展開されていくスタイルで出来ていた。

　各モチーフには、長い間にだれ言うとなくつけられた愛称があった。

　三人の子供のモチーフ、イングリッシュ・ホルンとティンパニによるモチーフ、五音音階の鳥のモチーフ、無調的な郭公《かっこう》と蟹のモチーフ、十二音的な春の血のモチーフ、岬に立つ赤い腰巻きの女のモチーフ、減五度と短三度を含むモチーフ、華やぐ知恵のモチーフ、天気予報のモチーフ、枯れてしまったローマの松のモチーフ、グレートマザーとウロボロスのモチーフ、無闇な跳躍のモチーフ……。

それらが、記憶の層の深い場所から不意に驚くべき鮮やかさでよみがえる幼い日々の思い出のように、互いに呼び合い、響き合いながら、次々と現われてきた。もともとは日常のたわいない出来事でしかなかったものが、長い時間、記憶の海の底にしまいこまれていた、まさにそのことによって、他の事物や感情や思索と融通無碍《ゆうずうむげ》に結びつき、濃密な意味の輝きを帯びて立ち現われてくるように、各モチーフが新しい文脈の中に置かれて、深い意味の光芒を放った。

どこか銀河の彼方に、この宇宙に存在するすべての光が、気の遠くなるような長い時間をかけて堆積した光の海があって、その海を攪拌《かくはん》すると、この宇宙の誕生以来、この宇宙の中で起こったすべての出来事が、素粒子同士の衝突のような極微の事件から、超新星爆発のような劇的な事件にいたるまで、輝くような映像となって浮かび出る。そんな場面を、音村は想像した。

雨藤良子もステージの袖で、この宇宙的な音に聴き入っていた。彼女の出番はまだ先であった。

その良子の体が、妙に硬直したようになっているのを、音村は気づいた。肩がかすかに震え、額にうっすらと汗がにじんでいた。

おかしい、と音村は思った。そんな良子を見るのは初めてだった。たとえ、本番直前でも落ち着きを失うような良子ではないはずだった。

声をかけようとして、音村は良子の方へ一歩踏み出した。

そのとき、だれかが音村の袖を引いた。


振り返ると、石琴の製作を担当した深夜のオケの打楽器奏者が立っていた。

「実は」打楽器奏者は言った。「石琴の奏者が足りないんだ」

「なんだって」音村は目を剝《む》いた。「練習所の裏庭で試奏したときには、オーケーだったじゃないか」

「その後、八百人楽章の最後の楽章で、すべての石琴が同時に奏されることがわかったんだ。きのう気がついた。石琴の並べ方を工夫してみたが、どうしても奏者が足りない。八つのオケの打楽器奏者全員を集めても間に合わない」

「その箇所で、他の楽器で降り番になっているやつはいないのか」

「そこは全員ステージの上だ」

「何人必要なんだ」

「あとひとりいればなんとかなる」

「ひとり？　ひとりぐらいだれかいるだろう。引退したやつでもだれでも連れてくればいい」

「実はひとりいる。楽譜が読めて、曲のこともわかっている人間が」

「そいつを連れてこよう。だれだ」

「あんただよ」


「おれに石琴を叩けというのか」音村は額の汗を拭った。

「頼むよ」打楽器奏者は音村の腕をつかんでにっこり笑った。

しかたがない。音村は思った。

「楽譜を貸してくれ」

楽譜を抱えて、奏楽堂の裏手へ出た。

そこに、本番に使わない石琴が、半分だけ組み立てた状態で放置されていたからである。

音村はその石琴でにわか練習をした。

もう何年も楽器らしいものにはさわっていない。腕が硬くなって、思うように動かないのを感じた。自分のイメージする動きが腕に伝わらないのだ。

苛立ちながら、むきになって叩きつづけた。時間が飛ぶように過ぎる。いつしか腕が熱を帯び、柔らかさを取りもどしていた。

気がつくと、あたりが暗くなりはじめていた。


夜もだいぶ更けてから奏楽堂に戻った音村を、困った事態が待ちうけていた。

雨藤良子がいなくなったのだ。

音村は良子の姿を求めて走りまわった。控え室、ロビー、客席、どこにも良子の姿はなかった。

会場係のひとりが、良子を見かけたと言った。

「あの人に会いに行くとか、口走っていましたよ。なんかようすがおかしかったから、止めようとしたんですが、あっという間に外へ出て行ってしまいました」

「あの人。まさか……」音村はつぶやいた。

音村は奏楽堂を出た。減五度と短三度のモチーフの不安なメロディーが鳴っていた。

暗い山道を駆け下りた。

木々の葉のざわめきが、恐ろしい物の怪《もののけ》の騒ぐ声のように、耳についた。

町は静かだった。ほとんどの人が奏楽堂へ上がっていて、町にはまるで人影がないのだ。

練習所へ向かった。

街灯に照らされた路上を、白い雑種の犬が走り抜けていった。

練習所も静まり返っていた。

譜面立てと椅子がまばらに並ぶ板敷きの広い練習室に、良子はいた。譜面立てに載せた鉛筆の書き込みのある譜面に、じっと見入っていた。

音村はしばらく良子の後ろ姿を見ていた。

やがて良子は音村に気づいた。

「あの人を待っているの」良子は言った。

「ここへ来るのか」音村は訊いた。

「いいえ、来ないわ」

「来ない？」

「そう」

「来ない人を待っている？」

「そう。ずっとそうだった。帰って来ないとわかっていたけど、でも、帰って来そうな気がしていた。帰って来て、八百人楽章を弾いてくれて、そして、わたしたちがなぜ山頂交響楽を演奏しつづけているのか、だれが聴いているのか、その答えも教えてくれるはずだった」

「けれど、八百人楽章だけが来て、桶原登志夫は幻のままだった」

「ええ、わたしは幻を待っていたのね」

「みんなそうさ」

「みんな答えは幻のままにして、それで弾きつづけているの？　それで弾きつづけられるわけなの？」

「幻に形を与えようとすると、必ず嘘になってしまうからね」

「嘘の答えでもいいから欲しいわ」

「嘘の答えならある。神様が聴いているんだ」

「それではだれも信じないわ」

「いや、けっこう信じているよ。神様という名前は言わないにしてもね」

「ほんとうの答えは？」

「だれも聴いてはいない、というのがその答えだ。ぼくたちはだれも聴いていないから、弾きつづけるんだ」

「でも、それではとても演奏をつづける気にならないわ」

「ほんとうにほんとうの答えというのもある」

「教えて」

「この間きみが言ったよ」

「なんて？」

「演奏しつづける以外に答えはないって」

「そう。そう言ったわ」

「もっとくだけた言い方もできる。演奏しはじめちゃったものはしょうがないってやつさ。ぼくはこっちの方が好きだね」

「それをいうなら、もっといい言い方があるわ。ええい、演奏しちまえっ、てやつ」

良子は勢いよく言って、白い歯を見せた。


空が白みはじめていた。

音村と良子は奏楽堂まで駆け登った。

楽屋口から控え室に入った。

ステージでは、八百人楽章中の最後から二番目の楽章にあたる緩徐楽章が終わろうとしていた。

ケースから楽器を取り出す良子の額の汗を、音村は拭ってやった。

そこへシャフ寺が汗を拭き拭き飛びこんで来た。

「間に合った、間に合った」

出来上がったばかりの、最終楽章の譜面が運びこまれてきた。

ちょうど、緩徐楽章が消え入るように奏し終えられた。


最終楽章がはじまった。

二十四時間前に奏でられた序奏と呼応して、各モチーフが複雑に交錯し、分厚く、奥深く展開された。

空岡陽光は、どういう芸当なのか、初見の譜面を目を閉じたままで指揮していた。きっかけの合図のようなものはまったく出さず、それでもなお、完全にオーケストラを把握し、最大限に豊かな響きを引き出していた。

雨藤良子は、そのオーケストラに引きずられるような感じで弾きはじめた。最初やや不安を感じさせたが、何小節もいかないうちに、いつもの輝きをとりもどした。

曲は進み、四度音程を積み重ねた音塊《おんかい》が激しく三度鳴り響いたあと、クライマックスに突入した。

そのときである。奏楽堂の屋根が、静かに開きはじめた。客席の最後部の方から、ステージの方へ向かって、ゆっくりとスライドして行く。

開いた屋根から、やわらかい朝の光線が、斜めに差しこんできた。客席にできた光と影の境界線が、ステージの方へ向かって移動して行く。

ステージ前に据えられた石琴の前に立っていた音村は、はっとしてステージ上を振り返った。

普段立っているときと同じで、風に吹かれたように体を傾けてチェロを弾いている倉峰と、一瞬目が合った。倉峰は唇の端でにやりと笑った。

空岡陽光を引っぱりだす条件はこれだったのか、と音村は思った。倉峰がやったことなら、あとで文句を言うやつもあまりいないだろう。

屋根は開き切った。

明けきった青い空が広がっている。

小鳥のさえずりや木々の梢をわたる風の音が聞こえてきた。それはまったく違和感なくオーケストラの音に溶けこんだ。

鳴り響く大音響の一瞬の隙間に、トライアングルの澄んだ音がきれいに響いた。時田久子の全身全霊を込めた一音であった。

石琴が一斉に演奏に加わった。

音村は石琴の前を無我夢中で走りまわって演奏した。

我知らずメロディーを口ずさんでいた。上顎《うわあご》の奥の方に、楽器の音が共鳴し、もよもようなりを発した。腰にリズムが宿り、ふわりと体が浮きあがったような気がした。

自分が山頂交響楽の一部になっていることが、はっきりと感じとれた。

石琴を叩かなくてもいいような気がした。叩かなくても曲は進んでいきそうだった。

この瞬間が、全宇宙史の中で、ただの一度しかない瞬間であることが、胸にしみわたってきた。

そのように言葉で思ったわけではない。この曲をだれが聴いているのかという疑問が解消したわけでもない。ただ、この瞬間の一回性を、まさにその瞬間に感じたのである。いや、感じたというのも正しくない。その瞬間がその瞬間である。その瞬間以外のなにものでもない。そういう瞬間があったのである。

曲が最高潮に達したとき、八百尺の空気袋の栓が開放された。客席の中央の長い管の中を走る空気の震動が、下腹のあたりに感じとれた。

しかし、アサガオから響き渡るはずの音は聞こえてこなかった。あまりにも低い音程のため、人間の耳では聴きとれなかったのである。ただ、肌を震わせる空気の震動だけが、やわらかくあたたかい巨人の掌のように、奏楽堂全体をやさしく包みこんだ。

八百人楽章は終わり、奏楽堂では以前と同じように八つのオーケストラが交替で山頂交響楽を演奏しつづけていた。

「どう?」倉峰が相変わらず風に吹かれながら事務所にやってきた。

「そっちは?」音村はいつもの挨拶をした。

「また魂柱が気になりだしてね。微妙なものなんだ」

「屋根のことは文句が出なかった?」

「ああ、あれね。やっちまえばこっちのもんだよ。あとから文句を言ったって遅い」

山手線のあやとり娘

赤いランドセルを背負った女の子が、山手線のなかでひとりであやとりをしていた。赤い毛糸でさまざまの形を作りながら、となりに坐ったぼくの方を横目でちらちらと見る。夜の九時過ぎ。ぼくは帰宅の途中だった。

ふいに、女の子が「つり橋」を作って、ぼくの方に差しだした。両の手首と中指に糸を掛ける、二人あやとりの最初の形だ。

つりこまれて手を出し、「田んぼ」の形にからめとった。間髪を入れず、彼女が「川」の形に取りかえす。指の動きがおどろくほど滑らかだ。「川」から「便所」「菱形」となんどかやりとりをしたあと、ぼくが取りそこねた。彼女はくっきりした目を細めて微笑した。ぼくもつられてほほえんだ。

「塾かなんかの帰り?」ぼくは訊いた。

彼女は答えず、膝の上の布袋に赤い毛糸をしまった。袋のなかには色とりどりの毛糸が入っている。黄色の毛糸を取り出し、掌を下に向けて親指と人差指に掛けた。見慣れない形だ。くるくると捩《ねじ》り、なんどか掛けかえ、やがて手をそろえて見せた。三角形の二枚の羽と渦巻状に巻かれた蜜を吸う口のある蝶の姿が、両手のあいだに現れていた。指を動かすとかわいらしくはばたく。

「へえ。おもしろいね。そんなの初めて見た」

感心して言うと、彼女は毛糸をただの輪にもどして、ぼくに渡した。幼いころに遊んだのを思い出し出し、ぼくは不器用に「ほうき」を作った。

その形を見たとたん、彼女の顔が急に青ざめた。涙を溜め、下唇を噛み、悲しそうな顔でぼくの手から毛糸をひったくる。

「どうしたの。なにかいけないことした?」

とまどっていると、彼女は別の毛糸を取り出し、ものすごい勢いであやとりを作った。小さくこんがらがったような状態になったと見えた瞬間、両の掌をパンッと打ち合わせた。多数の菱形模様のあるみごとなあやとりができあがっていた。彼女は、怒ったような顔でよく見ろというふうに菱形模様を突きだし、それから毛糸をよこした。

「まいったね。ぼくにはそんなにうまく作れやしないよ」

受け取りはしたものの、「ほうき」以外のあやとりを思い出せない。考えた挙句、両の親指に毛糸を掛け、ぴんと張って見せた。

「電信柱」

ぼくは言った。

毛糸の輪を長く引っぱって、ものさし状の形にしただけ。あやとりでもなんでもない。ただの冗談だ。

が、それを見たとたんに、彼女はぱっと顔を輝かせた。

嬉しそうに笑いながら、あわてたように袋のなかをかきまわした。緑色の毛糸を取り、みごとな手捌《てさば》きで、四つの三角の山に丸い朝日が昇る形を作った。びっくりするほど生き生きとしたきれいな形だった。

「すてきだ」とぼくは言った。

そのあと、彼女はつぎつぎにいくつもの形を作って見せ、簡単なもののひとつをぼくに教えた。彼女の示すままに指を動かしてあやとりができあがると、彼女は満足そうにうなずいた。

やがて電車がぼくの降車駅に着いた。

さよならを言って、ぼくが立ちあがると、彼女もにこにこしながら立ちあがった。

「あれ。きみもこの駅なの」

尋ねたが、彼女は答えない。

駅を出ると、ぼくの手にぶらさがって、なんだか妙にはしゃぎながら歩いた。

「家はどこ。帰らないと親が心配するよ」

なんども言ったが、とうとうぼくの部屋までついてきてしまった。

勝手にとことこと部屋にあがった。帰るよう説得しようとすると、布袋から毛糸を取り出して、先刻ぼくが冗談で作った「電信柱」を作って見せ、しきりにうなずく。

「それは何の意味？」

訊いてみても、彼女はじっとぼくの目を見つめるばかり……。


それからずっと彼女はぼくの部屋にいる。

いつも六畳間のまんなかに膝をそろえてちょこんと正座してあやとりをしている。力ずくで追い出すわけにもいかず、彼女のために食事を作ったり、衣類を買ってやったりするのが、ぼくの日常の仕事になってしまった。彼女は当然だという顔をしている。ときおりぼくが苛立って文句を言うと、毛糸で「電信柱」を作って見せ、愉快そうに笑う。

「電信柱」が何だというのだろう。書物で調べてみると、彼女の作った蝶の形と菱形模様は、アメリカ・インディアンの伝承あやとりにある「バタフライ」と「アパッチの扉」にそっくりだということがわかった。朝日の形はエスキモーの「山の日の出」に似ている。が、「電信柱」がどういう意味を持つのかまでは、ついにわからない。

しかし、たとえばインカ帝国には縄の結び目で数字や文字を表現する方法があったというから、あやとりを使う言葉というものがあっても不思議はない。ぼくは「電信柱」を作ることで、知らぬ間になにか決定的なことを言ってしまったのかもしれない。

小学生に見えた彼女だが、あらためてよく見ると、子どもの顔ではなく、人間とは違う生きものの、成熟した顔であるようにも見える。赤いランドセルの中身は、勉強道具ではなく、ぎっしりつまったあやとりの糸だ。

そして、いまにいたるまで、彼女が言葉をしゃべるのを、ぼくは聞いたことがない。

暴走バス

きょうあたりは、ひとつ手前の駅で降りた方が近くなっているだろう。掛久保聖二《かけくぼせいじ》はそう思い、朝乗った駅よりひとつ都心寄りの駅で私鉄電車を降りた。

駅前の商店街を抜け、国道にぶつかって右折し、国道沿いに歩く。国道の車の通行量は多く、歩道を歩いていても怖いほどだ。

しばらく歩くと、バスが見えてきた。

何本もの標識灯に囲まれて、故障車のように停止している。標識灯はバスを囲っているだけでなく、後方五十メートルほどのところまでずっと連なって、黄色い光で点滅を繰り返していた。国道のその部分は、一車線使用できなくなっているため、渋滞が起こっている。

バスは追い越し車線に堂々と停まっていた。ライトを灯し、車内にも明かりがつき、運転手や乗客が乗っている。すべて前方を向いている座席は、八割方乗客で埋まっていた。運転手はきびしい表情で前方をにらんだまま、蠟人形のようにじっとハンドルを握っており、乗客も険しい、あるいは不安そうな表情でじっとしている。

掛久保は歩道に佇んで、バスを眺めた。前から三番目の窓側の座席に、掛久保のフィアンセである織本《おりもと》ちさの顔が見えた。目尻がやや下がり、あまり高くない鼻がわずかに天井を向き加減の、かわいらしい顔をしている。その顔を窓の方に向け、眉を寄せた悲しそうな表情で外を見ていた。朝、出掛けに見たときよりも、首が少し前方にもどりかけているように、掛久保は思った。

胸に込み上げてくるものがあり、掛久保はそれを振り払うように、歩道を先へ進んだ。

標識灯の列の内側に、キャンプ用のテントが三つ並んでいた。

掛久保はテントの方に近づきながら、国道を走る車の間隙を見つけて、追い越し車線の方に渡った。

ふたりの人影が、テントの外に立って、掛久保が近づくのを見ていた。テントの住人である手島利夫《てしまとしお》、のぶ子夫妻であった。ともに六十代後半、夫の利夫はもう七十に手がとどこうかという齢《とし》である。

「きょうは、S駅で降りましたよ」掛久保はあいさつがわりに言った。

「そうですか。いつのまにか、また、そんなに進みましたか」手島は真っ白になった髪の毛を掻き上げながら感慨深そうに言った。

「掛久保さんが乗り降りする駅の変わるのが、わたしたちのひとつのリズムになっていますね」

しばらく立ち話をしているうちに、声を聞きつけたのだろう、テントのなかから大柿之《おおかきの》木浩《きひろし》がのっそりと出てきた。からだの大きな五十代の男である。髪の毛を短く刈っており、いかつい顔をしているので、ちょっと見には粗暴な印象を受けるが、目が優しくしゃべり方もおっとりしているので、おとなしいまじめな性格であることがすぐに知れる。

「はじめるかね」すこし訛《なま》りのある言い方で、大柿之木が言った。

「そうですね」手島が答えた。

手島夫妻のテントから作業がはじまった。

作業というのは、テントの引っ越しである。テントのなかのエア・マットだの寝袋だの食器だの衣類だののをまとめて台車に積み、五十メートル先のバスのすぐうしろまで運ぶ。それからテントを解体し、移動し、ふたたび組み立てる。四人で協力して、ひとつひとつテントを移動していった。

手島夫妻は家型のテントを使っていた。掛久保や大柿之木に比して家財道具が多い。もっとも、家財道具といっても、最小限の食器や衣類、炊事用のコンロ、水を汲んでくるためのバケツ、小型の発電機といった程度のもので、台車に積めば、一回の運搬で済む程度の量である。それ以外に、手島夫妻は吹き流し式の入り口がついた冬用のドーム型のテントも持っていた。それは現在は使用しておらず、たたんだままになっていた。

テントの設営は、いささか乱暴だ。アスファルトにドリルで穴を穿《うが》ち、そこに杭を打ちこんでロープを張る。この作業は、掛久保と大柿之木がふたりで行った。手島夫妻はすまなそうな顔で、手出しをせずにながめている。掛久保と大柿之木は、もう長いこと毎晩そうやって協力して作業をしてきたので、息がぴったりと合い、てきぱきと作業をすすめる。

テントを三つとも運び終わったころ、いつものように五、六名の作業員がやってきて、標識灯を移動した。バスを先頭にして後方へ伸びていた標識灯の列は、こんどはバスを最後尾にして前方へ伸びる列になった。標識灯から標識灯へロープを渡して、バスの前方五十メートルばかりの空間を確保すると、作業員たちはだまって帰っていった。

テントの引っ越しと標識灯の移動作業のあいだ、すこし離れた歩道から、じっとその様子を眺めている不審な人影があることに、掛久保は気付いていた。バスとその後ろのテント村を珍しがって見にくる野次馬とは様子が異なっていたので、掛久保は妙に気になった。

S駅に頼んで水道を借り、ポリバケツに水を汲んで、掛久保はテント村までもどった。日曜日なので、一週間分の下着の洗濯をしようというのである。二つの洗面器に水を分け、一方に洗剤を入れて、下着を放りこんだ。さいわい好天で、気持ちがいい。

しばらくして、ふと気がつくと、バスの傍らに人が立っていた。サンダルをつっかけた中年の男で、どうやら近くの住人が見物に来たらしい。昨夜テントのすぐ前にいたバスは、夜のあいだに標識灯の内側を移動して、いまは二十メートルばかり先に停まっていた。

「どうしちゃったんだ、このバスは？　故障かな」

ポケットに手を突っ込んでバスを見上げながら、男はひとりごとのように言った。

「暴走してるんです」掛久保は洗濯をつづけながら言った。

「暴走？　そうは見えないが……」

男はタイヤのところまで行き、道路にかがみこむようにして、タイヤを見た。

「触らないほうがいいですよ」

掛久保が注意したが、男はすでにタイヤに手を伸ばしていた。

触れる寸前、手とタイヤの間で激しい火花が散った。

「わっ」

男はアスファルトのうえに尻餅をついた。

「熱い。火傷した」

掌をふうふう吹きながら立ちあがる。

「だいじょうぶですか」掛久保は言った。「こっちに来て、この水で冷やしたらいい」

男はそうした。真っ赤になった手を、洗剤を入れてない方の洗面器に突っ込んで、恐ろしげにバスを見詰める。

やがて、驚きの声を上げた。

「やっ。ほんとだ。動いてる」

「一分間に三、四センチね。一日で五十メートルぐらい進みます」

「へえ。ずいぶん、ゆっくりした暴走だな」

「覚えてないですか。もう二十年も前のことだから、覚えてないかな。東名高速の長距離バスの事件。名古屋から東京に向かって出発したバスが、とつぜんゆっくり走りはじめたというやつです。当時は大騒ぎになったんですがね」

「そういえば、そんなことがあったような気がするな。よく覚えてないが」

「最初のころは、テレビも新聞も毎日のように報道してました」

「それがこのバス？」

「あれから二十年かかって、ようやく東京までたどりついたんです」

「名古屋から東京まで二十年！　ずっと東名を走り続けて？」

「だいたいは。走りはじめたころに、なんどか一般道路に降りてますがね。運転手さんもびっくりしたんでしょう。なにがどうなっているのか、というので、高速を降りてみたりしたわけでしょうね。でも降りてみても同じだった。それからずっと高速のうえ。二カ月ほどまえ、東京に近づいて、多摩川《たま》を渡るちょっとまえに、また一般道路に降りて、この通りに入りました」

「いったい、なにが起こったんです？」

「さあ、それがわからないんです。いろんな学者さんたちが調査に来たけど、いまだに原因もなにも謎のまま。ただ、バスのなかでは、非常にゆっくりと時間が流れているらしいというだけです。だから、乗っている人たちは、こうやって見ると蠟人形みたいに見えますが、決して死んでしまったわけではなくて、当人たちにしてみれば、ふつうにバスに乗っているだけのことなんです。ある学者さんの計算では、このバスは運転している人から見ると、時速八十キロぐらいで走っているんだそうですよ。運転手さんから見れば、外はめまぐるしく昼と夜が交替し、目にもとまらないほどのめちゃくちゃな勢いで車が走り抜けていくように見えるでしょうから、とにかくなんとか早いところ終点まで行ってしまえというので、飛ばしに飛ばしているんでしょう。乗っている人たちにとっては、この二十年のあいだに、数時間しか経っていないんです」

話しながら、掛久保は一回分の洗濯を終えた。それに気づいて、男は真水の洗面器のなかに突っ込んでいた手を出した。

「だいじょうぶですか」掛久保は洗濯物を真水の洗面器に移した。

「ひりひりする」

男は掌を眺めながら立ち上がり、しかし、まあ、奇妙なことが、などと呟きながらぶらぶらと帰っていった。

ネギと大根の尻尾がはみだしたビニール袋を下げて、手島夫妻が帰ってきた。

「S駅前のスーパーが近くなって、便利になりました」

のぶ子がうれしそうに言った。

掛久保は洗濯物を干す手を止めて、振り返った。

「ええ。それに、Y駅の方のスーパーは品揃えが悪いうえに高かったから」

「これから何日かは、S駅前のスーパーを利用できますね」

のぶ子がなんどもうなずきながらテントのなかに入っていったあと、手島が歩道の方を指差して言った。

「なんでしょうね、あの人たちは」

指差す方を見ると、ふたりの男が巻尺の両端を持って、互いに入れ代わりながら、歩道の長さを計っていた。ふたりとも齢のころは三十代後半、平凡な会社員といった感じである。バスの前方から繰り返し距離を計りながら近づいてきて、バスのところまでくると、巻尺の目盛りを注意深く読み、それをメモした。それから、ふたりで並んで立ち、バスの方を見ながら、なにかしきりに言いあっている。

掛久保は言った。

「片方の男は以前にも見ましたよ」

「以前にも?」

「テントの引っ越しをしていたときです。単に見物に来ただけの野次馬とはちょっと様子が違っているし、関係者にしては顔に覚えがないんで、気になっていたんです」

ふたりでじろじろ見ていると、それに気づいて、男たちは巻尺を片付けて通りの先の方へ去っていった。

それからの一週間、その不審な男たちはときどき姿を見せた。

巻尺で繰り返し距離を計り、あるいは歩道に立ってじっとバスの様子を観察したりしている。どこか切羽詰まったような雰囲気があり、テント村の人々はなんとなく気にしつづけたが、声を掛けようとするといつも逃げるように姿を消した。

正体が知れたのは、一週間後の日曜日だった。

掛久保がいつものように下着の洗濯をしているところへ、最初にテントの引っ越しを見ていた方の男が近づいてきたのだ。

男は才田《さいだ》と名乗り、いっしょに来てくれないか、と深刻な顔で言った。

掛久保は洗濯を一段落させてから、才田について行った。

「あそこにいるみなさんは、あのバスに乗っている方の関係者ですか」

才田はそんなことを尋ねながら、国道をバスの進行方向に向かって歩いていった。

「そうですよ」掛久保は答えた。「娘さんがあのバスに乗っている手島夫妻と、御両親が乗っている大柿之木さんです」

「あなたは？」

「ぼくの場合は、フィアンセが乗っているんです」

それを聞くと、才田はいよいよ深刻な顔になった。

交差点をいくつか過ぎ、それまでのなかでもっとも広い通りにぶつかったとき、才田はそこを左へ曲がった。その通りは、東京をぐるりと一回りする環状道路のひとつだった。曲がってしばらく歩き、やがて才田は意味ありげに足を止めた。

最初、掛久保は才田が足を止めた意味がわからなかったが、中央車線に停まっているトラックを見て、あっと声をあげた。大型のコンテナ・トラックが、掛久保たちのバスと同じように、標識灯に囲まれて停まっていたのだ。

才田はうなずいて言った。

「いっしょに来ていただいたのは、あれのことなんです」

才田の話によると、そのトラックもゆっくりと暴走しているのだった。

才田の引っ越し荷物を積んだトラックで、もう三十年来そのようにして走りつづけている。東北のある市から出発して東京までそうやって走りつづけてきて、才田の現住所とは異なる、当時の引っ越し先へと向かっていたが、都内に入ってから、急に進路を変え、環状道路を経由して、横浜へ向かうコースに乗った。横浜には、そのトラックが所属する運送会社の本社があるので、どうもそこへ向かうことにしたらしい。

運転手と助手のふたりが乗っているが、運転手は東京に近づいてから相当に焦りはじめたらしく、日に日に速度を増している。そのトラックの走っている環状道路が、都心を西へ迂回する形にまわり、このあたりでバスが走っている国道と交差する。一週間前にそのことに気づき、バスの様子をなんども見に来たが、その走る速度から考えて、ちょうど、トラックが環状道路と国道の交差点を通過するのと、バスがそこに達するのが、おなじころになる。それで心配になって、友人に手伝ってもらって、交差点までの距離と移動速度を詳しく計ってみたが、どうもまったく同時に交差点に突入しそうだ、というのである。

話を聞くうち、掛久保の顔が青ざめてきた。

「すると……あのトラックと、ぼくらのバスが衝突する可能性がある、ということですか」

「そうなんです」と才田は言った。「トラックのなかから見れば、外界は時間が速く流れすぎていてほとんど雑音のように見えているだろうと思うんです。そのなかを、東北の市からここまで走ってくる間の経験から、自分がいくらつっ走っても、まわりの車の方でよけてくれて、まったく危険がないことを運転手は悟っていて、ものすごい速度を出している。こちらから見ると一日やっと何十メートルかですが、ぼくの試算では、おそらく百四、五十キロ出しているうえ、もう、交差点でもさして注意を払うこともしなくなってしまっていると思うんです。その事情はそちらのバスの運転手もほとんど同じでしょう。バスの方は乗客がいるために、そんなにべらぼうな速度は出せず、また、乗っている人が多い分、すこしは落ち着いているのでしょうけれど。この状態で、バスとトラックが交差点に進入すると……」

　掛久保は茫然としてトラックを見詰めた。昼だというのにライトを点けっぱなしにして、じわじわと進む様子が、地獄の底からアスファルトの路面をぶちやぶって地上に姿を現した凶悪な怪獣のように見えた。

「なんとかならないんですか。運転手に連絡をつけて、進路を変えさせるとか、速度を落とさせるとか」

　掛久保は夢中で言った。才田の顔までが、邪悪なもののように見えた。

「それは無理ですよ」才田は冷静に言った。「いままでに何度あのトラックの運転手と連絡を取ろうと試みたことか」

「じゃあ、このまま放っておいて、ぶつかるのを待つというんですか」

「どうしようもないことは、あなただってよく御存じのはずです」

　才田はゆっくりと何度も首を振った。

　翌日から、掛久保は会社を休んだ。

　休んだところでどうにもなるものではなかったが、あと何日かでフィアンセの乗ったバスがトラックと衝突してしまうのかと思うと、とても仕事などしている気にならなかった。

なにしろ、掛久保のきょうまでの人生は、バスのなかの織本ちさとともにあった。友人たちの中には、そんな別の世界に行ってしまった彼女なんかはやくあきらめろ、と忠告してくれるものもあったが、掛久保はできなかった。

バスが暴走をはじめたころには、すぐにでももとに戻るかもしれないとの期待があって、バスのそばを離れる気にならなかったし、いつのまにか長い年月が経ってしまったあとでは、こんなに長く待ったのだからと、一年また一年とずるずると待ちつづけてしまい、ついにいままで、バスのそばを離れるチャンスはなかったのだ。掛久保はそれでいいのだと思っていた。

ところが、そのバスがトラックと衝突して灰燼《かいじん》に帰してしまうかもしれなくなったのだ。そうなると自分のしてきたことは、いったい何だったのかと、掛久保は背筋の寒くなるような思いになった。

環状道路のトラックと国道のバスのあいだを、なんども行ったり来たりしながら、日を過ごした。自分でも巻尺を買ってきて、交差点までの距離を計りなおしたりした。なんど計りなおしても、トラックとバスは同時に交差点に進入するとの結果しかでなかった。トラックはわざわざ衝突するために速度を上げているように見え、バスはかたくなに同じ速度を保って暴走しつづけていた。どちらかが少しでも速度を上げるか下げるかすれば、衝突は避けられるはずなのに、とはがゆい思いだった。

バスのなかの織本ちさは、いつのまにか顔を前方に向け直していた。一日になんども掛久保は彼女の顔の見える窓のすぐ下まで行き、目尻の下がったかわいらしい顔を眺めた。

年月が経てば経つほど鮮明になってくる遠い昔の記憶が、その顔を見るたびに甦《よみがえ》ってきた。織本ちさは二十年前のあの日、掛久保とともに結婚式場の下見に行く予定で、このバスに乗ったのだ。バスの終点である東京駅で会う約束になっていた。当時織本ちさは二十六、掛久保は二十八だった。いま掛久保は四十八である。毎日織本ちさの顔を見つづけていて、テント生活で鏡を見る機会もあまりないために、掛久保はいまでも自分が二十八歳のような気がしており、勤め先の手洗いなどで鏡を見て、ぎょっとするようなことがあった。

三日目に、掛久保は思いついて、白い長大な布と、マジックを十本ばかり購入した。バスの後ろの道路上に布を広げ、マジックで文字を書いた。大柿之木に手伝ってもらって、環状道路との交差点より少し手前の歩道橋に、文字を書いた布を張った。布は歩道橋の端から端まで掛かる横断幕となった。

それには、ひらがなででかでかと次のような文字が書かれていた。

あぶない　とまれ

掛け終えた横断幕を眺めながら、大柿之木が言った。

「以前にも横断幕を掛けた人がいたねえ」

「そうでしたか」掛久保は言った。

「たしか取り引き関係のあった人がバスに乗っているとかって人」

「ああ、そういえば……」

「バスに乗っている人の到着が遅れたために、事業に失敗し、人生を狂わされてしまったとかで、バスの人にそのことを伝えなければ収まらないと言って、ときどきやって来ては、妙な横断幕を張っていた。〈おそいぞ　ばかやろう〉とか、そんなことを書いたやつ。あれは伝わったのかね」

掛久保はいやな顔をした。こんな横断幕を掛けても何にもならないと言われているような気がしたのだ。

「悪いことを言ってしまったかね」

大柿之木は掛久保の気持ちを察したように言った。

「いや……」掛久保は言った。「伝わらなくてもいいんです。何もしないでいるのはつらいから、やってみただけですから」

　はじめに事態を受け入れたのは大柿之木だった。

　掛久保が横断幕を張った日の夜、テントの引っ越しをはじめようとしたとき、自分はもう引っ越しをせず、テントをたたんでこの場所を去ると言い出した。

「きょう、掛久保さんといっしょに横断幕を張っていて、急にむなしくなっちまったんだ。衝突するところなんか見たくないしね」

　掛久保はびっくりしたが、その気持ちもわからないではなかった。

　手島夫妻も、引き止めようとはしなかった。

「おやじの還暦を祝って旅行に行かせてやったのが仇《あだ》になっちまった」大柿之木は言った。「それまでなんにも孝行らしいことをしたことがなかったから、還暦を機会に金を出して旅行をさせてやったんだけどね。いつも心配ばかりかけてる不肖の息子が、たまにそんなことをしたのがよくなかったのかね。このあいだ、ふと気がついたら、おれはもうおふくろより年上になっちまってるんだ。毎日、バスがもとに戻るのを、いまかいまかと待っていたから、なんだかあっという間の二十年だったけど、きょうここを去ることに決めてみたら、むなしい二十年間だったような気もしてね。正直なところ、トラックに衝突しちまえば、気が楽になるような気もするよ」

「そうですね」手島は同意した。「わたしたちも娘に付き合ってきましたが、いったいこうやってバスの後ろにずっと付いて歩いてきたのはなんだったのかって思うことがときどきありますよ。でも娘はまだ十九、あきらめるわけにはいきませんでしたからね。このバスを守るのに必死でした」

「最初のころは大変だったな」大柿之木は言った。

「ええ。学者さんがなんだかむちゃな調査をしようとしたり、役所が粗大ゴミ扱いで処理しようとしたり、駐車違反扱いでレッカー移動させようとしたり」

「手島さんは、いちいち、喧嘩をしてたね。おれはいつも頼もしく思ってたんだよ。おれも気持ちは同じだが、口下手で役所だとかなんだとかと交渉するのは苦手だからね」

「いや、わたしだって、べつに喧嘩《けんか》が得意なわけじゃないですが」

「最初大勢いた関係者が、ひとり去り、ふたり去りしていったときは淋しかったな」

「あれは十年前ぐらいですかね。残っていた人たちが一斉にバスに乗っている身内の失踪届を出した。あれは悲しかった。おまけに、遺族会なんてものを結成したのには、びっくりするやら、腹が立つやら、あのときもそんなもの作るなと言って大喧嘩をした。だってバスのなかの人たちはまだ生きてるし、顔も見ることができるんですからね」

「そうだね。でもいまとなっては、おれも失踪届を出し、遺族会を作った人たちの気持ちがわかるよ。いつ帰ってくるかわからない人を待ちつづけるのは容易なことじゃない」

掛久保はなにもかもあきらめてしまったような手島と大柿之木の話に反発を覚えたが、しかし、だからといってふたりの考えに文句を言う筋合いではなく、黙って聞いているしかなかった。自分の心の片隅にもふたりと似たような気持ちがわずかながらあることが、なにか腹立たしくも思われた。


大柿之木が去った翌々日、手島夫妻もバスに見切りをつけた。

「大柿之木さんと話していて、なんだか心の整理がつきました」

と手島は言った。

掛久保は複雑な思いで、むすっとしたまま、手島夫妻が荷物をまとめるのを見ていた。荷物をまとめながら、のぶ子は泣いていた。

「おせっかいなことかもしれないが、あなたも早く気持ちを切り替えた方がいいんじゃないですか」手島は言った。「大柿之木さんも同じことを言っていたが、気持ちを切り替えてみると、なんだかむなしい二十年間だったような気がします。あなたはわたしたちに比べればまだ若いのだし、フィアンセの方、織本ちささんと言いましたかね、あの方のことは忘れて、いや、忘れてというのもひどい話かもしれないけれど、まあ、心の中の思い出としてしまって、人生をやりなおした方がいいんじゃないですか」

掛久保はうなずきもせず、反論もせず、ただじっと髪の毛の白くなった手島の顔を見詰めた。前日までの重苦しい表情が少しやわらいでいるように見えた。

手島夫妻が去ったあと、掛久保は歩道橋まで行き、横断幕をはずした。

たたんでテントのところまで持って帰り、その裏側にマジックで文字を書いた。書き上がるとふたたび歩道橋のところまで運び、苦労してひとりで幕を張り渡した。

それにはこんな文字が書かれていた。

ちさ　あいしている

バスはもう、環状道路との交差点まで七、八十メートル、歩道橋から三十メートルばかりのところまで迫っていた。翌日の夕方に交差点に突入するはずだ。

掛久保はバスのすぐ横まで行って、窓を見上げた。

織本ちさは、前の座席の背もたれに両手を掛けて、前方を見詰めていた。まだ、この先の交差点で起こることに気がついてはいないだろう。何時間ものあいだ、異常事態のなかでバスに揺られつづけてきた疲労感が、眉を寄せた表情に色濃く漂っていた。

バスは速度を変えることなく突き進んだ。横断幕は何のたしにもならなかったらしい。

その朝、作業員がやってきて、交差点を横断する形で標識灯の列を作った。その交差点に隣接する四つの交差点には、通行する車に迂回を指示する看板が出されていた。大きな交差点をバスが通過するときには、いつも取られていた対策であった。そのため、交差点には車の通行は絶えていた。

ただ暴走バスと暴走トラックだけが、ゆっくりと交差点に向かっていた。

バスが交差点に進入したとき、トラックはまだ、交差点の手前にいた。

一見、ぎりぎり、時間をずらしてすれ違って通り抜けられそうに見えたが、よく見ればトラックの方がわずかに速度が速く、やはり交差点の真ん中でぶつかることがわかった。

掛久保は、交差点脇の歩道に立って、固唾《かたず》を飲んでバスの進行を見守った。織本ちさは顔を正面に向けてじっとしていた。その顔の周囲だけが、光り輝いているように、掛久保には見えた。

才田がトラックの方からやって来て、掛久保と並んで歩道に立った。

「とうとうですね」才田が言った。

掛久保は黙ってバスを見詰めつづけた。

「ぼくはなんだかほっとしているんです」才田は言った。「いままでの人生を、このトラックにとらわれて過ごしてきたような気がしていましてね。あのトラックには、ぼくの少年時代の思い出がぎっしり詰まっているんです。命より大切にしていたプラモデルとか、転校にあたって好きだったクラスの女の子からもらったハンカチとか、そんなものがぎっしり詰まっている荷物なんです。あの荷物を失った時点でぼくの人生は違うコースに入ってしまったような気がしている。あのときまでに、積み重ねた思い出が全部いっぺんになくなってしまって、しかし、なおあのトラックのなかには存在している。ずいぶん妙な気持ちがしました。あのなかにあるものがなくならなかったら、送っていたであろう人生というのがあるような気がして、それが気になって仕方がなかった。それがいまから失われる。いままでは半分失われたようでいて、しかし、いつトラックがもとの正常な時間のなかに戻ってくるかわからないという気持ちがあった。だから、こだわりも大きくて、この場を離れるわけにはいかなかった。でも、このトラックがなくなってしまったら、それも、自分自身で捨て去るのではなくて、不可抗力でなくなってしまうとしたら、なにかずいぶん気が楽になるような気がするんですよ」

そんなことはない、と掛久保は思い、才田のことは無視してバスを見詰めつづけた。

織本ちさの顔の表情筋がわずかに動きはじめた。視線が左前方のトラックの方に向けられている。猛烈なスピードで（と、織本ちさからは見えるであろう）交差点に突っ込んでくるトラックに気がついたらしい。

目がゆっくりと見開かれていく。それにつれて、口もまた開かれていく。叫びを発しようとしているのだ。が、その声はバスの外にいるだれにも聞こえない。

掛久保はトラックの方を見た。

トラックも交差点に入ってきていた。その運転手の顔が驚愕に歪み始める。助手席の人も泣きそうな顔になっていた。

そのとき、ふいに掛久保は気持ちが透明になるのを感じた。交通が途絶え、バスとトラックだけが亀の這うような速度で走っている交差点の風景が、遙かに遠い距離にあるもののように見えてきた。

これから起こる惨劇の様子を思い浮かべながら、それがずっと昔にすでに起こってしまったことであるかのような思いにとらわれた。織本ちさはバスに乗ってから数時間後に、その事故に巻きこまれるのである。それは掛久保から見れば、二十年前にあたる時間であった。すでに起こり、終わってしまったことなのであった。その終わってしまったことを引きずったまま、掛久保は長い年月を過ごしてきた。そのことを、むなしいとは感じないものの、もうそのことから解放されてもよいのではないかという考えが、脳裏に浮かんだ。

トラックの運転手がブレーキを踏み、急ハンドルを切りはじめた。バスの運転手もほぼ同時に回避動作をはじめた。人間の耳にぎりぎり聞こえる超低音で、ブレーキの音と警笛の音が響き渡った。

超スローモーションで衝突をはじめたバスとトラックをじっと見詰めつづけながら、掛久保は少し心が軽くなるのを感じていた。

殴り合い

「さてと、これで一段落だな」

谷口英二《たにぐちえいじ》はソファーに腰をおろしながらつぶやいた。

「お茶でもいれましょうか」

妻の康子《やすこ》が湯を沸かしはじめる。

課長になり、家を建てた。部下たちが新居祝いにきて、先刻引きあげていったところである。三十年のローンが残っているが、ともかくも一段落した気分だった。サッシ越しに見えるささやかな庭の、チンチョウゲの植込みに月がさしている。

康子がむかいにすわり、缶の蓋で葉の量を調節して急須にいれる。

「なんだかほっとするわね。やっぱり自分の家があるのって、いいわ」

「女はそういうふうに感じるものらしいな。おれは通勤がたいへんになっただけだ」

「あら、あなただって、きょうは朝から家中の窓拭きをして、うれしそうだったわよ」

「うれしそうだった？　そうかねえ」

谷口は照れ笑いをした。

急須のなかでお茶の葉がひろがり、いい香りが漂いはじめる。

「終《つい》の住処《すみか》ができて、これであなたもお仕事に打ちこめるわね」

「打ちこむというほどの仕事じゃないよ。コンピュータ販売会社の平凡なサラリーマン、あとは大過なく勤めて、ローンを払いおわれば、めでたしめでたしってわけだ」

「ずいぶん枯れたこと、言うのね」

「四十にもなるとそんなもんだよ。人生が見えてくる。自分の力の限界もわかってくる。あとは平穏無事な暮らしが望みだ」

康子が湯呑に茶を注ぎ、谷口のまえに置く。

「平穏無事といえば、人が殴り合うのを久しく見ていないなあ」

谷口は唐突にそんなことを口にした。

「殴り合う？　なんの話なの」

康子はいぶかしげに夫を見た。

「話したことがなかったかな。むかしはしょっちゅう、殴り合いを見たんだよ。道を歩いているとするだろう。すると横丁からふたりの男が飛びだしてきて、いきなりぼかすか殴り合いをはじめるんだ。おれの目のまえで」

「なによ、それ。へんなの」

「うん、へんな話なんだ……」


高校時代、谷口は三十分ほどの距離を歩いて通っていた。とちゅうに大きな植物園があり、学校へ向かうには、その植物園に長く巡らされたコンクリート塀に沿って歩いていく道筋をとる。殴り合いを見たのは、その塀沿いに歩いているときだった。

その日は一学期の学期末試験の初日だった。朝から夏の強い陽ざしのさすなかを、谷口は片手に鞄をぶらさげ、片手に英語の単語集を開いてそれへ目を落とし、口のなかでぶつぶつ英単語をつぶやきながら歩いていた。

とつぜん背後で、ばたばたっと切迫した感じの足音がしたかと思うと、人と人のぶつかりあう、どしんという音が聞こえた。ふりかえると、長々と続くコンクリート壁が、朝日を浴びて路上に落とす灰色の影のなかで、ふたりの男が揉《も》みあっていた。

一方は二十代で、どこか線の細いからだつきをしていた。ジーパンとTシャツを着ている。他方は五十ぐらいだろうか。ごくふつうのサラリーマンが着るようなスーツの上下を着ていた。ただ、サイズが大きすぎるらしく、袖やら裾やらがばさばさとひどく揺れていた。

しかけたのが五十男の方らしく、最初二十代の方が受けにまわっていた。コンクリート壁を背にして、めった打ちにされているのだ。腕でガードしつつ、押しもどそうとするのだが、そのたびに逆に突きとばされて、壁に頭を打ちつけている。唇が切れ、血が出ていた。

そのうち、一瞬の隙をついて、若い方が反撃に出た。カウンターでくりだした拳が五十男の顎《あご》を完璧にとらえた。五十男は宙返りしそうな勢いでひっくりかえった。ひっくりかえるときに、足をガードレールにひっかけていた。ガードレールの外側に五十男はころがった。若い方がガードレールを飛びこし、のしかかろうとするのを、わずかに早く五十男が飛びおきて身構え、ふたりともボクシングのファイティング・ポーズをとって向かいあった。

そのときである。若い方の男がちらりと谷口の方を見た。胸のあたりで単語集をひろげたまま、茫然とつったって殴り合いを見ていた谷口と目があった。谷口はびくりとし、あわてて踵《きびす》を返すと、足早に学校に向かって歩きはじめた。

谷口のうしろで、ふたたび殴り合いの音が聞こえはじめた。

「ちょうどｅｘｐｅｃｔっていう単語のところだったんだ」谷口は言った。「それで、ｅｘｐｅｃｔ　ｅｘｐｅｃｔってつぶやきながら、殴り合いを見てた」

「あなたらしいわね。なんだかぼんやりしてて」

康子がポットから急須に湯を注ぎ、二杯目のお茶をいれながら言った。

「ｅｘｐｅｃｔは、うしろのｐｅｃｔの方にアクセントがあるんだ。それだけは忘れない」

「つまり、たまたま、喧嘩《けんか》してるところに出くわしたっていう話？」

「これだけならね。でも、話はまだつづきがある。その日のうちに、また殴り合いを見たんだ」

その日の最終時限の開始のチャイムが鳴り、担当の教師がきて試験問題を配りはじめたとき、谷口は窓の外に動く人影が見えているのに気づいた。

谷口の高校には新旧ふたつの校舎があった。旧校舎は三階建てであり、五階建ての新校舎の最上階にある谷口のクラスからは、その屋上を見下ろすことができた。そのときはもう使われておらず、取り壊しを待つばかりになっているくすんだ灰色のコンクリート壁の旧校舎の屋上に、ふたりの男がいた。男たちは殴り合いをしていた。

身長が指につまんだ鉛筆ぐらいに見える距離があった。それでも、それが、先刻、植物園のわきで殴り合いをしていた男たちであることが、谷口にはすぐにわかった。一方の男が、大きすぎる上着をばたばたと翻していたからである。

谷口はなかなか試験問題に集中できなかった。ようやくの思いで一問解き、顔をあげると男たちはまだ殴り合いをしていた。大きすぎる上着の方が劣勢のようだった。なんどもなんども屋上のコンクリートのうえに尻もちをつき、立ちあがろうとして自分の上着を踏んでひっくりかえるといったことをくりかえしている。

「よそ見をしてる余裕があるのか、谷口」

教師から注意されるほど、谷口は屋上の殴り合いが気になってしかたなかった。

結局、ほとんど試験のあいだじゅう、男たちは殴り合いをしていた。そうして、谷口が時間ぎりぎり、せっぱつまって最後の問題を解き、顔をあげると、ふたりとも影も形も見えなくなっていた。

「おかげで試験の結果はさんざんさ」

谷口は言った。

康子が冷蔵庫からリンゴを出してきて、皿のうえで剝《む》きはじめた。

「あなたって、ぼうっとしてるところがあるから。殴り合いがなくても、結果はおなじだったわよ。きっと」

「まあ、英語はいまでもぜんぜんだめだけどな。しかし、そんなにぼうっとしてるかね、おれは」

「ぼうっとしてるっていうか、なんかいつもあらぬことを考えてるのよね。それでよくコンピュータ販売会社の課長さんが勤まるものねって思うぐらい」

まるごと剝いているリンゴの赤い皮が、康子の手元から垂れて、皿のうえにくるくるとまるまっていく。その剝きかけのリンゴを康子がナイフで指し示した。

「ここにリンゴがあるじゃない。わたしだったら、剝いて食べようってしか思わないんだけど、あなたは、リンゴのこんな小さなタネから、どうしてあんな大きな木が育つんだろうとか、リンゴが地面に落ちるのはどうしてだろうとか、そんなこと考えはじめちゃうの」

「それじゃニュートンじゃないか」

「近いんじゃないの、考え方とか」

「ほめられてるとは思えないな」

「ほめてないわよ」

「おまえ、おれの話、おもしろがって聞いてないだろう」

「なんの話?」

「殴り合いの話さ」

「おもしろくないじゃない」

「いや、まださきがあるんだよ。小学校のときにも、おなじようなことがあったんだ」


小学校五年のときか六年のときか、谷口はさだかに覚えていない。国語の時間に、図書室に行って自由に本を読むという授業があった。その日、谷口はある本を読もうと事前にこころに決めていて、とても楽しみにして図書室に行った。

書架のあいだを歩き、本を見つけ、手を伸ばしたとき、騒ぎが起こった。書棚が何百冊の本もろともに、谷口の方へ倒れてきたのである。山崩れのようにばらばらと落ちてくる本から、床を這《は》うようにして逃れ出てみると、倒れた書棚の向こうで、ふたりの男が殴り合っていた。

ふたりとも裸だった。パンツさえはいていない、まったくの素裸である。担任の女教師が、学校中の窓ガラスが割れるのではないかというほどの悲鳴をあげたのは、書棚が倒れたことよりもなによりも、ふたりの素裸の男が目のまえに出現したせいであったろう。生徒たちも大混乱を起こし、図書室中を走りまわり、逃げまわった。

そのなかで、ふたりの男は殴り合いをつづけた。おなじぐらいの年齢で、おなじようにたくましい筋肉質のからだつきをしていた。彼らの動きにつれて、つぎつぎに書棚が転倒し、椅子や机がひっくりかえった。

騒ぎを聞きつけて、職員室から何人もの教師が駆けつけた。

「なにをやっているんだ。やめろ」

ひとりが止めに入ったが、かえって騒ぎを大きくしたようなものだった。裸の男ふたりと教師たちが図書室中の書棚を倒して歩く結果になった。

そのうち、一方の裸の男が窓ガラスを体当たりでぶち破って、校舎の外へ飛びだした。

「あっ」

みな、息をのんだ。図書室は二階にあったからである。

つづけて、もうひとりの男も、最初の男が破った窓から身を投げた。教師たちが窓辺に駆けよると、裸の男たちの姿はすでにどこにも見えなくなっていた。

「どうして裸だったのよ、その人たち」

康子が笑った。

「着るものがなかったんじゃないかな」

谷口は言った。

「ばかばかしい。着るものがなかったら、小学校の図書室じゃなくて、デパートか洋服屋さんにいくものよ」

康子はあきれ顔になり、

「わたし、お風呂に入るわ」

リンゴの皮と芯の載った皿を持って立ちあがった。

谷口は自分でポットから急須に湯を注いだ。急須のなかのお茶の葉はすっかりひらいて、申し訳に色がつく程度になってしまっていた。香りのしない茶を谷口はすすった。

アップライト・ピアノのてっぺんでまるまって眠っていた飼い猫が起きあがり、前足をつっぱって伸びをした。小学校六年になる娘の美香《みか》が、ミポリンという名をつけてかわいがっている三毛猫である。ピアノもその娘のために買ったものだった。

ミポリンは床に飛びおりると、のそのそと近寄ってきて、当然の権利という顔で谷口の膝に飛び乗った。

「そうか、来たのか、ミポリン」谷口は猫撫《ねこな》で声になって言った。「ママはお風呂に入っちゃったよ。話はこれからおもしろくなるところなのにねえ。だって、殴り合いがどうして起こるのか、まだ話してないんだよ。しようがないから、おまえに話してやろう。大学入試のときのことなんだけど……」

高校の三年間を通して、谷口はしだいに数学に興味を覚えるようになった。人間の頭のなかにしか存在しない抽象的な世界が、この世で具体的に起こる物理的な事象に対応し、それを説明したり予測したりできるということのふしぎさにひかれたのである。

数学を学ぶことのできる大学を四つ選んで、受験した。第一志望は某有名私立大学であり、そこには、谷口が著書を読んで、その自由な発想に深い感銘を受けた教授がいた。非常に能力のある数学者のくせに、大まじめでUFOの研究をしてみたり、霊媒師の脳波を数学的に解析して霊界の原理についての新説を発表してみたりする名物教授だった。

その第一志望校の受験日の朝、合格電報屋や弁当売りがならぶ道を歩いて校門へ向かう途中のことである。谷口の目のまえに、パジャマのズボンだけをはき、上半身裸の男が飛びだしてきた。寒い二月の朝のことである。にもかかわらず、男は顔を上気させ、からだに汗をかき、湯気を立ちのぼらせていた。男はいきなり地面にダイビングを決めるかのようにからだを躍らせ、谷口の足にタックルをかけてきた。

谷口は鞄を投げだし、尻もちをついた。男はすばやく立ちあがって、その鞄を拾って走りはじめた。

「あっ、待て」

谷口は追いかけはじめた。鞄には筆記用具と弁当が入っている。その日必要欠くべからざるものであった。

パジャマ・ズボンの男は狭い横道に飛びこみ、湯気をあげながら駆けに駆けた。二百メートルばかり追っただろうか。とつぜん男が横倒しにひっくりかえった。見ると、男に足払いをかけた男がいた。これも妙な男で、素裸のうえにコートを一枚羽織っているだけだった。

パジャマとコートが殴り合いを開始した。その間に谷口は近くまで走りよった。路上に谷口の鞄が落ちていた。谷口はそれを拾い、一目散にその場から逃げだした。


「筆記用具と弁当は無事だったよ」

谷口は言った。ミポリンが膝のうえでまるまって、ごろごろと喉を鳴らしている。その喉を撫でながら谷口はつづけた。

「だけど、その朝の事件のせいで、試験に集中できなくて、結局失敗しちまった。入ったのは第二志望の大学。授業がつまらなくて、遊んでばかりいたな。もちろん恋もした」

大学一年のとき、三田村咲子《みたむらさきこ》という女の子に、谷口は恋をした。ストレートのきれいな髪を肩まで伸ばした、知的な顔だちをした女の子だった。しかし谷口は恋を打ち明けることができず、ひとり悶々《もんもん》と過ごすばかりだった。

三年になってようやくデートらしきことができた。谷口はほんのすこしおとなになっていた。咲子はその十倍ぐらいおとなになっていた。化粧がじょうずになり、服のセンスもよくなり、まぶしいほどの魅力を発散していた。

「谷口くんって、なんか、ぼうっとしてるところがあって、いいわね」

咲子はそんなことを言った。

「ぼうっとしてるかな、おれ」

「細かいことにこだわらなくて、ぼうっと大きなことを考えてるみたい。枝葉末節ではなくて、ものごとの本質的なこととか、原理的なこととか」

「そうかなあ」

「わたし思うんだけど、そういう人って、他人が思いもよらないような、とんでもないことを成しとげたりするんじゃないかしら。そういうの、いいと思うわ。最近の男の子って細かいことばかりこだわってるんだもん。なんだかいやになっちゃってんだ、そういうの」

きらわれてはいないらしい、と谷口は思い、咲子を二度目のデートに誘った。

遅くまで飲むうち、咲子はうちに帰らなくてもいいというようなことをほのめかした。

「わたし、めずらしく本気なの。谷口くん、将来大物になりそうな気がする。それについていけたらいいななんて思うんだ」

谷口は咲子をホテルに誘った。

シャワーを浴びて出てくると、咲子はすでにベッドに入っていた。なにしろ二年越しで想いつづけていた相手である。谷口は興奮でふるえだしそうになりながら、シーツをはぐった。きめの細かい肌をした、咲子の美しい裸身がそこにあった。

咲子がかすかに声をもらしはじめると、もうたまらなかった。太腿を押し開き、からだを重ねた。咲子はすっかり潤っていて、なめらかに収まった。

「はあ」

と谷口は思わず声をもらした。これまでの人生のなかで最大の歓びといってよかった。

そのときである。とつぜん、谷口はなにものかに両の腰骨をつかまれていた。と思う間もなく、強い力で腰がうしろに引かれていた。とうぜんのことに、谷口のものは、居心地のいい場所から、するりと抜けてしまった。

「な、なんだ！」

ベッドから転げおちながらふりかえると、裸の男が立っていた。

「きゃあ」

咲子が悲鳴をあげ、シーツでからだを隠した。

それから起こったことを見て、谷口は腰を抜かした。ベッドの足元のあたりの空間が、銀色に光を発したかと思うと、その光の消えたあとに、裸の男がもうひとり、腕組みをして立っていたのである。

新手の男は、谷口の腰を引っぱった男に躍りかかった。すさまじい殴り合いになった。がつんごつんと肉体と肉体のぶつかりあう音がホテルの部屋に響きわたった。

「何なんだよ、あんたたち」

谷口は大声をあげたが、男たちは答えない。無言で殴り合いをつづけた。

そのうち、最初に現われた方の男が腹部に集中打を浴び、よろけるようにしてドアから逃げだしていった。

残った男が、谷口の方をふりかえって言った。

「つづけろ」

それからその男も最初の男のあとを追って、ドアから出ていった。

もちろん、つづけられるものではなかった。

「彼女とはそれっきりだよ」谷口は言った。「結ばれたんだか、結ばれなかったんだか、よくわからないんだ。もし、あのとき、ちゃんと結ばれていたら、結婚までいったんじゃないかなんて、いまでもときどき思うけどね」

ミポリンが膝のうえで顔をあげ、谷口の顔をもの問いたげに見た。

「そうなんだ。その男たちは銀色の光のなかからやってくるんだ。素裸でね」谷口はミポリンの喉を撫でた。「それもおれの人生の節目節目みたいなときにさ。そうして殴り合いをする。何ものなのかって？　それはおれが就職活動をはじめたときにわかったんだけど……」

コンピュータ関連の会社を谷口は考えていた。入りたい会社が一社あった。自由で大胆な発想をたいせつにする社風であり、なおかつ政府筋に太いパイプがあり、科学技術関係の事業団と協力して、素粒子加速器のデータ解析用のシステムをつくったというような実績もあった。

ただ谷口の成績はその会社を目指すには不足だったし、コネもなかった。一縷《いちる》の望みは、谷口の大学からただひとりその会社に入っている先輩だった。就職活動の開始と同時に、その先輩に頼みこんで、人事の人間に紹介してもらう約束を、どうやらとりつけた。

約束の日、買ったばかりの背広にネクタイを締め、ふだんは手にしたことのない櫛《くし》で念入りに髪をとかし、谷口は家を出た。

最寄駅の手前で、大きなマンションの建設工事現場を通りかかった。足場を高く組みあげてあり、ワイヤーで鉄板を吊るしたクレーンが上の方で動いていた。

谷口がクレーンの真下にさしかかったときである。がくんというような音がして、鉄板がワイヤーからはずれた。頭上を見上げながら歩いていたので、谷口はそれに気づいた。が、足がすくんで動けない。落下してくる鉄板が、見る見る大きさを増した。

そのとき、谷口はなにものかに背中をどんっと突きとばされた。よろめいて歩道のうえに転がった。その右足の靴の踵《かかと》から五センチと離れていない場所に、
ガゴーンッ
ものすごい音を響かせて、畳二畳分はある赤茶色の鉄板が落ちてきた。谷口はほとんど気絶するところだった。

気づくと、かたわらに、男が倒れていた。彼が背中を突きとばしてくれたのである。男は素裸だった。素裸で、この工事現場のどこかから拾ってきたらしいヘルメットを股間にあてて、その部分だけ隠していた。

男はヘルメットを両手で押さえながら立ちあがり、建設中のマンションを見上げた。その視線を追って谷口が足場を見上げると、もうひとり裸の男がいた。彼もやはりヘルメットで股間を隠している。そのかっこうで、じっと真下の路上のようすを見下ろしていた。

「だ、だれなんだよ、あんたたちは」

谷口が訊《き》くと、目のまえの男は谷口の肩を押すようにして、

「早く行け」

急かすように言い、足場へ登るつもりか工事現場のなかへ走りこんでいった。

谷口は、約束の時間もあることとて、そのままその場を離れた。

電車を乗り継ぎ、最後に都心の地下鉄駅で降りた。

深い駅から地上への階段を昇り、まさに昇りきろうとしたそのとき、谷口はまたもや謎の男たちに遭遇した。タオルを腰に巻いただけの男が現われ、真正面から谷口を突きとばしたのである。

谷口は地下鉄の長い急な階段を、まっさかさまに転げ落ちた。途中の踊り場でどうにか

止まったものの、頭といわず肩といわず尻といわず、からだじゅうを固いコンクリートに打ちつけ、とうてい身動きできなかった。骨の二本や三本折れたのはまちがいない。

　痛みにうなりながら見上げると、こちらを見下ろしているタオルの男のうしろにもうひとり、女ものの真っ赤なワンピースを身につけた男が現われたところだった。タオルの男がふりむいて、殴り合いになった。

　決着はわりあい簡単についた。赤いワンピースの男が階段を転げ落ちてきたのである。サイズの合わないものをむりして着ていたせいだろう、ボタンがはじけとび、ワンピースが脱げて宙に舞った。

　素裸になった男が、谷口の隣に仰向けに転げて止まった。気絶していた。

「おい、あんたたちはいったい何者なんだ」

　谷口は男をゆさぶって訊いた。

　男はうーんとうなって意識をとりもどすと、身を起こそうとした。しかし、全身の打撲のためにできない。すぐにまた意識を失った。

　階段の下から足音が聞こえた。地下鉄の駅員が駆けあがってくるところだった。通行人が知らせたのだろう。階段の上を見ると、タオルの男の姿は消えていた。駅員は谷口と裸の男のようすを見て、あわてて救急車を呼びにいった。

そのあいだに、もういちど男が意識をとりもどした。

「聞かせてくれよ。あんたたちはいったい何者なんだ。なにをしようとしている」

谷口は訊いた。

男は首を上げ、谷口をながめまわしてから、ひとりごとのように言った。

「……ちきしょう、失敗だったか」

「失敗？　なんのことだよ」

「いや、こっちのことだ。われわれの計画は失敗に終わったってことさ」

「われわれの？」

「あんたの人生、いままでいろいろにぎやかだったろう。目のまえでとつぜん殴り合いをするやつがたびたび現われたりして」

「そうだったよ。あれはみんなその『われわれ』の仕業だったのか」

「そういうことだ。でも、たぶん、これが最後だろうと思うぜ。だから、ひとつだけ、そっと教えておいてやろうか。われわれは未来からきたんだよ」

「え……？」

谷口が訊きかえしたとき、男はにやりと笑って口を開き、指をさしこんで奥歯にさわった。とたんに銀色の光が男を包み、その光が消えるのとともに、男の姿も消えていた。

谷口は駅員と救急隊員に、裸の男の行方をしつこく訊かれるはめになった。


「というわけさ」

谷口はミポリンを抱きあげて、顔をのぞきこんだ。

「つまり、殴り合いをする男たちは、未来からやってきて、おれの人生に影響を与えようとしていたんだろうな。たぶん、未来の人間には二種類か、あるいはそれ以上の異なる立場があって、それで殴り合いになった。おれがどういう人生を歩むかで、有利になったり不利になったり、それどころか、存在しなくなってしまったりする人間がいたんだろう。やつら、裸でしか時を越えられなくて、それでこっちの時代に到着してから間に合わせのものを着てうろついていたんだろうし、素手で殴り合うしかしかたがなかったんだろう」

ミポリンがフミーと不満そうな声を出した。谷口はミポリンを膝におろした。

「おれが未来に影響を及ぼすような重要な男かって？　そういう可能性はあったんだよ、たぶん。可能性の世界としては、どこかにそんな世界が存在しているのかもしれない。いまは小さなコンピュータ販売会社の課長だけど、どこかの世界では歴史をゆるがすような前人未到のコンピュータ・システムを開発しているにちがいないんだ。そう考えると楽しいよな。小学校の図書室に裸の男たちが現われたとき、おれが手にとろうと思っていたのがどんな本だったか、それが思いだせれば、その前人未到の大発明がどんなものか、多少は想像がつくのかもしれないけどなあ。なんだか天文学とか宇宙の図鑑のようなものだったような気がするんだが」

谷口はミポリンを膝からおろし、煙草をとって火をつけた。ミポリンはすぐにもういちど膝に飛び乗ってきた。

「そう、その後、殴り合う男たちは現われなかったよ。就職活動のときが最後だった。高校から大学にかけての時期は、ほんとうにしょっちゅう現われたものなんだが。いま話した事件ばかりじゃない。電車のホームでとつぜん殴り合いがはじまるのを見たこともあるし、喫茶店でコーヒーを飲んでいると、となりの席で殴り合いがはじまることもあった……」

「あら、あなた、こんどはミポリンに殴り合いの話をしているの」

風呂からあがってきた康子が言った。

「いや、ちょっとむかしを懐かしんでいただけだよ」

谷口は言った。

「むかしを？　いまが不満なの」

「そんなわけはないじゃないか。自分の家を建てた。仕事も順調。いい女房もいる。娘もりっぱに育っている」

「そうよねえ」

康子は幸福そうにうふふと笑い、

「ケーキがあるのよ。新居祝いのお客様に頂いた分。コーヒーでもいれましょうね」

ケーキの箱を開け、コーヒーを沸かし、二階の子ども部屋から娘の美香を呼んだ。三人でテーブルを囲み、一家の団欒《だんらん》になった。

「パパったらへんなのよ。むかしは人がしょっちゅう殴り合いをしていたなんていうの」

康子が小学校六年になる美香に言った。

「どういうこと、パパ？」美香が笑いながら訊いた。「乱暴な人がいっぱいいたの？　原始人みたいな」

谷口も笑いながら、

「そうじゃないけどさ。殴り合いがよくあったんだよ」

「いまはないよね。わたし人が殴り合うのなんか見たことないもん」

「いまはないよ。そういう必要がなくなっちゃったんだ」

「よかった。わたし、人が殴り合ったりするの、好きじゃない」

「パパもだよ。だけど、ちょっと寂しいような気もしてるんだ。殴り合いがなくなっちゃったのは」

「どうして」

「どうしてって、そうだなあ、それは若さがなくなっちゃったっていうことだからかな」

「パパ、言ってることがよくわかんないよ」

美香が言い、

「ねえ、わかんないわよねえ」

康子が同意した。

それから、母と娘の笑い声が新居のリビングに響きわたった。

神々の将棋盤

——いまだ書かれざる「タルカス伝・第二部」より

1

墓をつくろうと言いだしたのは、族長のフンカカだった。それが、もう間もなく完成しようとしていた。進行状況を見るべく、フンカカはその建築現場の方へ歩いていった。

環状列石。

ひとことでいえばそのような構築物が、荒野のまんなかに出現していた。紡錘《ぼうすい》形の石の柱が巨大な円を描いて何十本も立ちならび、そのうえに、となりどうしの石柱にかけわたすかたちで、細長い石が水平に載せられている。

円環はまさに閉じられようとしていた。最後の数本の石柱を立ちあげるための作業用の足場や土盛りがつくられ、そのわきに、やがて柱となるべき石が横たえられ、多くの人数で、削ってかたちをととのえる作業が行なわれていた。

完成すれば、タシュンカ族の種族としての墓となる。族長の墓でもなく、それ以外のだれか特定の人物の墓でもなかった。種族全体の墓であった。

てっぺんに巨石を載せた柱の列は、タシュンカ族の似姿でもあった。タシュンカ族がひとり残らずこの世から姿を消してしまっても、その面影が列石となってこの地上に残るようにとの気持ちがこめられていた。

――破壊者がやってくる。

呪術師のその言葉で、フンカカは墓をつくることを思いたった。三年ほどまえのことである。呪術師はひとり荒野へ旅立ち、放浪の果てにその〈破壊者〉のビジョンを持ち帰った。

「これが」

と、旅から帰還した呪術師テテウィトコは、棒きれで地面にちいさな丸印を描き、棒きれのさきでその丸印をつついた。

「われわれタシュンカ族だ。われわれはここにいる」

フンカカをはじめタシュンカ族のおもだったものたちは、呪術師のまわりに群れて、地面の丸をのぞきこんだ。

「破壊者は」

と、呪術師は話をつづけた。周囲の人垣を押しわけて十歩ほど歩いていき、そこで棒きれを地面につきたてた。つきたてたまま、先刻描いた丸印へむかってまっすぐにもどってきた。一本の長い筋が地面に刻まれ、その先端が丸印を横切ってさらにさきへ延びた。

「このようにわれわれのところへやってくる」

みな息を呑んで、地面に描かれた円と、それを貫く直線を見つめた。タシュンカ族の滅亡を意味する図形であった。

破壊者の伝説は、ふるくからタシュンカ族のあいだに語りつたえられていた。それは北の火山の火口で生まれ、鋼鉄のキャタピラとあらゆる存在を根こそぎ粉砕する大砲でもって、行く手にあるものをことごとく踏みにじりながら、南へとくだってくる。その進行につれて世界は大混乱に陥り、やがて終末へむかう。そのような伝説であった。

それが、呪術師の描いた図形により、にわかに現実味を帯びてきた。遠い未来のことと思っていたことが、きょうあすの話になった。しかも、破壊者はまっすぐにタシュンカ族のところにむかってくるというのであった。

「いつ、くるのだ」

フンカカはテテウィトコに訊いた。

「一、二年のうちだろう」呪術師は答えた。「おれが荒野を放浪しているあいだに、北の火山が爆発し、破壊者が誕生した。その後、破壊者はいったん眠りについたが、いずれふたたび目覚める」

「線が丸を横切るとき、なにが起こる」

「われわれは原子の塵《ちり》に返る。この世に存在しなくなる」

「避けることはできないのか」

「できないわけではない。破壊者が進路を変えるか、われわれがこの場所から逃げだせばいいのだ。しかし、破壊者の進路を変える方法はだれも知らない。タシュンカ族を移動させる方法も、だれにもわからない」

　タシュンカ族がいまいる場所から動けなくなって、もう何十世代もたっていた。ずっとむかしには、自分たちの意志で、大地の端から端まで移動することができたと語りつたえられている。が、いまやその方法は忘れさられていた。

　――なんとか、みなのちからをあわせれば、動くことができるのではないか。

　フンカカは、おぼろげな語りつたえをたよりに、それを試みた。が、うまくいかなかった。結局、族長としての力不足を嘆きつつ、せめてものことに種族の墓をつくることにした。

　その墓が、ようやく完成しようとしていた。

着々と進む作業をながめながら、ふいにフンカカの胸に、——墓をつくったのは、あるいは失敗であったか。

そのような思いが湧きあがってきた。墓をつくるということは、種族の滅亡を受けいれるということであった。生き延びる希望をなくしたタシュンカ族が、動く可能性はゼロになってしまった。

——いまからでも、完成間近のこの墓を壊してみたらどうか。それによって、もしかしたら、タシュンカ族は移動を開始できるのではないか。

その考えを、西瓜《すいか》をたたいて食べごろを検討するようなぐあいに、あたまのなかでころがしはじめたとき、フンカカは名を呼ばれてわれに返った。

呪術師のテテウィトコであった。

「フンカカ。たいへんだ。〈神々の将棋盤〉が傾いている」

走りよってきたテテウィトコがそう告げた。

2

テテウィトコの言葉どおり、神々の将棋盤は傾いていた。

傾きはわずかなものであった。が、フンカカの目には、あきらかに傾きが見てとれた。放っておけば、将棋盤はバランスを崩し、やがてタシュンカ族はその下敷になってしまう。いまはわずかな傾きでも見過ごしにはできなかった。

それは、巨大な樹木を根元近くですっぱりと水平に輪切りにしたような一枚板だった。やや歪んだ円形で、厚さがひとの背丈ほど、広さは野球場がゆったりひとつとれるほどあった。

その板の下側に、タシュンカ族のひとびとが数百人もぐりこみ、てのひらを天にむけてバンザイのかたちをとり、板を空中で支えていた。

神々の将棋盤の傾きとは、すなわち、タシュンカ族がそれを支えるために掲げた手の高さに、ばらつきがあるということだった。

フンカカはまず、注意深く傾きぐあいを検討した。南東の端が沈み、反対に北西の端が浮きあがっているようだった。傾きをなおすには、南東側を支えあげなければならない。

将棋盤の外縁づたいに、そちらへまわった。支えるひとびとの身長に差があるために、腕の曲がりぐあいを見ただけでは、将棋盤がさがってしまっていることはわかりにくいが、全体の平均をとると、たしかに南東側のひとびとの腕は深く曲がりぎみだった。

「おーい。聞いてくれ。こちら側がさがってきているんだ」

フンカカは将棋盤のしたのひとびとに声をかけた。

それから、目見当で、あげなおしに参加する人数を決めた。将棋盤のしたに入っていき、ひとつの区画をくぎるように、ぐるりと輪を描いて歩き、ふたたびそとに出てきた。そのフンカカの歩いた線の内側の人数が、将棋盤を押しあげれば、傾きはもとにもどるはずだった。

歌がはじまった。単調なリズムの短い歌で、それが生きた支柱となっているひとびとによってくりかえし歌われた。ちからを入れるタイミングをあわせるための歌だった。ひとりひとりがいくらふんばったところで、将棋盤はあがらない。多くの人数がぴったり呼吸をあわせなければならないのである。

テテウィトコは将棋盤のしたへもぐりこみ、その合唱をまとめあげ、ひとりびとりに声をかけて励ました。将棋盤を支えつづけているうちに、ぼうっと魂がぬけたようになっているものもあって、そんなひとびとの肩をたたいて押上げ作業にくわわらせるのも、呪術師の役目だった。

一方、フンカカは、将棋盤全体を見わたせるところまで離れて、目をほそめて傾きぐあいを見つめた。ひとびとの歌がメロディの切れ目にくるごとに、わずかずつわずかずつ、傾きがもとへともどっていった。

「よーし。そこまでだ」

水平になったと見てとると、フンカカは大声で言いながら、テテウィトコのいる方へ走っていった。

神々の将棋盤の傾きは無事、修正された。フンカカはゆっくりと周囲を一周してたしかめたが、どこから見ても傾きはなくなっていた。

ひと息ついて、フンカカは将棋盤のうえに上った。

人間が腕を頭上に伸ばした高さから、さらに将棋盤自体の厚さがくわわって、そこはかなりの高さになる。梯子《はしご》をつたって、フンカカは将棋盤のうえに立った。

将棋盤といってもべつに桝目があるわけでない。丸太を輪切りにしたような一枚板には、まさに丸太を輪切りにしたような年輪があるだけだった。

焦げ茶色と薄茶色の同心円が交互に現れる年輪のその中央に、木材を組んだ櫓《やぐら》がそびえていた。年輪を横切って、フンカカはその櫓まで歩いていった。伝説の破壊者が現われるのをいちはやく見つけようとして建てられた物見の塔であった。

櫓に上って、フンカカは北の地平線をながめた。地平線上に不吉な感じの雲がたなびいていた。

その雲のしたに、破壊者がいる――というのが、テテウィトコの見解だった。ここへやってくるまでに、そう時間はかからないだろう。

――なんとか神々の将棋盤を動かすことはできないものか。

フンカカの思いは、またそこへ漂っていった。

むかしは、みなのちからをひとつにあわせて、将棋盤を頭上に支えたまま、大地の果てまででも歩いていくことができた。いつのころからかそれができなくなり、タシュンカ族はこの地に釘付けになっている。

が、いまでも傾きをなおすことはできるのである。全体として移動することができないはずはなかった。

以前に試みたときには、傾きをなおすときとおなじように、歌によってタイミングをあわせようとした。が、将棋盤全体というような規模になると、端から端まで歌がつたわるのにわずかながら時間がかかり、その微妙なタイミングのずれが失敗の原因となったようだった。わずかでも全体のタイミングがずれれば、巨大な将棋盤はけっして動かない。

――なにか方法があるのではないか。

雲をながめつつ、フンカカはいつまでも考えつづけた。

3

翌朝、フンカカは寝坊した。将棋盤を動かす方法に思いをめぐらしていて、なかなか眠れなかったのである。妻に起こされて、あわてて家を飛びだした。

家というのは、木材を三角に組みあわせて布を張ったテントである。将棋盤が大地の果てまで自由に移動できたころの名残りで、いつでもたたんで持ち歩ける家に、タシュンカ族は住んでいた。

そのテント住居のならぶなかを、フンカカは走っていった。テント群を走りぬけると、すぐ目のまえに神々の将棋盤が見えた。

将棋盤は、逆光になったまだ角度の浅い日の光のなかで、黒い帯のようだった。両手を頭上にさしあげてそれを支える何百人かのひとびとも、黒い影となっていた。

将棋盤のしたへ、フンカカは走りこんだ。一定の間隔でじっと立っているひとびとのあいだをぬって進むと、

「どうしたんだ。寝坊したのか」

あちこちからそんな声がかかった。フンカカはなさけない顔で笑いかえしながら、汗を

かきかき走りつづけた。

　奥へ進むにつれ、深い森のなかへ入ったように、あたりが薄暗くなってきた。将棋盤の中央近くに達すると、もうどちらを見てもひとのからだが重なりあってそとの景色は見えず、風もあまり通らないために汗のにおいが満ちていた。

「遅くなった。すまない」

　目的の場所につくと、薄闇をすかして相手の顔を見分け、フンカカはあやまった。交替の時刻に遅れてしまったのであった。

　フンカカがてのひらを将棋盤にあて、ちからをこめると、交替相手はすこしふきげんそうなようすでちからをゆるめ、ほうと息をついた。将棋盤を支えるのは、族長といえども一定時間ごとに務めなければならない任務であった。

　任務から解放された男は、腕や首を振って骨をこりこり鳴らした。フンカカは、今回の当番の最後に、自分がすこし余計に将棋盤を支えていてやることを約束した。そうすれば、つぎにその男に任務がまわってきたとき、時間が短くてすむはずであった。

　男が首を鳴らしつつ立ちさると、フンカカは周囲を見まわした。なじみの顔がとなりにあった。彼はひとなみはずれた大男で、そのためにあたまが将棋盤にとどいてしまい、頭頂部を直接将棋盤に押しあてていた。いつもあたまを押しあてる場所で、将棋盤の底はすこしへこんでいた。大男の両どなりも、よく知った顔だった。

「カラス」

と、大男が言った。

「ス……スイカ」

フンカカはそれを受けて言いながら、反対側を見た。

「カツカレー」

反対側の男がつづけ、さらにそのさきの男へつなげた。

恒例の尻取り遊びだった。人柱になっているあいだの退屈まぎれに、タシュンカ族はいつもその遊びをした。それがちょうど、フンカカが交替したときに、フンカカのところへまわってきたのだった。

自分の番がすぎてしまうと、しばらくはすることがなかった。寝不足のぼんやりしたあたまで、フンカカは神々の将棋盤のふしぎに思いをめぐらした。

どのようにして、タシュンカ族が将棋盤を頭上に掲げるようになったのか、わからなかった。ひとたび大人数で支えてしまえば、ときどき交替して支えつづけることはさして困難ではない。しかし、最初にどうやって頭上に持ちあげたのか。それはいまのタシュンカ族には想像もつかなかった。

また、いつそのような状態になったのか、だれがそんなことを考えついたのか、何のためにそのようなことをしているのかも、不明だった。雨をよけるためにしては大仰すぎたし、風をよける役には立たなかったし、将棋盤のうえになにかを載せて運んでいるわけでもなかった。

将棋盤がどこからきたのか、どうやってつくられたのかもわからなかった。巨大な樹木を輪切りにしたように見えるが、そんな巨大な樹木は、タシュンカ族の知るかぎり、世界中のどこにも生えてはいなかった。

なにもわからないまま、タシュンカ族は、ただただ、将棋盤そのものを支えつづけていた。

将棋盤に対するタシュンカ族の気持ちは、愛憎半ばしていた。将棋盤を支えつづけるのは、つらい仕事だったが、逆に、ちからをあわせて支えつづけることが、種族としてのまとまりをつくりだしてもいて、そのような共同作業がみな好きでもあった。

ときに、将棋盤を投げすててしまいたいとの思いにかられるものが現われないわけではなかったが、しかし、種族全体の気持ちがそのような方向につきすすんでしまうことはなかった。

だいいち、投げすてるとしても、だれも将棋盤に押しつぶされることなくそれを成し遂げるのは、非常に困難なことと思われた。ひとりまたひとりと将棋盤を離れていったとすれば、支えきれなくなった時点で残った人間は一挙に下敷になってしまう。

まことに奇怪不可思議な状態であった。

フンカカの気持ちも、他の多くのタシュンカ族とおなじだった。手をさしあげて将棋盤を支えつづけるのはつらかったが、そこに生きがいのようなものも感じた。

じっとその状態に耐えつづけていると、いつもある幻想がフンカカをとらえた。足もとの大地もまた一枚の巨大な将棋盤であって、その将棋盤をまたしたから支えているひとびとがいるのではないか。そのような幻想だった。

自分たちにとっての大地であるところの将棋盤もまた、さらに大きな将棋盤のうえに住む巨人たちによって支えられているのであり、その将棋盤のしたにもさらにさらに大きな将棋盤があるかもしれない。そのようにして、将棋盤は無限の階層を重ねていき、いちばんしたではこの宇宙よりも大きなものになる。

逆に、タシュンカ族の支えている将棋盤のうえには、目に見えないぐらいちいさな将棋盤がどこかにあって、目に見えないほどちいさなひとびとがそれを支えているのかもしれない。その微小な将棋盤のうえにも、さらに極微小の将棋盤があり、それもまた階層状につらなって、いちばんうえでは、この世界を構成する最小の単位よりもちいさくなっている。

てのひらにかかる頭上の将棋盤の重み、その重みをつたえて大地を踏みしめる足、その両方が宇宙の極大と極小のものにつながっているとの思いは、なにかフンカカを安心させるものがあった。将棋盤を支えつづけることにフンカカが感じる生きがいには、そのような宇宙的な感触も混じっていた。

ぼんやりと思いをめぐらすうち、また尻取り遊びがまわってきた。

「イカの塩辛」

と、フンカカは言った。

「ら……ら……ええと……ら……」

となりの男が悩みはじめた。

そのとき、フンカカの目のまえの将棋盤の底が、ゆらりとゆらいだように見えた。

フンカカは目をしばたたいた。中心部近くであるために曲がりの大きい年輪が、薄暗いなかに浮かびあがって見えていた。幾筋も重なる年輪が、川底の藻のようにゆらめき、切れたりつながったりした。

やがてそのゆらめきのまんなかから、上下さかさまの人間の顔がつきだした。首からしたは将棋盤の内部にあるように見えた。顔がにやりと笑った。

「だ、だれだ」

両手で将棋盤の底を支えたまま、フンカカは訊いた。

「おれはトカマク。世界に遍在する呪術師だ」

上下さかさまの顔が言った。

「遍在する……?」

「おれは世界のあらゆる場所に存在する。火山の噴火に巻きこまれてこうなった。くわしくは本篇を読んでくれ」

「よくわからないが、その世界に遍在する呪術師が、そんなところでなにをしている」

「あんたのこころの声が聞こえたから、わざわざやってきたんだよ。北からくる破壊者によって、あんたたちタシュンカ族は滅亡の危機に瀕している。あんたは族長として、なんとか種族を救えないかと考えている。その方法を、おれは教えてやれるかもしれない」

4

将棋盤を支える仕事を交替するとすぐ、フンカカは北へむけて旅立った。北の地平線には、いよいよ濃く不吉な雲がたなびいていた。

——大きな剣を背負ったグレンという男を探しだせ。

世界に遍在する呪術師トカマクの残したその言葉にしたがっての旅立ちだった。

——破壊者の名はタルカス。

と、トカマクは説明した。

タルカスは火山アクラの噴火とともに、その火口中で誕生した。存在するものすべてを瞬時に粉砕する破壊砲をふりまわして、山をくだり、平原をつきすすんだ。だれもその進撃を止めることはできなかった。

が、ここにただひとり、いちどはタルカスを眠らせることに成功した男がいた。それがグレンである。呪術師を超える呪力を持った男であり、げんにアムネシアという街でタルカスを眠りにつかせた。

その後、タルカスは眠りから覚め、ふたたび動きはじめたのだが、タルカスをあやつることのできるものがいるとすれば、グレンをおいてほかにはいない。

タルカスはいずれ確実にタシュンカ族のところへくるであろうけれども、もしグレンがその気になれば、その進路をそらして、あるいはタシュンカ族を救うことができるかもしれない。

それがトカマクの話だった。

墓の完成が近づくことで、かえって種族の生き延びる道を考えはじめていたフンカカは、この話に飛びついた。

旅のはじまりは鼻歌まじりだった。野をわたる風を頬に浴びながら、びゅんびゅん飛ぶようにフンカカは歩いた。

将棋盤を動かすことができないために、タシュンカ族の家畜は近辺の草を食いつくし、近くの畑地も連作によって地力が失せ、放牧地も畑も近年では居住地からはるかにへだったところにあった。そこへ通うことで、フンカカの足腰はしぜんにきたえられていた。とはいえ、二日、三日と徒歩の旅がつづくと、さすがに腰や膝ががくがくし、痛みを発した。それをこらえて、フンカカは歩きつづけた。

十日ばかりがすぎて、ひとつの街にいきあたった。

その街のありさまを見て、フンカカは立ちつくした。石積みの城壁にかこわれた街は破壊しつくされ、住むひとの姿はいっさい見えなくなっていた。

おどろくべきは、その破壊のされ方だった。街のちょうど半分が、城壁も家々も根こそぎ吹き飛ばされたように消滅していた。残っているのは、家々の土台のわずかな石組みだけだった。

あとの半分も、多くの家が倒壊し、瓦礫の山と化していた。その瓦礫の山のなかに、いくつもの白骨と化した死体がころがって、髑髏《どくろ》のうつろな眼窩《がんか》が蒼穹《そうきゅう》をにらんでいた。

タルカスの破壊跡にちがいなかった。

その証拠には、巨大なキャタピラのあとが、街をかすめて東の荒野へまっすぐに延びていた。

その航跡の果てで、いつタルカスが方向を転じて、南へ、すなわちタシュンカ族の将棋盤の方へむかうのか、とフンカカは案じた。そうなれば、将棋盤もこの街とおなじ運命をたどるほかはない。キャタピラ跡の消える東の地平線上に、黒く分厚い雲が渦巻いているのが見えた。

フンカカはさきを急いだ。

――グレンはモタワトという街にいるはずだ。

というのが、トカマクから教えられた手がかりだった。北へまっすぐに進めば、ジャングルジムのようなものが見えてくるから、わかるはずだとトカマクは言った。その姿を求めて、目を皿のように見開いて地平線を見つめながら、フンカカは歩きつづけた。

破壊された街から、さらに三日歩いたところで、奇妙な走行物体に出会った。

真四角の車体にキャタピラをつけた戦車のような乗り物だった。砂煙を蹴たててそれが近づいてくるのを見たとき、フンカカは破壊者に出くわしてしまったのかと思ってぞっとした。

が、そうではなかった。乗り物が近づいてきて停止すると、まったいらな鋼鉄の装甲のそこらじゅうから、人間の顔がつきだしているのが見えた。装甲に縦にうがった穴のような座席に、すっぽりとおさまった乗員の顔だけが見えているのだった。

ひとりが穴から出て、地面に降りてきた。鼠のような顔をした、小柄な男だった。

「モポ族のムシュシュというものだ」リーダー格らしいその小男は言った。「タルカスを見なかったか」

フンカカは、破壊された街と、そこから東へむかうキャタピラの跡を見たと答えた。

ムシュシュはにっこりと笑い、乗り物のうえの仲間にそのことを告げた。座席から顔だけをつきだしている人間たちが、つぎつぎにとなりの座席の人間にそのことをつたえ、たちまち全員がそのことを知って歓声をあげた。

話がつたわっていくあいだに、ムシュシュは自分たちの来歴をフンカカに語った。

乗り物は五十人乗り戦車と呼ばれるものだという。モポ族は、もとは地面に人間ひとりが入れるぐらいの穴を掘って、そのなかで暮らしていたのだが、あるときこの五十人乗り戦車に出会い、そのうえで暮らすようになった。

穴に入ったまま自由に動けるようになったので、あちこち旅をして歩いているうちに、タルカスの話を聞き、ひとめ見てやろうと探しているところなのだということだった。

「モタワトという街を知っているか」

ムシュシュの話が終わると、フンカカが訊いた。

「知っているよ」ムシュシュは答えた。「歩きなら、ここから北へ二日ばかりだ」

その言葉に勇気づけられて、フンカカは足を速めた。出発したころのように、びゅんびゅん進みながら、五十人乗り戦車に乗ったモポ族のことを思った。

かれらももとは地面の穴に入ったまま動くことのできない種族だった。穴から首だけ出して地平線ばかりながめていた。それがいまは、あつらえたようにぴったりの乗り物を得て、穴に入ったまま自由に旅をしていた。タシュンカ族も将棋盤をかついだまま、望みの場所へと動けるようにならないものか……。

そんなことを思いながら、フンカカは歩きつづけた。二日めの昼ごろ、地平線にジャングルジムが見えた。

5

それはひとつの山ほどもある鋼鉄の骨組みの集合体だった。骸骨と化した山、あるいは、張りぼての山の覆い布が風で吹き飛ばされて骨組みだけが残ったもの、とも見えた。

鋼鉄の太い梁や柱が複雑につながりあって全体の枠組みをつくり、そのあいだを、これもまた複雑にからみあう細い鉄材が埋めていた。そのジャングルジム状の構造のあちらこちらに、木の枝にひっかかった鳥の巣のように、住人たちの住居があった。

構造物全体が、モタワトという街だった。

「おーい。ここがモタワトか」

フンカカは鉄材をかいくぐって骨組みの奥へ入り、頭上の高みに見え隠れする住人に呼びかけた。

住人のひとりが気づいて、するすると鉄材をつたい降りてきた。身のこなしが猿のようにたくみだった。水平な細い鉄材に足をかけ、さかさまにぶらさがってフンカカの問いに答えた。

「そうだよ。ここがモタワトだ」

「グレンという男を知っているか。大きな剣をかついだ男だ」

「ああ、それなら――」

住人はすぐにその居場所を教えてくれた。街のてっぺん近くにある居酒屋に、用心棒がてら居候を決めこんでいるという。

そこまでのルートも教えてもらったが、フンカカにはうまく覚えられなかった。ルートといっても立体的なものであり、上下前後左右にいったりきたりするその位置関係をあたまのなかに描くことが困難だったからである。

なんとかなるだろうとたかをくくって、フンカカはジャングルジムのなかを登りはじめた。が、登りはじめてすぐ道に迷い、もっとよく道を聞いておくのだったと後悔した。

登りやすい細い鉄材の部分は、太い骨組みのあいだの空間をすべて埋めているわけではなく、へたに登るとぽっかりとなにもない場所へ出てしまい、さきへ進めなくなってしまうのだった。そのために、おのずと限られた空中のルートがあり、住人はそれを教えてくれようとしたのである。

行ったり来たり試行錯誤をくりかえし、途中の家で道を尋ね、手にまめをつくり、脇腹や太腿のいつもはつかわない妙な場所の筋肉に痛みを感じながら、それでもどうにかフンカカはモタワトの街を登った。

ところどころに空中地盤とでもいうべきものがあり、樹木が生え、森をつくり、枝や葉を鋼鉄の骨組みにからませていたりした。その森に住むらしい鳥たちが、たくみに鉄材をよけつつ、目のまえを飛翔したりもした。

日の暮れるころになって、ようやく目ざす居酒屋についた。

鉄材の交差する箇所に、枯草を敷きかためて床をつくり、垂直の鉄材をそのまま柱として利用して、やはり枯草で屋根を葺《ふ》いてあった。扉のない入口からなかに入ると、枯草のにおいが鼻につき、床がふわふわしてひどく歩きにくかった。

グレンはすぐに見つかった。

自分の背丈ほどもある剣を抱き、枯草の床にめりこむようにして長々と寝そべって、酒を飲んでいた。脚の短いテーブルに酒瓶と杯が置かれていたが、テーブルの脚も半分床にめりこんでいて安定がわるく、杯はいまにもすべり落ちそうだった。

「きたのか。タシュンカ族のフンカカだろう」

グレンは寝そべったまま、いきなりそうフンカカの名をたしかめた。

「トカマクが言っていた。おまえがくるだろうと」

グレンはつづけた。言いながら、テーブルのうえをすべりはじめた杯に手を伸ばしてもとにもどした。それをするあいだ、杯の方をちらりとも見なかった。

「トカマクはここへもきたのか」

フンカカは訊いた。

「きた。あの呪術師は世界中のどこへでも現われる。いまこの瞬間に、そこの枯草の床から首をつきだしても、おどろくにはあたらない」

「では、わたしのやってきた用件はすでに知っているのか」

「知っている。しかし、無駄足だった。タルカスをあやつることは不可能だ」

グレンはまた手を伸ばして、すべり落ちかけた杯を止めた。こんどはその杯を口へもっていき、寝そべったまま首をひねってひとくちすすった。それから、タルカスのことを語りはじめた。

——たしかにタルカスを眠らせたことがある。アムネシアという街のまんなかで、鋼鉄の鱗《うろこ》に覆われたさなぎのようになって、タルカスは眠りについた。が、服従したわけでも、息絶えたわけでもなかった。鋼鉄のさなぎのなかで、鼓動音が聞こえつづけていた。いずれ甦るものと思われた。

案の定だった。ある日、タルカスは鋼鉄の外装を爆発的に吹き飛ばして再生した。閃光と黒煙と火炎が街を覆い、そのただなかでタルカスの雄叫びがあがった。再生したタルカスは、以前にも増して強大なエネルギーを秘め、世界のあらゆる存在への憎悪を燃やしていた。とても鎮めることのできる相手ではなかった。

いまとなっては、どのようにして自分がタルカスを眠らせたのか、わからなくなってしまった。あるいは、ただの偶然だったのではないか、眠らせようと試みたときにたまたまタルカスが眠る周期に入っていただけのことだったのではないか、そんなふうにさえ思える。

もし、タルカスを意のままにあやつる方法を見つけるものがあれば、そのものは世界の覇者となるだろう。そのようなものの出現を危惧して、自分はタルカスを追って旅に出た。タルカスの制御法があるのなら、だれよりもさきに自分がそれを手中におさめたいと思っている。

「このモタワトの街にやってきたのも、じつのところ、それを求めてのことだったのだ」

グレンは言いながら、すべり動く杯にたくみに酒を注ぎたした。

「この街にタルカスをあやつる方法があるのか」

「アクラが噴火し、タルカスが誕生したとき、火口から出てきたのはタルカスだけではなかった。タルカスの誕生に関わった自動機械や、タルカスの設計情報を秘めた記録媒体や、それを写しとった遺伝物質や、そのほかさまざまなものが、火山の噴出物とともに空高く噴きあげられ、広範囲にわたって地上にばらまかれた。そのひとつから成長してきたのが、このモタワトの鉄骨構造物なのだ」

「この街は、みずから成長してできたものなのか」

「成長してきたものだし、いまも成長しつつある。最初は冷えたちいさな溶岩の塊のようなものだった。そこから、ある日、樹木が芽ぶくように、鋼鉄の骨組みが伸びはじめ、数日のうちに山のような大きさになった。アクラ火口に由来するなにかが、ここにあると思わざるをえない」

「で、そのなにかは見つかったのか」

「いや、この構造物を生みだした卵である溶岩が、どこにあるのかもわからなくなってしまっている。だから、あんたの旅は無駄足だったと言ったのだ」

グレンはまたすべる杯をつかまえて、こんどはぐいとひといきに飲みほした。フンカカも、杯のあとを追ってすべりはじめた酒瓶をつかまえて、直接ぐびりとあおった。

「グレン、あなたが唯一の希望なのだ」

いまのままではタルカスによってこの世から消滅してしまうタシュンカ族の運命を、フンカカは訴えた。

「トカマクもそう言っていた」グレンは言った。「タルカスは間もなくタシュンカ族のもとへむかい、これを蹂躙《じゅうりん》するだろうと。あの呪術師は、未来にも過去にも行き来しているらしい。だが、未来はけっして定まったものではない。確率的に存在するだけだ。変えようと思えば変えられないものでもない」

「それなら――」

希望を抱いてフンカカはグレンの顔をのぞきこんだ。グレンはのっそりと大きなからだを起こした。

「いくだけいってみよう。あんたの種族のところへ」

グレンは言った。

6

巨大化したウニのような棘だらけの走行機械に乗って、グレンとフンカカは南へむかった。乗りなれないフンカカは、機械の装甲から突きだした鋼鉄の棘の一本に、終始しがみついていた。

東の空に黒い雲が渦巻いており、ときおりちいさく稲光のはためくのが見えた。棘機械の進行につれて、雲は全天を覆いそうな勢いでふくれあがっていった。

タルカスは興奮状態にあり、その不吉な雲のしたをわがもの顔で走りまわっていることだろう、とグレンは言った。

棘機械は四日で旅程を走りきった。

タシュンカ族の墓は、まさに完成しようとするところだった。帰りついたフンカカの目のまえで、足場や盛土が撤去され、完全な円環となった環状列石が姿を現わした。

ひとびとは従容《しょうよう》として死を待つふうだった。神々の将棋盤を支えているものたちにも、家畜の放牧に出かけるものたちにも、テント住居まわりの雑用をするものたちにも、しずかな明るさがあった。種族としての墓の完成が、ある種の透明な感情を与え、だれもがにこやかに笑いあっていた。

フンカカはその空気に反発するような気持ちを抱いた。

「このまま死を待つのはいやだ」

テテウィトコに言った。テテウィトコはすぐに察して答えた。

「あの男になにかやらせようというのか」

グレンのことだった。テテウィトコは呪術師としての直観で、グレンの秘めているちからを見抜いていた。

「あれはただものではない。われわれ呪術師がどう修行してもおよばないようなちからを、生まれながらにそなえている。なにかやらせてみる価値はある」

「てつだってくれ」

フンカカは言った。

死を受けいれた人間を新しい事業に駆りたてるのは容易なことではなかった。まして種族の滅亡を受けいれ、墓をつくることを決めたのは、族長のフンカカ自身だった。

それを押して、フンカカはタシュンカ族のひとりびとりを説いてまわった。テテウィトコの口添えもあって、少人数ながら協力してくれる部隊をつくりあげることができた。

事業とは、破壊者の進路をそらすことである。フンカカはグレンからその方法を聞いた。かつてグレンは、同様の方法でタルカスを導き、眠りに至らせたのであった。

神々の将棋盤の北側の荒野に、いくつもの石が運ばれた。墓をつくるために切りだされてきた石材の残りだった。石は点々とならべられ、二本の並行する線をかたちづくる列石となった。

列石は、北にむけて入口を漏斗《ろうと》状に開き、中間部では南北に走る平行な直線となってならび、途中で折れ曲がって東の出口へとむかっていた。タルカスをそこに導き、進路を変えさせようとの配置だった。タルカスが列石に沿って走れば、しぜんに東へと進路を転じて、神々の将棋盤は救われるはずだった。

列石をつくる作業がすすむうち、北東から北の空へと雲がひろがっていった。グレンは腕組みをして北にむかって立ち、作業の進行状況と雲のようすを見つめつづけていた。

列石の出口に置くべきふたつの大きめの石を運ぶ作業を開始した朝、荒野を吹く風がにわかにつよくなった。

雲ははげしく渦巻き、見る間に全天を覆った。いったん昇った太陽が地平線のむこうへ呼びもどされてしまったかのように、あたりは薄闇につつまれた。そして大粒の雨が降りはじめた。

フンカカは作業部隊を激励して、石の運搬を急がせた。風雨は刻々とつよまり、石を押すひとびとの手はすべり、足はぬかるみにとられた。すでにならべた石が雨に煙り、影となって見えるなかで作業はつづけられたが、ついに石のしたにかませたコロが水でゆるんだ大地に埋まり、石は動かなくなった。

雨のカーテンのむこうで、稲妻が閃くのが見えた。同時に、どぐるどぐるどぐると、破壊者の走行音が聞こえはじめた。

フンカカはグレンのところへとって返した。グレンは列石の平行線部分の延長上にいた。そこから、列石の彼方を見つめつつ、しずかに呼吸を整えていた。

「最後の石が間にあわない」

フンカカはそのことを告げた。が、グレンの目は列石の彼方を見つめたまま、微動もしなかった。視線は、眼前の列石を通りこして、この世ならざるものを見ていた。横なぐりの雨のなかで、その筋肉質のからだはびくりともゆらがなかった。

石の数が足りないことが、どれほどこの巫儀《ふぎ》に影響するのか、フンカカは訊くことができなかった。なにかとるべき処置があるのかもわからなかった。

困惑しつつ、しずかに動くグレンの分厚い胸を見つめているフンカカのところへ、雨を蹴散らして駆けよってきた人影があった。テテウィトコだった。

「将棋盤が傾いている」

息を切らせながら、テテウィトコは言った。将棋盤のしたへ突風が吹きこみ、あおりあげられてバランスが崩れたらしかった。

「いこう」

すぐにフンカカは走りだした。将棋盤が落ちてしまったのでは、破壊者の進路を変えるもなにもなくなってしまう。

テテウィトコとともに、フンカカは走りに走った。みずからの撥《は》ねあげた泥で、からだじゅう真っ黒に汚れた。

将棋盤は、ひとめでそれとわかるほど傾いていた。低くなった方の縁から、上面に降り注いだ雨が滝のように流れ落ちていた。支柱となっているひとびとは、吹きこむ雨で濡れ鼠となりながら、将棋盤の底にほとんどあたまを押しあてるようにして、息も絶えだえに重みと戦っていた。

　フンカカが指示を与え、歌がはじまった。どおっというひとつの連続音になって聞こえる雨の音に抗して、単純なリズムの合唱が地を這《は》うように響きはじめた。

　いらだたしい時間が流れた。短い歌が何十回となくくりかえされた。テテウィトコは人柱のあいだを走りまわった。北の方から、破壊者の咆哮《ほうこう》がいくども聞こえた。聞こえるたびに、それは大きくなっていった。わずかずつわずかずつ、将棋盤の傾きがもどっていった。

「よーし、そこまで」

　ついにフンカカが声をあげた。将棋盤は水平にもどっていた。

　フンカカはぐるりを走って、将棋盤のようすをたしかめると、列石へむかって走りもどった。

　出口となるべきふたつの石は、なお立ち往生したままだった。そのそばまで駆けつけ、作業にあたっているものたちを励ました。

　間近に、破壊者の走行音と咆哮が聞こえた。見ると、雨の彼方に、黒々とした巨大な影の近づいてくるのが見えた。

　そのとき、列石の入口を成すふたつの石が、とつぜん燃えあがった。真紅の炎が噴きあがり、身もだえるように躍った。

つづいて、その手前の石も、炎を噴いた。さらに、三つめ、四つめの石も、順に炎を噴きあげた。

グレンはなお、雨中しずかに立ちつくしていたが、列石の炎がそのちからによるものであることはまちがいなかった。タルカスを導く炎だった。

列石の入口に、タルカスが姿を現わした。鋼鉄のキャタピラと二門の破壊砲が、雨の奥から染みだすように見えてきた。赤く光る目が、列石からあがる炎を見つめた。タルカスは二列の炎のあいだへと進みはじめた。

「急げ。呼吸をあわせて石を押せ」

フンカカは声をあげ、作業のものたちに、将棋盤を押しあげるときの歌を歌わせた。全員のちからがそろい、石がじわりと動いた。

つぎつぎと石が燃えあがり、炎の列が延びてきた。フンカカはみなをリードして、みずから朗々と歌を歌った。テテウィトコがみなの肩にふれ、からだで拍子をとり、リズムをそろえさせた。

列石の出口となるべきふたつの石が、その位置に収まるのと、炎の列がそこに達するのと、同時だった。作業のものたちがちからを抜いた直後、石はごおと音をたてて燃えあがった。みな地面に身を投げだすようにして逃げた。

タルカスは列石の曲がりめにさしかかったところだった。地面にころげながら、フンカカはそのようすを注視した。タルカスは速度をゆるめ、一瞬躊躇《ちゅうちょ》するようなようすを見せた。それから、左右のキャタピラの回転速度を変え、その場で方向を転じた。

炎の列のあいだからタルカスが抜けだすのを、フンカカは目のまえで見た。タルカスはそのまま東へと走りさるかと見えた。

が——

いくらも進まぬうちに、タルカスは走行を止めた。しばらくのあいだ、どぐるどぐると鼓動のような音を響かせながら、じっとその場にたたずんでいた。フンカカの目からは、なにか思考をめぐらしているかのように見えた。それから、ゆっくりと方向を変えた。南へ——神々の将棋盤の方へであった。金属的な咆哮を発し、走りはじめた。

列石の炎はいつのまにか収まっていた。グレンがフンカカの方を見て、ちからなく首を振った。計画は失敗したのであった。

フンカカはタルカスのあとを追って走りはじめた。

行く手に神々の将棋盤が見えてきた。なお吹きつのる風雨のなかで、タシュンカ族のひとびとは将棋盤を支えつづけていた。

その最後の瞬間を見るべきか否か、フンカカは迷った。見とどけたい思いもあった。見たくない気持ちもあった。

タルカスが走りながら咆哮を発した。破壊砲が回転して照準を定めた。フンカカは思わず目を閉じた。

そのとき、テテウィトコが声をあげた。

「見ろ。破壊者がむかっているのは、神々の将棋盤ではないぞ」

フンカカはテテウィトコがなにを言っているのかわからなかった。おそろしくて容易に目を開けなかった。が、ついにゆっくりと目を開いて、そこで起こっていることを見た。

7

空は青く晴れわたり、ふたつみっつ浮かんだ雲が地上に影を落としていた。草を揺らす風にはかわいたかるさがあり、膚《はだ》に快かった。

ひろびろとした大地のまんなかを、神々の将棋盤がゆっくりと移動していた。その巨大な輪切り丸太を支えつつ歩くタシュンカ族のひとびとの足並はそろい、将棋盤の動きはなめらかだった。

　将棋盤のうしろを、たたんだテント住居を牛や馬に曳かせて、いまは将棋盤を支える当番ではないタシュンカ族のひとびとが歩いていた。

　さらにそのうしろを、棘の生えた機械がゆっくりとすすんでいた。その背にグレンの姿があり、機械のわきにはフンカカがいた。

「さて、ここらあたりで、おれは別れるぞ」グレンが言った。「タルカスは南へすすんだ。そのあとを追いたい」

「世話になったな」

　フンカカが言った。

「いや、結局おれはなんの役にも立たなかったということだろう」

「そんなことはない。あんたがきてくれなければ、やはり将棋盤はこの世からなくなっていただろう」

　炎をあげる列石を抜けたタルカスがむかったのは、神々の将棋盤ではなく、そのとなりにつくられていた環状列石――タシュンカ族の墓だった。列石は、タルカスの破壊砲によって、瞬時にあとかたもなく粉砕された。

　と同時に、神々の将棋盤は動きだしていた。環状列石の破壊されるのを見て驚愕したタシュンカ族のひとびとが、いっせいにその場所から遠ざかろうとしたためと思われた。

タルカスは環状列石の破壊跡を踏みにじって南へ去り、将棋盤はそのまま動きつづけた。

それが、破壊者のやってきた日に起こったことだった。

タルカスが将棋盤を破壊しなかったことと、グレンの巫儀との関係はよくわからなかった。グレンはそのことを言ったのであった。が、すくなくともいったんはタルカスの進路を変えさせた。フンカカは、その結果として、将棋盤が救われたのだと思っていた。

苦心してつくりあげた自分たちの似姿である墓が、目のまえで灰燼《かいじん》に帰するのを見たタシュンカ族のひとびとは、以前より生き生きとして見えた。

「ともかく」とグレンが言った。「将棋盤が動くようになってよかった」

「どうなのかな」フンカカは眉を寄せて首をかしげた。「ほんとうによかったのかどうか考えているところなんだ。動きだしたのはいいんだが、こんどは止め方がわからない」

絶壁

1

しばらくぶりの手紙に、いちど遊びに来ないか、と書いてあった。すぐに行こうと思ったが、なかなか暇がつくれず、いつのまにかひと月以上がたってしまった。ひと月もたつと、かれの住所はだいぶ変わってしまっているだろう。しかし、捜しあてることはできるはずだと思い、北へ向かう列車に乗った。

手紙の差出し人は酒田登志雄《さかたとしお》という。知りあったのは、七年まえ。半年ほどのあいだ、親しくつきあい、そのあと、北へむけて旅だった。

かれは、いわば日本を登りつづけている。今回の手紙の差出し地は、福島県下。ずいぶん高く登ったものである。

そのあとを追うように、ぼくの乗った列車は走っていく。かれから見れば、何両連結もの長いエレベーターが、足のした、はるかな谷底から、すごいスピードで昇ってくるように見えることだろう。

2

はじめて見たとき、かれはマンションの壁によりかかって昼寝をしていた。春先のまだ肌寒い日のことだった。

玄関ホールから表へ出ようとして、ぼくはかれに気づいた。出入口のわきにかれがいて、立ったままマンションの外壁に背中をあずけて、眠っていたのである。

春とはまだ名ばかりで、日陰には冬の冷たさが残っていた。そんな日に、戸外で昼寝をするなんてへんなやつだと思った。南側のあたたかいほうでなら日なたぼっこにもなるだろうけれど、そこはマンションの北側になっていて、ただ寒いばかりのはずだった。

かれは、大きなバックパックを、枕のように頭のうしろにはさんでいた。そんな重いものを、わざわざ後頭部で支えているのはみょうだったが、ふしぎなことにとてもぐあいがよさそうに見えた。げんにそのかっこうで、かれは目を閉じてうつらうつらとしていて、それでもバックパックがずりおちてくるようすはまるでなかった。

郵便を出したり、煙草を買ったりしながら、三十分ばかり散歩をしてもどってくると、かれはまだ壁によりかかって昼寝をしていた。

それが、酒田登志雄だった。


ぼくは小説を書くことをなりわいにしていて、昼ごろに起きて夜中すぎまでワープロをたたく。そのあいまに、気ばらしに散歩に出る。登志雄をはじめて見たつぎの日も、午後遅く気ばらしが必要になった。そして、ふたたび登志雄を見た。

このときは、目を見開いて、立ちどまった。マンション北側の壁に背中をもたせて眠っているのはおなじだったが、その位置がずいぶん変わっていたのだ。五階あたりの壁に背をもたせている。電柱のてっぺんよりまだ高い場所である。

その場所で、前日とおなじように、バックパックを枕にして、昼寝をきめこんでいる。

ぼくはあんぐりと口を開いて、しばらく、壁に貼りついたようになっている男の姿を見あげていた。

散歩から帰ってきて、ぼくは先刻の五倍ぐらい大きく口を開いて、マンションの壁を見あげた。こんどは、かれが壁のうえに立って、ふらふらと歩きまわっていたのだ。まるで、垂直な壁面がかれにとっては地面でもあるかのように。

世の中にはいろいろな意見のひとがいる。カレーライスにはソースをかけて食うのがうまいというひともいるし、そんなのは邪道だというひともいる。しかし、人間の上下の方向について、一般的なものと異なる見解を持っているひとというのは、めずらしい。

かれがそのめずらしい例だった。

ふつうには南と考えられている方向が「した」で、北が「うえ」だと主張していた。その結果、かれから見て南のほうにある、マンションの北壁がかれにとっての地面となっているわけである。

かれはぼくに気づき、五階のあたりからこちらを見おろしながら、ちょっと困ったような微笑をうかべた。自分の「立ち場」が、一般的なものとちがうことに、照れているといったふうな態度に見えた。

それから、壁を歩いて、おりてきた。空がまぶしくて、顔が暗く陰っていた。二階のあたりまできたとき、ぼくは声をかけた。

「なにをしているんですか」

「いや、その、もっと、うえに登ろうと思ってるんだけど」

かれはとまどいがちにこたえた。

「うえ？」

「いや、つまり、あっちのほう」

北のほうを指さした。

北を指さすと、かれはかれの頭の真上にむかって手をつきだすことになった。

「うえ」すなわちマンションの北側は、ゴミ置き場や駐車場のある前庭をはさんで道路に接している。かれの立ち場から見れば、前庭や道路は垂直に切り立つ絶壁、ゴミ置き場はその絶壁からつきだした岩棚といったぐあいに見えるだろう。

かれが「うえ」へ登るには、垂直の絶壁を登攀《とうはん》しなければならない。

「むずかしそうだね」

ぼくが感想を述べると、

「むずかしいですよ。でも、ここまでだって登ってきたんだ。ずっとしたのほうからね」

登志雄は言った。

そこまで話して、ぼくは自分の首が痛くなっているのに気づいた。

かれのからだの軸とぼくのからだの軸が直角の関係になっているために、ぼくはへんなふうに首をねじまげないと、かれの顔がうまく見られないのであった。

「話しづらいですか」

かれが察して、壁を背にして寝ころがるかたちになった。それでようやく、まともに顔を見かわすことができた。

人間の感覚というものは、みんなが思っているほどにはあてにならないものだ。たとえば錯視図形というものがある。

二本のおなじ長さの線分があって、線分の両端に、一方は外側にむかってはねているヒゲをつけ、他方には内側にむかってはねているヒゲをつけると、前者が後者より長く見えてしまう、なんていう図形を、だれでも知っているだろう。

定規をあてれば、たしかにおなじ長さである。しかし、目にはどうしても異なる長さに見える。

この錯視の頑固さはたいへんなもので、なんど定規をあてたしかめても、なお執拗に長さがちがって見えてしまう。どうにもならない。

こういう錯覚は、ススキを幽霊と見まちがうのとは、ちょっとちがうと思う。ススキの場合は、正体が知れてしまえば、二度とは幽霊に見えないからだ。前記の錯視図形は、定規で確認したあとでも、あいかわらず長さが異なって見える。

これをもっと大がかりにしたようなものが、カナダのモンクトンという町にあると聞く。マグネティック・ヒルと呼ばれている丘だ。坂道の途中で自動車を止め、ブレーキをはなすと、あらふしぎ、車はひとりでに坂道を上りはじめる。丘に生えた樹木の傾きかたが、例の錯視図形のヒゲの役割りをはたして、下り坂を上り坂に錯覚させてしまっているらしい。

そういったたぐいのことの、もっと大じかけで、奥深くて、切実なものが、登志雄の身に起こっているのでないか。そんなふうに思えた。

3

しばらくのあいだ、登志雄はぼくの住んでいるマンションの北壁で暮らしていた。散歩に出るときに見あげると、かれは壁面に腰をおろして、缶詰をあけて食事をしていたり、腕立て伏せをしてからだをきたえていたりした。

あるとき、例によって午後の散歩に出ようとすると、管理人が壁を見あげて、どなっていた。

「なにをやってるんだ。非常識なことをするんじゃない」

えらい剣幕だ。壁のうえの男を見て、仰天してしまったのだろう。

登志雄は、ぺこぺことおじぎをしながら、壁のすみのほうの目立たないところへ移動しようとしていた。

「あれで、けっこう、本人はだいじょうぶみたいですよ」

初老の管理人とならんで壁を見あげながら、ぼくは言った。

「だいじょうぶなことがあるものか。壁に登ったりしたらあぶないにきまってる。あなたの知り合いですか」

管理人がきいた。

「そうですね、知り合いのような、そうでないような」

「じゃあ、あなたが責任を持って、かれを壁からおろしてください」

「え？」

「困るんだよね。住人からクレームがきちゃう」

「でも、かれの場合は、おろすというのが適当かどうか……」

「なんだって」

「かれの場合は、登るのは壁ではなくて、むしろ地面なんです」

「なにを言ってるんだよ。げんにあいつは壁に登ってるじゃないか」

管理人は怒って姿を消した。

世の中には、他人の立ち場を理解しようとする努力をいっさいしないひとというのが、けっこう多いものなのだ。


翌日、登志雄の姿がなくなっていた。

どこへ行ったのだろうと、きょろきょろしながら歩いていくと、ゴルフ練習場の金網にしがみついているのが見つかった。

ゴルフ練習場は道路をはさんでマンションの北側にある。その緑色の大きな金網沿いに角をまがったあたりに、かれがいた。つぶれたカエルのようなかっこうで、横ざまに金網にはりついて、北へむかってよじ登っている最中だった。

背中にはバックパックを背負い、腰にハーネスを巻き、ザイルやアブミをぶらさげた、ロック・クライミングのいでたちだった。ただ、いまのところは、保持しやすい金網であるために、手にグラブをはめただけの、フリー・クライミングのスタイルで登っている。

ぼくに気づくと、顔をねじるようにして、

「あ、こんにちは」

かれは言った。

「追いだされたみたいになっちゃったね」

「しようがない。よくあることさ。気にしてない」

「だけど、ここまでよく登ったね。途中には、道路もある」

「道路を登るのはたいへんだよ。車がくるからね。だから、きのうの夜中にやった」

「へえ。ハーケンを打ったりして？」

「ボルトだけどね。そうだ、ふたつみっつ、どうしても回収できないで残してきちゃったのがあるんだ。もし、できたら、とってきてもらえないかな」

登志雄は腰に吊るしていたハンマーを引きぬいて、こちらによこした。それでボルトをたたいて、ゆるめろというのだ。

ひょいと手をだしてハンマーをうけとると、ハンマーはかれにとっての「した」へ落ちそうになった。意外な方向に重みがかかったので、あわててつかみなおさなければならなかった。

しかし、ひとたび手ににぎると、以後かれにかえすまでのあいだは、ふつうに地面にむかって重みがかかっていた。

マンションとゴルフ練習場のあいだのアスファルトの路面に、点々と三か所、ボルトが打ちこまれているのを見つけ、ぼくはそれを回収した。

4

ゴルフ練習場を登りきると、ふたたび道路を横断しなければならないことになる。それをてつだうことになった。

真夜中、仕事を一段落させて出ていくと、道路に面した外塀のうえで登志雄が待っていた。

まず、道路を横断する線上に、いくつかボルトを打ちこまなければならない。片側二車線ずつ四車線の道路で、この時刻にもときおり車が通る。かなり危険をともなう作業になりそうだった。

車の通行にいくどか中断されながら、ボルトを打った。キリでアスファルトに穴をあけ、ハンマーでボルトを打ちこむのだ。それがすむと、道路の反対側に渡った。

登志雄がザイルを投げあげた。ザイルは路面上一メートルばかりのところを、するするると伸びてきた。しかし、もうあとすこしのところで手がとどかず、つかみそこなった。

ザイルが一瞬動きを止め、登志雄のほうへ落ちはじめる。あっ、と思い、ぼくは泳ぐようなかっこうで、手を伸ばした。

とたんに、ぐらりと大地がかたむくようなめまいを感じた。同時に、からだが強烈なちからで引かれた。

瞬間、ぼくは目もくらむような高い絶壁のうえにいた。

絶壁——というのは、つまり道路である。

落ちる！

ぼくは絶叫した。

道路の幅は歩道もふくめて十五メートルほどになる。高さ十五メートルの断崖というものを想像してほしい。四、五階建てのビルの屋上にいるのとおなじだ。

ぼくは墜落しはじめた。横むきの重力の法則にしたがって、加速していく。登志雄の立っている塀がぐんぐんせまってくる。

塀はごくせまい岩棚だ。そこにひっかからなければ、十数メートル下方にあるゴルフ練習場の金網のところまで一気に落下する。さらに、そこでひっかかりそこなえば、もうあとはどこまで落ちていくか知れたものではない。

東京の街ぜんぶが、けわしくそそりたつ広大な断崖絶壁なのだ。

もうだめだ。

ほとんど死を覚悟した。

それから、なにがどうなったのか、よくわからない。ものすごい衝撃があって、気がつくと、登志雄に抱きかかえられていた。うまいこと受けとめてくれたらしい。

「ふう、まいった。きみの立ち場がよくわかったよ」

登志雄の腕のなかで、ぼくは言った。


垂直に見える歩道に手をつくと、もとの立ち場にもどることができた。

気をとりなおして、ザイルを道路の反対側まで渡した。

歩道に面して民家の塀があった。そこにボルトを打ち、カラビナにザイルを通して、街路樹として植えられているスズカケの幹に端を結んだ。

登志雄はザイルをハーネスに結び、道路を登りはじめた。スチール製の足掛けが三段ある縄梯子《なわばしご》といったかたちのアブミを二本つかい、うえのボルトにかけて乗りうつっては、したのアブミをうえにつけかえるという作業をくりかえす。

ぼくはザイルがたるまないように、徐々にたぐりながら確保した。途中、三度ほど車がザイルを踏んで通りすぎたが、登志雄はアブミの最下段にぶらさがったり、からだをちいさくまるめたりして、うまくやりすごした。車の運転手は酔っぱらいが寝ているとでも思ったのだろう、気にとめずに走りすぎていった。

そうして、反対側の民家の塀までたどりついた。

塀はオーバーハングの天井である。登志雄はアブミをたよりにこのオーバーハングをやりすごし、民家の庭の側にあがって、一息ついた。

「だけど、どうして、うえへ登ろうとするんだい。こんな苦労をして」

ぼくはきいた。

「ほかに、おれにできることがあると思います？」

「そうだなあ。ビルの窓拭きとか」

「いやですよ、そんなつまらないこと」

「地面を登るほうがおもしろい？」

「降りるより登るほうがこわくないし、それに気持ちが上向きになる」

「いつから登ってるの」

「五年ぐらいになるかなあ」

「へえ」

その間に登った高さを考えて、ぼくはめまいがした。

もともとひどい方向音痴だったのだ、とかれは言った。

近所のバス停から自分の家へ帰るのに、慣れない方向からのバスで帰ってくると、降りたとたんに道に迷ってしまうほどだった。

「方向音痴で、上下がわからなくなるなんてことがあるの」

ぼくがびっくりしてきくと、

「いや、直接関係があるかどうかは、わからないんだけど」

かれは困ったような笑いをうかべた。

ともかく、方向感覚に自信がなく、それ以外の自分の感覚にも、あまり信頼をおけないタチだった。それが高じて、思春期にはいろいろなことを根源から疑ってしまうようになり、ずいぶん不安にさいなまれたらしい。

たとえばこんなことだ。

アインシュタインの一般相対性理論によれば、重力と加速度はまったく等価で、区別のしようがないことになっている。

飛行機の座席に背中が押しつけられるのは、離陸しようと加速しているためなのか、それとも、機体が垂直に立ちあがっているためなのか、窓の外を見ないかぎり、見分ける方法がないのだ。

　そこから、かれは、自分が地面のうえで暮らしていられるのは、ほんとうに重力のためだろうか、もしかして大地がものすごい速度で空にむかって上昇しているためなのじゃないか、なんてぐあいに考えてしまうわけなのだった。

　二十歳をすぎると、その不安はいくらかおさまった。

　東京で大学を出て、静岡県の実家へもどり、地元の会社に就職した。

　二年ほどは無事に勤めたが、異動があって課が替わり、苦手なタイプの上司がいて（「ひとの立ち場をぜんぜん考えないやつ」と登志雄は表現した）、しだいに勤めが苦痛になっていった。

　そして、ある朝、起きてみると、自分が壁のうえに寝ているのを発見した。窓から出ようとすると、いきなりとなりの家の壁まで墜落した。とても会社へは行けなくなった。

「ドロップアウトっていうやつですよ」

　とかれは言った。

　半年ほど、部屋に閉じこもりきりで過ごしたが、このままではだめだと思い、勇気をふるいおこして、日本を登る旅に出てみることにした。

　そうして、ここまでたどりついたところだというのだ。

5

散歩のときには、登志雄のようすを見にいくのが、習慣になった。

差しいれの食べものなどを抱えて歩いていくと、かれは塀にアブミをつけてぶらさがっていたり、街路樹に腰かけていたりする。

毎日すこしずつ、とどこおることなく、高さを稼いでいるようだった。

ところが、しばらくして、かれの歩みが止まった。数区画北にある、しゃれた感じのちいさなマンションの壁のうえでだった。ある日、そのクリーム色の壁のうえにおり、つぎの日もそこにおり、つぎのつぎの日も、そのまたつぎの日も、そこにいた。

「どうかしたの」

たずねると、

「いや」

照れたように笑った。

地形的にうえに登れない状況というわけではなかった。登ることに疲れたといったふうでもない。さらにいえば、壁は北西向きで、つまりかれにとって傾斜していて、けっして居心地がよくはなさそうだった。

「どうしちゃったんだよ。言いなよ」

かさねてたずねると、かれは白状した。

「じつは、恋をしちゃったんだ」


そのクリーム色のマンションに、ロングヘアのよく似あう二十四、五歳の女性がいた。ひとり暮らしで、会社勤めらしい。横ざまになったまま声をかける勇気はなかなか湧かないけれど、見るたびにこころひかれて、そこから動く気がしなくなってしまった、ということだった。

「彼女におれの気持ちをつたえてもらえないかな」

「え？　ぼくがかい」

登志雄は言った。

「だめかな」

「いや、だめじゃないけど」

「やっぱり、おれみたいな人間は、恋をしちゃいけないかな」

「いけなくはないと思うよ」

「うまくいかないかな」

「それはやってみないと、わからないよ」

「ドロップアウトしちゃった人間が、ふつうのひとから好意を持ってもらえるわけないよね」

「そんなことはない。オーケイ、なんとか彼女に話してみるよ」

かれの立ち場はたしかにふつうとは言いがたいけれど、でも、カップルでたがいに九〇度ぐらい視点のずれがあるのは、めずらしいことではない。場合によったら、一八〇度さかさまのふたりが、何十年もつれそっていたりする。


調べてみると、彼女は都心にある大きな会社の受付け嬢をやっていた。園田美由紀《そのだみゆき》という名だった。夜、勤め先からほど近い盛り場のスナックで、アルバイトをしていることもわかった。

スナックへ飲みに入って、ぼくは彼女と顔見知りになることができた。明朗で、頭の回転がはやく、上品なユーモア感覚のある女性だった。

三回目に行ったときに、紹介したい友人がいるのだが、とぼくは切りだした。

「紹介したいって、どういうこと？」

美由紀はきいた。

「つまり、その、かれがきみを好きになったらしいんだ」

「どこのひと？　どこでわたしを見たの」

「それは、会えばわかる。会ってみてくれないかな」

「いいわよ、会うぐらいなら」

「ただ、ちょっと変わったやつなんだ」

「変わったひとなら、このお店にも、いくらでもくるわ」

「じゃあ、会ってくれるんだね」

「ええ。連れてきて」

「いや、それが、連れてくるというわけにはいかないんだ」

「どうして」

「それも会えばわかる」

家が近いから送ると言って、美由紀といっしょにタクシーに乗った。

タクシーを降り、クリーム色のマンションの壁を指さして、ぼくは登志雄を紹介した。

「かれだよ」

「ちょっと待って」

と、美由紀はぼくの袖をつかんで、マンションの玄関ホールに引っぱりこんだ。

「なんなのよ、あのひと。どうして、壁のうえなんかにすわってるの」

「どうしてかは、よくわからないんだけどね」

「ばかにしないでよ。あんなところから、わたしのことをずっと見ていたの。気持ちわるい」

「いや、まじめなやつなんだけど」

「まじめなひとは、壁にすわったりしないわ」

「いや、つまり……」

「そりゃ、ひとを好きになるのは自由だけど、あんな変わったひとに好かれても、ちっともうれしくないわ」

美由紀はそう言って、エレベーターに乗りこんだ。

外へ出ると、登志雄がしょんぼりした顔で、膝を抱えて壁のうえにすわりこんでいた。

「ちょっと面食らっただけだと思うよ」

と、ぼくは登志雄をなぐさめた。いいんだ、わかってる、とでもいうように、登志雄はなんどもうなずいた。

6

それから一週間ばかりのあいだ、仕事がつまっていて、散歩にも出られないような状態がつづいた。ようやくのことで原稿をしあげると、それを引きわたすために新宿まで出た。西口のショッピング・ビルの一角にあって、ガラス張りの窓から高層ビル群の見える喫茶店で、編集者に会った。

原稿をわたしたあと、しばらく雑談をしているときに、窓の外を異様なものが横ぎるのが見えた。

人間のからだだった。

手足をばたつかせながら、北のほうからものすごい勢いで飛んできて、三階にある喫茶店の窓のすぐ近くを飛びすぎ、南のほうへと飛びさった。

「あっ」

と叫んで、ぼくは立ちあがった。

「……？」

編集者が不審げにぼくを見た。

「見ませんでした？」

「なにを？」

「人間……いや、いいんです。ちょっと失礼します」

まさか、と不安になりつつ、ビルの外へ飛びだした。

ぼくの住んでいるあたりからすれば、新宿は南の方角にあたる。つまり、「した」である。距離がずいぶんあるが、落ちはじめれば、あっという間かもしれない。

ビルのまえは幅の広い道路で、人体は、その道路に沿って、飛んでいった。飛んでいったさきに交差点があり、そのあたりに、ひとだかりができていた。

信号を渡り、人垣をかきわけて、なかをのぞいた。

ひとが倒れていた。

見あげると、ビルの壁面に、血が飛びちったあとがある。ビルに激突し、歩道のうえに落ちたらしい。

血だらけになった顔は、しかし、見知らぬ男だった。

ぼくは茫然となった。

九〇度曲がった世界に住んでいる人間が、登志雄以外にもいたのかというおどろきと、それが登志雄でなくてよかったという安堵と、しかし、墜落してしまうとはかわいそうにという同情とが入り交じって、頭のなかを渦巻いた。

登志雄の姿を確かめにいかなければ、という気持ちになった。


クリーム色のマンションの壁に、登志雄の姿が見あたらなかった。

出発したのだろうか。ぼくはマンションの北側一帯の道という道を歩きまわった。しまいには、他人の家の塀の内側までのぞきこんだ。登志雄の姿はどこにもなかった。

日が暮れて、ついにあきらめた。うちへ引きかえす途中、クリーム色のマンションの壁をもういちど見あげた。やはり登志雄の姿はない。

そのとき、うしろから、声をかけられた。ふりむくと、美由紀が立っていた。

「なに見てたの」

いたずらっぽい笑いをうかべながら、美由紀が言った。

「いや、べつに……」

「ちょっと、わたしの部屋に寄っていかない」

「え……？」

「いいでしょう。時間、あるでしょう」

美由紀は以前のときとおなじように、袖をつかんで、ぼくをマンションのなかに引っぱりこんだ。

彼女の部屋はこぎれいに整頓され、やさしい色のカーペットが敷かれ、ソファーにはかわいらしいカバーがかけられ、壁には大きな風景写真のついたカレンダーがかかり……そして、そのカレンダーのとなりに、登志雄が腰をおろしていた。

あぜんとしていると、美由紀はころころと笑った。

「びっくりした？」

「びっくりしたよ。どうなっちゃってるんだ」

「こうなっちゃったのよ」

「こうなっちゃったのはいいけど、変わってるひとに好かれてもうれしくないって、言わなかったっけ」

「かれ、べつに変わってないわ。ちょっと方向音痴なだけ」

美由紀は屈託がなかった。

それからの話ははやかった。

ぼくはときどき美由紀の部屋へ遊びにいくようになったが、ある日曜日、いつものようにぶらりと遊びにいくと、静岡から上京したという、登志雄の両親がいた。

「しようのないやつですが、いっしょうけんめい生きているようですから、こんごともどうぞよろしく、つきあってやってください」

お役人で、定年が近いという、まじめそうな父親からていねいにあいさつされて、すっかり面食らってしまった。

上京したのは、息子が見つけた花嫁に会うためだった。

ふたりはささやかな結婚式を挙げた。新婦が部屋のすみっこのほうにすわり、わきから横倒しになった新郎の顔がつきだしている、変わった結婚式だった。

7

福島県内の駅で列車をおり、バスの便を利用して、とりあえず手紙の差出し地へ向かった。

登志雄の居所は、簡単に知ることができた。バスを降り、雑貨屋に入って、地面を登る奇妙な男を見たことはないかとたずねると、すぐに思いだして、教えてくれたのだ。一か月ほどまえにその雑貨屋のまえを通り、いまはもうすこし北の方にいる、と。

もういちどバスに乗って、北へ向かった。

登志雄は未舗装道路の路肩を、雑草にしがみつきながら、よじ登っている最中だった。ぼくも四つん這《ば》いになってうしろから近づき、そっとかれのわきへ顔を出した。登志雄は目をまるくしてぼくを見、それから満面に笑みをうかべた。

「あそこまで行けば、一服できるから」

と、登志雄はすこしさきにある民家を指さした。

漆喰《しっくい》壁の大きな家だった。壁のうえに落ちつくと、その家の主婦らしい五十年配の女性が、お茶を出してくれた。

「十日ぐらいまえに知りあったんだ。道端を登ってる最中に、車を止めて、声をかけてきてくれて。登りついたら、壁でやすんでもいいと言ってくれた」

と、登志雄は説明した。

登志雄が壁にすわり、ぼくは壁のしたの地面に腰をおろして、お茶を飲んだ。ひさしぶりに見ると、壁にすわっているやつというのは、やっぱりみょうなものだった。

話しているうちに、道路のほうに車の音がして、キャンピングカーが止まった。運転席から、女性が降りたった。美由紀だった。

美由紀はふわりとした感じのワンピースを着ていて、おなかが大きくなっていた。

庭先を借りて料理をつくり、三人で夕食をとった。ぼくと美由紀は地面にすわり、登志雄は壁にすわって。

美由紀はビールの瓶をちょっと傾けるようにして、じょうずに登志雄の持ったグラスに注いだ。瓶がグラスの縁にふれると、ビールは水平にグラスのなかに落ちた。

「いつなの」

ぼくは出産のことをきいた。

「来月」

と登志雄は照れたように笑った。

「おめでとう。よかったじゃないか」

「うん。よろこんでる。よく美由紀がついてきてくれたと思う。やっぱり立ち場のちがう人間がいっしょにやっていくのは、なかなかむずかしいもんだからね」

結婚後、しばらくして、登志雄がまた日本を登る旅に出たいと言いだしたときのすったもんだを、ぼくは思いだした。

当初、美由紀と暮らすことで、登志雄の感覚がもとにもどるのではないかとのあわい期待があったが、その期待は裏切られた。登志雄のなかには、また旅をつづけたいとの思いが、日に日につのっていたようだった。

美由紀は、ついていけないから別れると言い、登志雄は、それならそれでもかまわないと言って、ひとり旅立ってしまった。

結局、美由紀は登志雄のあとを追い、かれを支援するようになったのだが、その後も、いろいろあったらしい。

ビールを片手に、登志雄はその後のいろいろを話した。

「なんどもけんかしたよ。美由紀が家出して、一か月も帰ってこないこともあった」

「家なんて、ないじゃない」

と美由紀は笑った。

「しかし、よくまあ、こんなに高いところまで登ってきたもんだね」

ぼくは言った。

「ずいぶんたくさんの時間をかけたからね」

「静岡からだと、四、五百キロというところかな。こんなに高い絶壁を登ったやつは、たぶんいまだかつていないよ」

「世界中さがしたって、そんな高い絶壁がそもそも存在しない」

「こわくない？」

「なにが？」

「落ちるのが」

「落ちるのはこわいよ。こんなに高い絶壁のうえにいるんだから、落ちたら死ぬ。だけど、落ちるやつには、落ちる理由があるんだ」

「理由が？」

「こころのどこかで、落ちたいと思ってるやつが落ちる」

「そんなもんかな」

「ここまでくるあいだに、ひとり、おれと似たようなやつに出会ったんだ」

「へえ」

「西のほうから登ってきたやつだったんだけどね。ある町の交差点で直角に出会って、話しているうちに、こいつ、だめなんじゃないかと思った。なんだかよわいところがある。そうしたら、案の定、しばらくして、中学校の体育館の壁に激突したやつがいるって、地元の新聞の記事に出てた」

「ふつうとちがう立ち場をとってることが、つらくなったのかな」

「たぶんね。でも、自分がそういう人間なんだから、それは自分でひきうけるほかはない」

「それで、登志雄はどこまで登るつもりなんだい」

「北極かな」

「北極？」

「北極かそのもうちょっとむこう。緯度が九〇度ちがうところまでいけば、ふつうに立って歩けるかもしれないから」

「そうなるの？」

「わからない」

ビールをすこし飲んで、ほほをほんのり赤くした美由紀が、立ちあがって登志雄のほうへ手をさしだした。

登志雄が手をにぎると、壁へ片足をかけて、ひょいと軽く飛ぶようにして、壁に登った。美由紀にとっての垂直軸が九〇度回転した。

登志雄とならんで壁のうえに腰をおろすと、ちょっとあまえるように登志雄にからだをもたせかけた。

「わたし、かれの立ち場がすこしは理解できるようになったの」美由紀は言った。「わざわざ北極までいかなくても、なんとかやっていけると思うわ」

「生まれる子どもは、どうなるんだろうな」

ぼくは言った。

「子どもは子どもだよ。どういう立ち場をとるかは、自分で決めることさ」

と登志雄は言った。

8

日曜日の午後なんかに、ソファーに寝ころんでテレビを見ているとき、窓の外を、びゅうっとなにかが飛びすぎたような気がしたことは、ないだろうか。目をしばたたきながら、よくよく思いだしてみると、目の端に一瞬映ったものは人間で、手足をばたつかせながら落ちていったような気がする、なんていうことは。

あるいは、高速道路を車で走っているときに、宙を飛ぶ人間が、うわーっと叫び声を残して、ものすごい速度で追いこしていくのを、見たことはないだろうか。きっとそういうときには、同乗者がみんな、いまのはなんだったのだと騒ぎ、しかし、風で飛ばされた新聞紙かなにかだろうということに話が落ちつき、目的地に着いて車から降りたときには、もうだれもそんなことがあったことさえ忘れているのにちがいない。

でも、それは人間なのだ。

登志雄と出会ってから以後、ぼくはなんどかそういう人間を見ている。それよりまえには、いちども見たことがなかったから、要するに注意力の問題なのだろう。だから、この話を読んだあなたも、そのうち見てしまうことになるんじゃないだろうか。

ぼくも、これからまたときおり、横に落ちていく人間を目撃してしまうことになるだろうと思っている。もちろん、それが登志雄ではないかと心配することは、もうないだろうけれども。

満員電車

朝のラッシュのピーク時で、電車は超満員だった。

会社勤めをしている友人の部屋に泊まり、翌朝出勤する彼とともに、都心に向かう私鉄に乗ったのだ。

ラッシュの電車に乗ることなど絶えてなかったので、ぼくはその凄まじさに仰天した。乗ったとたんに、ドアのガラスに顔を押しつけられたまま、にっちもさっちも身動きがとれない。人の圧力でガラスを押し破ってしまいそうだ。友人はさすがに乗りなれていて、平然とした顔をしている。

乗ったのは急行電車で、都心の終着駅までのあいだに、二つの駅に停車するだけだった。乗りこんだときにすでに超満員、これ以上はどう押しこんでもひとりとして乗れないと思われたのに、その二つの駅でさらに人が乗ってきた。みんな乗り方をよく知っていて、前の人の背中をぐいぐいと押し、強引に入ってくる。するとけっこう乗れてしまうのだ。

電車が二つ目の駅を出て、あとは終着駅まで十分ばかり無停車となったときには、ぼくはドアのガラス越しに外の景色を見たまま、指一本動かすことができない状態になっていた。

二つ目の駅を出てすぐのことだった。

車両の奥の方で、突然女性の悲鳴が上がった。

ぼくが押しつけられているドアはその車両のいちばん前のドアで、声は車両の後ろの方から聞こえてきた。腹の底から絞りだすような、本気の悲鳴だった。電車が揺れたためとか、人に足を踏まれたとかいった程度のことではないように思われた。

「痴漢かな」ぼくの背後でぼくに腹を押しつけて立っている友人が耳元で言った。「ひどいことをするやつがいるね」

「いや、それとは違う何かが起こっているみたいだ」

ぼくは肩越しに友人に言った。

悲鳴の聞こえたあたりの乗客たちが騒ぎはじめていた。

「うわっ。ひでえっ」

「なんだ。なにごとだ」

「どうして、こんな……」

　そんな言葉が断片的に聞こえてくる。

　つづいて、むっと鼻孔を満たすような異臭が漂ってきた。有機物のようでありながら、金属的な感じもする異様な臭いだった。乗客たちがみな鼻をくんくんいわせた。どこかで嗅いだことがありそうだったが、すぐにはそれが何の臭いかぴんとこなかった。

「血の臭いじゃないか」

　だれかが呟くのが聞こえ、同意するようなざわめきが周囲に広がった。たしかにそれは血の臭いだった。それもおそらくはかなり大量の。

「だれか生理がはじまっちゃったのかな」

　友人が言った。

　それが聞こえた乗客が、友人の軽口をいさめる視線を投げた。

　車両後方で、また悲鳴が上がった。こんどは男の声だった。

「ぎゃあーっ。足が！　おれの足が！　ちきしょうっ。このやろうっ。助けてくれっ」

　同時に乗客たちの騒ぐ声。

「来るな。こっちへ来るな」

「何なんだ、この化け物は。どうしてこんなやつがいるんだ」

「いやあっ。血よ。血だわ。あたしのスカート、ぐしょぐしょ。こんなの、いやあっ」

ぼくは首をひねって声の方を見ようとしたが、あいかわらずドアに押しつけられたままで一ミリたりとも身動きできない。血の臭いがいっそう濃くなり、人の圧力も強くなった。後方での事件から乗客たちがいっせいに身を遠ざけようとするためだろう。

何が起こっているのかわからないが、それがこちらに波及してくるまえに、なんとか終着駅に着いてほしいと、ぼくは思った。

が、そのとき、電車が速度を緩めはじめ、やがて停止した。停止してから、車内アナウンスの声が響いた。

「停止信号のため、しばらくお待ちください」

駅に近づき、前方に電車が詰まっているのであろう。

後方でみたび悲鳴が上がった。電車が止まって騒音が低くなっていたため、悲鳴とともに、人間の肉と骨がもろともに食いちぎられるような音が聞こえた。

「いやあっ。食べてる。こいつ、人間の足を食べてるわよおっ」

「骨を齧《かじ》ってやがる。凄い歯だ」

「どろどろの唾液！」

「腹を食い破ったぞ。あれは腸だ。腸を引きずりだした」

「だれか非常用のドア・ロックを引け。外に出るんだ」

しかし、身動きならないこの満員状態では、だれもドア・ロックを引いたりはできないだろう。車掌や運転手に知らせるすべもない。

電車がとろとろと走りだした。しかしまたすぐに停車する。

「いつもこうなんだよな」友人が言った。「終着駅に近づくと、ちっとも急行じゃなくなっちゃうんだ」

悲鳴がつぎつぎに上がる。血の臭いが濃くなっていく。肉が引き裂かれ、骨が齧られる音がしだいにこちらに近づいてくる。電車は遅々として進まない。終着駅に着いたときのこの車両のなかのありさまを想像しながら、ぼくはドアのガラスに顔を押しつけられたまま、線路沿いの家並を見つめつづける。

見果てぬ風

1

やけに大きな足をして、テンズリは生まれてきた。

「病気じゃないのか」

父親が気味悪がったほどだ。

普通より早くよちよち歩きをするようになった。自分は歩けるのだということがよほど嬉しいらしく、ご機嫌の声をあげながら、二、三歩歩いてはひっくり返ることを繰り返した。まともに歩けるようになると、目を離せばどこへ行ってしまうかわからない厄介な子供になった。

事件を起こしたのは、七つを少し過ぎたぐらいのことである。村中総出でサトイモ掘りをしている最中に、姿が見えなくなってしまったのだ。父親や父親の兄弟たちは、

「いつものことよ。林の中をほっつき歩いているのだろう」

と高をくっていたが、夜になっても戻らないので騒ぎになった。手わけをして捜しまわったがついに見つからない。

「これは猿にでもさらわれたか」

みな心配した。

ところが翌日の昼頃になって、テンズリはけろりとした顔で帰ってきた。

「どうしたのだ」

後見人である父親の兄弟たちが訊くと、

「おなかをすかして動けなくなっちゃったんだ」

情けなさそうな顔で答えた。

夢中で歩いているうちに夜になってしまい、ふと気づくと空腹で身動きならなくなっていた。しかたなくその場で一晩眠り、目覚めてから近くにあった小川の水を腹いっぱい飲んで、ようやく元気を取り戻して帰ってきたのだという。

「いったいどこまで歩いたんだ」

父親の兄弟たちに問われてテンズリは、地名もよく知らぬままに、自分の行った場所をたどたどしく説明した。それを聞いて、だったからだ。

　一同は仰天の声をあげた。大人の足でも一日がかり、めったに村人の行かぬような場所
「ひゃあ」

「なぜそんな遠くまで行った」

「歩いていると夢中になっちゃうんだ」

「人間はな、ものを食わねば歩けなくなるものなんだぞ」

　父親の兄弟の一人が諭《さと》したが、そのことはもう、テンズリは身にしみていたから、少し恥かしそうに、しかし真剣な目つきで深く頷いた。

　ところがそれから十日とたたぬうちに、ほとんど同様のことをまたやらかした。ものも食わずにどんどん歩いてしまう癖は、どうにも止まらぬものであるらしい。

　そんなことを何度か繰り返し、命にかかわるようなことも経験したのち、

「おれはどうもまともではないらしい」

　テンズリは自分の性癖を直すことをあきらめ、それを受け入れてなお身を守る方法を考案した。マムシグサで作ったダンゴを、いつでも三つ四つ袋に入れて腰につるしておくのである。これならうっかり歩きはじめて、村から遠く離れた場所でものを食っていないことに気づいても、あわてずにすむというわけだ。

「手間のかかる人間だ」

　自分に向かって言った。

「しかしまあ、我を忘れて歩いてしまうおれもおれのうちか」

　年齢とともに歩く距離は伸びた。野宿の方法や山野で食べられる草や木の実を見分ける方法も覚え、三日も四日もかけて歩き続けたりするようになった。

　だが歩く方向は東と西に限られていた。南北の方向に進むと、どちらへ進むにしても、半日も歩かぬうちに壁にぶつかってしまい、それよりも先へ行くことができないからである。

　壁――。

　それがこの世界の、南と北の果てだった。

　二つの壁が、大山脈のように大地を区切って、地平線を越えてどこまでも果てしなく続いている。この平行する壁にはさまれて、世界は東西の方向に細長くのびている。太陽は二つの壁の間から昇り、壁の間へ沈んだ。

　十二歳になったとき、テンズリは初めて壁の間近まで行った。村から遠望しただけでも、その途方もない高さを感じとることはできたが、真下から見上げるそれは、身震いが出るほど圧倒的な大絶壁であった。垂直にそそり立つ広大な壁面は、もう一つの別の世界の大地のように見える。

（めまいがする……）

テンズリは頭を振った。

天辺は大気の青い揺らぎの中にかすみ、首が痛くなるほどにして見上げていると、壁沿いに天空へ向かって落下して行きそうな気がしてくる。

岩のような表面には、多くの凹凸《おうとつ》や割れ目があり、下方ではそこに土が溜り、植物が根づき、荒々しい生命力を感じさせる姿となっている。上方に行くにしたがい、植物は姿を消し、どんな生きものも寄せつけない冷たさが顔を見せる。天辺付近が白く見えるのは、年間通して消えない氷か雪であろう。

聞いた話では、あるとき一羽の鷹が、朝の上昇気流に乗って、壁を越えようと舞い上がったが、半分も昇らぬうちに力尽き、まっさかさまに墜落したという。一たび墜落が始まると、そのあまりの高さに鷹でさえ目をまわしてしまい、ついに姿勢をたてなおすことができず、そのまま地面に激突した。

（この壁が跡切《とぎ》れる場所がどこかにあるのだろうか）

その場所まで歩いて行ってみたいとの思いがテンズリの心をかすめた。日に夜をついで歩き続ければ、いつかは壁の跡切れている場所へ行きつけるのではないかと思えたのである。

「壁はどこまで続いているのですか」

あるときテンズリは村の賢者に問うた。

妙なことを訊くやつがあるものだといった顔で、賢者はぶっきらぼうに答えた。

「どこまででも続いておる」

「その続いている壁沿いに、さらに歩き続けたらどうなります」

テンズリは体中の血が騒ぐような激しい好奇心にかられた。

「それでもまだ壁は続いておる」

賢者はテンズリを睨みつけるようにして答えた。からかわれていると思ったのかもしれない。

「それでもまだ歩いたら――」

テンズリはくいさがった。賢者は目をむいた。

「その頃にはもうおまえは死んでおる」

「あ――」

――そういうことになるか、とテンズリは考えこんだ。が、すぐにこう尋ねた。

「おれが行き倒れたとして、その場所で生まれ育った人たちがきっといるでしょう。その中におれのようなやつがいて、そいつがまたどんどん先へ歩いていったらどうですか」

「あ」

今度は賢者が顎鬚《あごひげ》をしごきながら考えこんだ。

「もしかしたら壁のない場所へ行きつくかもしれぬな」

「それはどんな場所ですか」

「そうよな」賢者は首をひねった。「壁がないのだから、きっと風がすごいであろうな。東西南北あらゆる方向からびゅうびゅうと風が吹きまくって、木は根こそぎ吹きとばされてしまうから一本も生えておらず、もちろん人間などとても立って歩けやしない。そこに住む人々は四六時中地面に這《は》いつくばって暮らしていることだろう」

賢者の痩せたしわだらけの顔を眺めているうちに、世界の果てに吹く風の荒々しいイメージがテンズリの心の中に広がり、是非にもその風を自分の額や肩や背中に感じてみたいとの思いがふつふつとわき起こった。木も草もない広大な平原にひとりで這いつくばっている自分の姿が見えるような気がした。

テンズリが世界の果てへ向けて旅立ったのは、それから間もなくのことであった。

2

旅の仕度は、まず大量のマムシグサのダンゴを作ることであった。掘れる限りのマムシグサを集め、木舟に入れてつきくずしながら水さらしをし、澱粉《でんぷん》を採った。夏へ向かう日々はそれでつぶれた。

「食い尽してしまう気か」

村の人々はあきれて見ていた。

テンズリの手はアクのためにすっかりかぶれてしまったが、世界の果てまで行くにはまだ足りないと思い、夏から秋にかけて、同じようにしてワラビの澱粉を採った。採った澱粉はフジやクズの繊維で作った袋に入れ、背負えるように準備した。

準備が整うと、テンズリはそこらへ散歩にでも出掛けるような具合に、すたすたと歩き始めた。

旅立ちの日、壁の天辺には、いつものように雲がわいていた。

太陽の昇る方角に向かって、飛ぶようにびゅんびゅん歩いた。食事も歩きながらダンゴを口にほうりこんですませた。体中の筋肉が川面に跳ねる魚のように躍動し、放っておけば体は勝手に歩き続け、立ちどまるためにはわざわざ力を入れなければならないような気持である。心臓は歌うように脈打つ。風が快く肩をなでる。

「体の仕組みが変わってしまったようだ」

テンズリは自分の体の軽さに驚いた。空でも飛べそうである。

カシやシイの大森林がどこまでも続いている。場所によっては山ビルが襲ってきたが、かまわず歩く。林の中は静かで、自分の足音以外は何も物音が聞こえない。ときおり見晴らしのよい丘に登ってみたが、壁はその様子を少しも変ずることなく続いていた。

たちまちのうちに十日がたち、二十日が過ぎた。さすがのテンズリの足にも、幾度もマメが出来てはつぶれた。

百日ばかり過ぎた頃、テンズリは、太陽が壁の向うから昇ってくるようになったことに気づいた。

(昇る場所を間違えてやがる)

テンズリはあきれた。

テンズリの村でも、季節によって太陽の昇る場所が多少移動しはしたが、壁の向うから昇るなどという奇想天外なことは起こらなかった。

壁の水平な上辺から太陽がゆっくりと顔を出し、大地に長く落ちた壁の影が音もなく引いていくさまを、テンズリは不思議な思いで眺めた。

歩くにつれて、太陽の昇る場所はさらに少しずつ変わって行った。

季節は冬に向かっていた。テンズリのいでたちはクズの繊維で作ったシャツとズボン、足は裸足である。その格好で、幼い頃から、寒い季節でも平気で山野を歩きまわっていたから、旅立つにあたって何も心配していなかったのだが、寒さは日増しに度を加え、故郷の村では体験したことのないようなひどさになっていった。食糧も、旅立つ前に準備したものは食べ尽してしまい、途中で拾い集めた木の実や野草でしのいでいたが、秋の終わりとともにそれも手に入りにくくなった。

「山火事でもあったか」

初めて雪を見たとき、テンズリは声をあげた。灰が舞い落ちてきたのかと思ったのである。掌で受けると溶ける冷たい灰であった。

林の様子がすっかり変わっていた。木々の葉がすべて落ちてしまい、林の中がひどく明るい、落葉樹林帯に入っていたのである。その明るさに、テンズリは落ちつかない気分になった。故郷では、最も寒い季節でも木々は緑に生い茂っていた。

飢えと寒さを振り払うように、テンズリは歩度を速めた。空から灰が降り、木々の葉が落ちてしまうこの異様な風景は、もはや世界の果てが近いためかとも思えた。冷たい灰は地上のすべてを白く覆い尽し、テンズリの行く手をはばんだ。

「恐ろしい場所にやってきてしまった」

降りつもる灰の量の多さは、テンズリの体力をもってしてもとてもたちうちできないものであった。

ついにテンズリは力尽きた。雪の中をよろめき歩くうち、不意に全身の力が抜けて雪の中へ倒れこんだ。そのまま起きあがれなくなった。世界の果てに吹く風のことが、夢の断片のように頭の中に浮かぶ。眠りにも似た気持良さが全身を押し包んでくる。

倒れた体の上に雪が降り積もっていった。


体の片側がやけに暖かいのを感じて、テンズリは意識をとりもどした。大きな黒い毛皮の上に寝ていた。丸太を組んだ小屋の中である。中央で火が焚かれており、火の向うに見知らぬ男がいた。土を焼き固めて作った器で汁を煮ている。

テンズリは身を起こした。手足の先がしびれて、自分の体の一部ではないような気がした。

立ちあがって小屋の出入口へ行った。下げてある毛皮をめくりあげて、外を見た。

一面銀世界である。

そのまま外へ出て行こうとした。

「うおーい」

というように聞こえる大声を、火のそばの男が発した。

テンズリは出口をくぐりかけた格好で動きをとめた。

「死にたいのか」男はテンズリのそばまでやってきた。「今出てったら、また雪の中で歩けなくなってぶっ倒れちまうぞ」

テンズリは怒ったような顔で銀世界を見つめている。

男はテンズリの手に触れた。男の顔には顎鬚が黒々と密生し、もみあげまで切れ目なくつながっている。

「まだ血が巡っとらんじゃないか」

テンズリは自分で自分の手の甲をさすった。冷たいも温かいもわからない。

「汁が煮えている。まあ食え」

男は火のそばに戻り、器に汁をよそった。

テンズリはなおしばらく外をながめていたが、やがて火のそばに腰をおろして、熱い汁をすすった。何かの草の太い根と獣の肉が入っていた。

「ダイコンと熊の肉よ」

と男は言った。テンズリの知らない食べものである。うまかった。

男は何か黒い塊を板の上に乗せ、石のナイフで切断した。切り口から、金色の小さな粒がぽろぽろとこぼれ出た。それを、テンズリに飲ませた。

「万病に効く薬よ」

男は言った。黒い塊は熊の胆嚢《たんのう》を乾し固めたものであった。

汁と薬でテンズリは体がぽかぽかしてきた。

男は、自分はこのあたりで獣を狩って暮らしているクマオシという者だと名乗った。

「ここは世界の果てか」

テンズリは初めて口をきいた。

「何だと」

クマオシは目をむいた。

テンズリはここに至るまでのことを語った。

それを聞いてクマオシは、

「途方もないことを思いついたものだな」

茫然と天井を見あげた。天井近くに開いた煙抜きの穴から、ときおり風が吹きこんで、煙が逆流してくる。

「残念ながらここは世界の果てではない」

「まだ先があるのか」

テンズリは身をのりだすようにして訊いた。

クマオシは頷いた。

「おれも獲物を追ってずいぶん遠出をすることがあるが、壁が跡切れている場所は見たことがない。どちらへ進んでも壁はどこまでも続いている」

「世界の果てでもないのになぜこのように寒い」

「ここはおれの知る限り、この世で最も寒い場所だ。だから熊がいる」

「この世には寒い場所と暖かい場所があるのか」

「そうよ、暖かいところには熊はいない」

「寒いところでは灰が降るのか」

「灰？　それは雪のことだろう」

「雪……。あれは歩くのにじゃまでかなわない」

「おれの考えでは壁はたぶん――」クマオシは焚きつけに使う小枝で地面の上に半円形の筋を二重に描いた。「このようになっているのだと思う」

「それは何だ」

テンズリは眉を寄せた。

「世界を上から見て、小さく描いたところだ。獲物の通り道や巣のありかを心覚えに描いた地図を作っていると、遠くに行くに従ってつじつまの合わぬところが出てくる。それで考えたのだ。壁はこのように曲がっているのではないかとな。そう考えてみると、地図がわりあいうまく描けるのだ。この二本の筋がつまり世界をはさむ二枚の壁だ」

「このあたりが――」クマオシは円弧の中点を小枝の先で示した。「この小屋のあるところだ。どちらにたどっても壁は南へ向かって曲がり、進むにつれて暖かくなる」

テンズリは、頭の中の真っすぐに続く二枚の壁の像と、クマオシの描いた図がうまく結びつかず、難しい顔をしてじっと考えこんだ。

やがて眉を開いて、図を指差しながら言った。

「するとこの両端のところでは、太陽が壁の向うから昇ることになるか」

クマオシは頷いた。

「では、おれは――」テンズリは半円の片方の端を延長するように描きたして、四分の三の円にし、延長した線の先を指でつついた。

「このあたりから出発したことになる」

「のみこみの早いやつだな」クマオシは驚いたようだった。「おれたちの仲間でも、壁がこのような形をしているということを納得するやつはあまりいない」

「反対の端の先はどうなっている」

「行ったことがあるわけではないが——」クマオシは反対の端の先を延長して円を完成させた。

「たぶん、このように——」

テンズリは目を見開いた。

「それでは、おれがこのまま先へ歩いて行くと、もとの村に戻ってしまうというのか」

「そうなるな」

「世界の果てはないということか。壁は跡切れ目なく続いているということか」

テンズリは、ふう、と大きく息を吐いた。馬鹿にされたような気がした。


この冬を、テンズリはクマオシの小屋で過ごした。

寒い地方で冬を過ごす知恵を、テンズリは学んだ。初めての体験ばかりだった。なかでも熊狩りには仰天した。

熊狩りにつきあえ、とクマオシから言われたとき、それがどんなことなのか見当もつかなかった。熊などという獣は見たこともない。

「熊は今ごろ、冬ごもりの巣の中で、掌につけた蟻の子の体液をぺろぺろなめながらのんびりしている。冬ごもりの前に蟻の子をたくさん踏みつぶしておくのだ」

クマオシがそう言ったので、ずいぶんかわいらしい獣かとテンズリは思った。

巣の場所をクマオシはすでに知っていた。行き倒れたテンズリを見つけたのは、その巣を確かめての帰りだったのだ。

巣はブナの巨木の高い所にあった。クマオシは弓をかまえて、

「登れるか」

テンズリを木に登らせた。穴の裏側から木を叩いて熊を追い出せというのである。テンズリは苦心して木によじ登った。

穴は両の掌を合わせれば塞げそうなほどの小ささだった。その裏側へまわって、拳を固めて木を叩いた。コン、コンと澄んだ音が静まりかえった銀世界に響いた。

やがて眠りを妨げられた熊が黒い顔をのぞかせた。テンズリはクマオシを見おろしたが、

「続けろ」

クマオシは身振りで命じた。テンズリは叩き続けた。

熊が首まで乗り出したとき、クマオシが、

「やっ」

という声をあげて初矢を放った。矢はびゅんっとかすかな音をたてて飛んだ。あやまた

ず、熊の首の毛が白くなった部分に突き立つ。続いて二の矢、三の矢が放たれる。熊は穴の外へ転がり落ちた。

テンズリは目を見張った。穴の小ささからは想像できないほどの巨大さだったからだ。熊は痛みに激しく首を振りながら、雪を蹴立てて逃げだした。

「急げ。追っかけるぞ」

クマオシは叫んで後を追った。テンズリもあわてて木から降りた。途中で手をすべらせ、雪の上へ尻もちをつき、雪まみれになりながら走った。

熊は速い。すぐに姿が見えなくなってしまった。クマオシはしかしあわてず、雪についた足跡をたどって追跡した。

追いついたとき、熊は雪の上に尻をついて坐っていた。刺さった矢が折れているのが見える。鏃《やじり》はしっかりくいこんで、毛並が血に濡れている。不意に熊は立ちあがり、狂ったように付近の木に体当たりしたり、噛みついたりしはじめた。

「今だ」

クマオシはとどめの矢を放った。

熊は、

「クワアッ」

という声をあげて息絶えた。

クマオシはにっこり笑った。

「この時期の熊は冬ごもりのためいっぱい食っているから、いい毛皮がとれるのだ」

クマオシは毛皮をなめして、テンズリのために防寒衣を作ってくれた。

着てみると驚くほど暖かい。

（これで雪の中でも歩ける）

と思うと、テンズリはいても立ってもいられなくなった。

「おれは出掛けようと思う」

別れを告げると、クマオシは心配したが、ひきとめようとはしなかった。

「愉快な冬だった」クマオシは言った。「もし世界がおれの言ったようになっていて、おまえの村に帰りつくことができたら、もう一度おれのところへそのことを教えに来てくれ」

テンズリは深く頷いた。

3

壁は確かに、テンズリの進む方向に向かって左へ左へと曲がり、巨大な輪を形成しているようだ。外側の壁が遙か彼方で世界を抱きこむように湾曲しているのは、テンズリの故郷でも小高い場所に登れば望見できたことであったが、それが輪の一部を構成していると は考えもしなかった。しかしひとたびそのような考えが頭の中に宿ってしまうと、もはや輪の一部以外のものには感じられなくなった。

雪の野をぬけ、凍った川を渡り、テンズリは黙々と歩いた。早く故郷へ帰って、賢者に壁の跡切れ目は存在しないことを知らせてやりたいと思い、そう思うと故郷の野山の様子や村の人々のことが急に懐しくなり、いよいよ足を早めた。

太陽が壁の向うから昇る場所にさしかかる頃から、雪は消え、気候はぐんぐん暖かくなった。冬が終わったせいでもあり、南へ向かっているせいでもある。太陽は、今度は左手の壁から昇り、右手の壁へ沈んだ。朝夕に、一方の壁が赤く染まり、反対側の壁が闇に沈むのは、異世界を見るような気持がした。

クマオシの小屋から百日ほどで、ふたたび太陽が壁と壁の間、テンズリの進む方向から昇るようになった。世界を一周して元の場所に戻ってきたのである。林の木々も、カシやシイをはじめなじみ深いものばかりになった。

「やれやれ、戻ってきた」

テンズリはひとりごちた。安心したような気持になったのだ。歩いている最中はそれと気づかなかったが、やはり見知らぬ土地を歩く緊張感が指の先まで張りつめていたのだろう。

しかし村は見つからなかった。

太陽が壁と壁とのちょうど中間から昇る場所を過ぎて、さらに十日ばかり歩いたが、なお村に行きあたらない。テンズリは引き返すことにした。幼い頃から村の近辺はずいぶん歩きまわって、かなり遠方まで詳しく知り尽しているテンズリであったから、村の近くまで来れば必ず見覚えのある風景を見出すことができるはずであったが、それが見つからないのだ。

歩いて十日ほどの距離を二度往復し、なお見つけられず、次に壁から壁へとジグザグにコースをとってさらに二度往復したが、それでもどこもかしこも見知らぬ山野であった。

「どうしたことだ」

テンズリは呟いた。何か冷たいものが背筋を這いのぼってきた。

村中でどこかへ旅立ってしまったのか。いや周囲の山や川ごと一緒にどこかへ行ってしまうなどとはとてもありえないことだ。世界を一周する間に、全く別の世界へ入ってしまったのだろうか。死んだ先祖たちが暮らす常世《とこよ》の国。雪の中で倒れたとき、実は自分は死んでしまったのであって、あれ以後は死後の世界をそれと知らずに歩き続けてきたのかもしれない……。

いったい何が起こったのか。テンズリには見当がつかず、素裸で林の奥に置き去りにされた赤子のような不安感に襲われた。

(引き返すか)

里心を誘うような赤さの夕日を見ながら、テンズリは思った。

(いや、せっかくこんなに歩いてきたのだ。引き返すのも面白くない)

煩悶《はんもん》しつつ夜を過ごした。

世界の中で、自分がたった一人であることをひしひしと感じる夜であった。故郷の暮らしが懐しく思いだされた。戻りたいとの思いで体が震えた。

一夜明けると、しかし心は決まっていた。

(進んでみるしかあるまい)

目覚めるなり歩きはじめた。

心臓が脈打ち、肌が汗ばんでくると、歩くことの喜びが体中を駆けめぐり、先へ進む以外のことは考えられなくなった。テンズリにとって、歩くことは最も自然な状態であった。

快いリズムに身をまかせていると、頭も気持よく働き、ふとある考えが浮かんできた。最初に浮かんできたのは、蜘蛛が巣を張っているところであった。幼い頃、蜘蛛が巣をかける様子の一部始終を眺めていたことがあった。蜘蛛は、まず、尻から糸を出して木の枝からぶらさがり、別の枝へと糸を渡す。それを足場にして、放射状の骨組みを作る。それから、放射状の糸を横切りながら、中心から外縁へ糸を張っていく。渦巻状の糸が外縁までめぐらされ、さらに、今度は外縁から中心へ、今張った渦巻状の糸と糸の間をぬって糸を引いていく。

その渦巻状の線がぴかりと光った。

「あ」

テンズリは声をあげた。

「壁は渦巻になっているのではないか」

4

——確かに壁は渦巻状に続いている。

十年歩いて、テンズリは確信するようになった。

十回の冬がゆき、十回の夏が過ぎた。その倍ほどの数の、寒い場所と暑い場所を歩いた。二周目の半ばから、木片に刻み目をつけて、日数を数えはじめた。一周に要する日数が少しずつ増えていることから、渦巻状の世界の外側へ向かっていることが知れた。食糧採集のためや休息のために歩かぬ日もあったから、進む速度は一定していたわけではないが、それでも十周二十周といった単位で見ると、やはり一周にかかる日数は増えている。

木の記録片は、年とともに数が増え、しまいにはテンズリを押しつぶしそうなほどになった。最初はただ単に日数分の刻み目をつけるだけだったが、次第に野山の様子などを簡単な線画で記すようになった。それも長い間に、山の高さや方角、木の種類などを表わす形が一定してきて、より簡便に日々のできごとを記録できるようになっていった。

長い旅の日々に疲れを感じた夜など、焚火の傍らで、束ねた木片を一枚ずつ地面の上に広げて、歩いてきた道程を振り返ることがあった。刻み目の一つ一つから、固くなった足の裏が覚えているその土地その土地の感触や、植生によって変わる林の中の匂いがよみがえった。

世界は広大である。壁は少しも姿を変えることなく、跡切れることなく続いている。それに比して、人間はなんと小さく、なんと遅くしか歩けないのであろうか。村の賢者が言

バレエ学校に入学したら、スパイの訓練を受けることに!?

〈ハヤカワ・ジュニア・ミステリ〉

スパイ・バレリーナ

――消えたママを探せ!

ヘレン・リプスコム／神戸万知訳

eb6月

バレエ学校の裏の顔は、スパイ養成所!? 入学早々バレエコンクールの主役に選ばれ、スパイの仕事まで任されたミリー。透明なスパイ用スマホや「空飛ぶチュチュ」が、行方不明のママを探すカギ? 嘘でしょ! 一癖ある仲間と共に失踪事件の謎を追う! 小学5年～

四六判並製　定価1650円[16日発売]

アマゾン、スラック、ツイッター社で磨かれた対話術!

会議を上手に終わらせるには

――対立の技法

バスター・ベンソン／千葉敏生訳

eb6月

絶対に無くせない意見の対立。企業で、家庭で、そこから前向きな一歩を踏み出すにはどうすればよいのか? アマゾン、ツイッター社などでチームを率いてきた著者が導き出した、人が必ずもっている認知バイアスを逆手にとる、実りある対話のための必須テクニック。

四六判並製　定価2420円[16日発売]

マーガレット・アトウッドも感嘆した、蜂の視点で語られた『侍女の物語』

蜂の物語

ラリーン・ポール／川野靖子訳

eb6月

果樹園の蜂の巣で、最下層の蜂として生を享けたフローラ七一七。女王を崇めて労働を称える教理により厳重に管理される蜂社会で、フローラはほかの蜂とは異なっていた。育児室の世話をし、花蜜を集める彼女は、女王にのみ許される神聖な母性を手にしたのだ……

四六判並製　定価3300円[6日発売]

った、限りなくどこまでも続いているということの意味が、実感として胸に満ちてきた。歩き続けさえすれば、いずれは壁の果てるところまで行きつくだろうと思って旅立ったテンズリであったが、その考えの浅さに今は茫然とする思いである。

（この先、息絶えるまで歩き続けたとしても、なお壁は続いているのであろう）

耐えられぬ思いで、無限に続く壁と、壁沿いに進む蟻のような己の姿を、テンズリは思い浮かべた。

果てがないのだとすれば、あるいは自分が生きている間に行ける範囲に果てがないのだとすれば、この先歩き続けるのはひどく空しいことだとテンズリは思い、来た道を引き返すこともしばしば考えたが、しかしそのたびに、それもまたすこぶる馬鹿馬鹿しいことであることに思いいたるのだった。そんなことをしたら、ここまでの十年間は、いや引き返すのに要する月日も加えればその倍になる歳月は、全くの無、何もしないで寝ていたのと同じことになってしまうではないか。

（やはり向う見ずな企てであったのだろうか）

テンズリは嘆息した。

無力感は日増しにつのる。そんな日々に、大きな慰めとなったのは、人々の暮らす集落に出くわすことだった。人の住む場所では、木の実やイモ類が、人里離れた野山で採れるものより大きく、味もよい。温かい寝床も得られる。そして何よりも、人と話ができることが嬉しかった。

たいていの村で歓待された。テンズリが遙か遠い場所からやってきたことを知ると、人々は話を聞きたがり、精一杯の馳走をふるまい、一夜の宿を提供してくれた。テンズリは旅の日々の出来事を、身振り手振りをまじえて語った。寒い地方へ行けば、冬でも青々と生い茂り、日の光をきらきらと照り返す南方の木々のことを、暖かい地方へ行けば、空から灰のように降ってくる雪の冷たさを語りきかせた。

人々はどんなことでも面白がったが、話が壁のことに及ぶと、

「ひゃあ。そいつは大変なものだ」

驚きの声をあげたり、

「そんな馬鹿なものを誰が作ったのだ」

笑い転げたり、いずれにしても一段と大騒ぎになり、

「冗談だろうか」

「いやどうも本当らしい」

朝まで話が尽きぬことになった。

しかしもちろん、すべての村で歓迎されたわけではない。はなから他所者《よそもの》はうけつけず、

石を投げつけられ、犬をけしかけられて這《ほ》う這《ほ》うの体《てい》で逃げだしたこともあったし、温かく迎えられながら、その土地の言葉がまるで理解できず、仕方なく立ち去ったこともある。故郷から離れるにつれ、言葉の通じぬ村に出くわす機会は増えていった。

どこの村も、木の実や草の根を採集する自給自足の生活をしていた。人々の行動範囲はほとんど村と村の近辺だけに限られ、交流があるとしても近接する村との間だけである。ただ、幾つかの村で聞いた話では、見知らぬ土地の珍しい作物や品物を持ってときおり訪れ、物々交換をして行く一群の人々があるらしい。そのような人々に会ってみたいとテンズリは思ったが、その思いは叶えられなかった。

ただ、一度だけ、林の中を飛ぶように歩く男に出会ったことがある。

昼なおほの暗いカシの大森林の中でのことであった。テンズリはその前日に一日を費して食糧を集め、数日間は終日歩き続けるつもりで歩を進めていた。

いつの間に、どこから現れたのか、テンズリの傍を、肩を並べてすたすた歩いている男がある。腰の構えがずしりと決まり、足の運びが安定して素早く、上体がほとんど揺れず、呼吸が乱れることのない見事な歩きっぷりだ。自分のリズムは決して崩さず、しかもなお、歩調をぴたりとテンズリに合わせてきた。

足を運び続けながら、テンズリは男の方に顔を向けて、その様子を観察した。膝までのズボン状の穿きものと半袖のシャツ状の着物を身につけている。軽く、歩きやすそうないでたちである。

「うまいな」

白い歯を見せて男が笑いかけてきた。顔の造作がすべて大づくりで、逞《たくま》しく磊落《らいらく》な印象である。うまい、というのは、テンズリの歩き方についてのことらしい。

「なんの、そっちこそ」

テンズリは応じた。

競争を仕掛けられているような気持になって歩調をあげた。男もするするとそれに合わせた。

カシの木がびゅんびゅん後ろへ飛び去っていく。

テンズリは背に、まるめた熊の毛皮と木片の束を負い、腰に数日分の食糧をぶらさげている。歩度を速めるとそれが揺れて、背や腰を打った。男は小さな袋を背中に斜めに縛りつけているだけである。

互いに譲らず、夜に入ってもそのまま歩き続けた。

「どこまで行く」

男が前を向いたまま訊いた。

「地の果てまで」

テンズリは言った。

「遠大だな」男は言った。「遠いぞ」

「地の果てを知っているのか」

まさかと思いながらテンズリは訊いた。

男は笑った。

「遠いと言っただけだよ」

夜通し、めいっぱいの速さで歩き続けた。眠さと疲労で朦朧となり、足がもつれる。もつれて転んでしまえばそのまま立ちあがれなくなるだろう。必死に踏んばった。いつもの快い汗が、ねっとりとした気持の悪い脂汗に変わった。

夜が明け、日が昇った。

「頑張るな」

男が言った。男の足もふらついている。

テンズリは腰にぶらさげたダンゴを頬ばり、その一つを黙って男に差しだした。男も黙ったまま頬ばり、にっこり笑った。

その日も夜まで休むことなく歩き通した。

日が落ちて、ついにテンズリは足をもつれさせて地面の上に倒れた。そのまま立ちあがれない。

「負けた」

大きな声でテンズリは言った。

「なんの、いい勝負よ。面白かったぞ」

男もずしんと音をたててテンズリの隣りにぶっ倒れた。倒れてすぐ、豪快ないびきをかきはじめた。それを聞きながら、テンズリもあっという間に眠りに落ちた。湿っぽいコケの生えた場所であったが、気にしているゆとりはなかった。

目が覚めると男は消えていた。

(何者であろうか)

テンズリは思ったが、それを知るのはずっと後年になってからのことである。


その川へ着いたのは、太陽が頭の真上にいる時刻であった。季節は夏。きらきら光る水面が美しい。その美しさに魅《ひ》かれるように、テンズリは裸になって川の水に身をひたした。水は冷たく、快い。ざぶざぶと顔を洗い、汗を流した。旅の疲れが溶けて流れでていく。浅瀬に身を横たえて、ゆらゆらしながらしばらく過ごした。すっかり体が冷えた頃、岸に一つの人影が現れた。若い娘である。

　娘は着物を脱ぎはじめた。袖なしのシャツ状の着物と膝丈のズボンを素早く脱ぐと、もう素裸である。テンズリは水面から顔だけ出した格好で、目を見開いてその裸身を見つめた。背はテンズリより頭一つ分ほど低いであろうか。小さな印象の体だが、全体にふっくらと肉がつき、胸は豊かにもりあがり、腰も張っている。その胸と、下腹部の黒い繁みを見て、テンズリの胸はどきどきと高鳴った。

　娘は川原の石ころの上を身軽に歩いて水辺に行き、爪先で水の冷たさを確かめてから、深みの方へ入って行った。流れの中央に出て、たくみに泳ぎまわる。

　一泳ぎしてから、岸の方へ戻ってきた。流れのために最初に入った位置からずれて、ちょうどテンズリのいる浅瀬へ向かってくる形になった。テンズリは身がこわばってしまって、ただじっと娘の方を見ている。

　娘はどんどん泳いできた。

　すぐ目の前まできて、

「わっ」

　テンズリに気づいて悲鳴をあげた。

　テンズリは笑いかけようとしたが、顔がひきつってしまってうまくいかない。

娘は水をはねとばして立ちあがった。テンズリのわきを駆けぬけて岸へ上がった。脱いだ着物を拾って走り去った。

「むうう……」

テンズリは水中に身を横たえたまま、うなり声を発した。自分の体が、歩くこと以外の何かをしたがっているのを感じた。

川原で体を乾かした。近くに村があるのだろう、とテンズリは思った。例によって、村へ寄り、旅の話をして人々を楽しませるかわりに、寝場所と食べものを分けてもらってもよい。が、何か胸のうちにもやもやした抵抗があった。面白からぬことが起こりそうな予感のようなもの。そのもやもやの正体を見定められぬままに、眩しい太陽を見あげながら時を過ごした。

(すぐに出掛けよう)

テンズリは思った。もともと一服するだけのつもりであった。

しかし腰があがらない。そのまま日が暮れてしまった。

川原で一夜を過ごした。降るような星空を見あげていると、妙に感傷的な気持になった。

(おれは疲れているのだろうか)

テンズリは激しく首を振った。

「いやいや、あすは日の出とともに歩きはじめるぞ」

自分に向かって言った。常ならば、そんなことは改めて決意するまでもないことであったが、この夜はそう自分に言い聞かせでもしないと、心が落ち着かず、眠りにつけなかったのだ。

夜が明けた。

テンズリはなお川原でぐずぐずしていた。

昼少し前、きのうの娘がやってきた。

川原を見まわしてテンズリに気づいた。テンズリの方を見てわずかに笑いを見せ、それから衣服を脱いだ。前日と同じように、一糸まとわぬ裸になって、水の中へ入って行った。

川の中ほどへ泳ぎ出て、テンズリの方を振り返った。

つられるように衣服を脱ぎすてて、テンズリも川へ入った。娘の方へ泳ぐ。

「――」

娘が何か言った。水音に消されまいとする大きな声だったが、言葉は聞きとれなかった。

テンズリにはわからない言葉だったのだ。

「おまえはきれいだな」

テンズリも大声で言い返した。娘はわからない、というように首を傾《かし》げてほほえんだ。

そのかわいらしい顔が、水面からの照り返しできらきら光っている。

「おまえはきれいだと言ったんだよ」

テンズリは娘の方へ手を伸ばした。娘も手を伸ばしてきた。やわらかい、小さな手であった。指が触れ合うと、甘い気持がテンズリの胸に広がった。

——胸のもやもやはこれであったか、とテンズリは思った。

5

テンズリが後に知ったところによれば、この村では、男も女も、他の村のものと結ばれるのをよしとしており、一定の年齢に達した若者はみな、その機会を待ち暮らしているのだった。テンズリを夫として迎えることになったネネメも例外ではなく、

「あのときは、しめたと思ったわ」

いたずらっぽくテンズリに語った。

「でも、まさか、そんなに遠くから来た人だとは思わなかったけど」

できる限り遠く離れた村の者と結ばれた方が元気な子供が生まれると言われていたし、

ネネメもそう信じていたのだが、そして、テンズリを川原で見たときに、これはかなり遠いところの者だと直感したのだが、まさか言葉が通じないほど遠い場所から来た男だとは思わなかった。

ネネメははじめ、言葉が通じないということを信じなかった。言葉に幾つも種類があるなどということは想像のほかだったのである。テンズリが自分をからかっているのかと怒りさえした。村人たちも同様に、テンズリが意味のとれない言葉をしゃべるのに仰天し、面白い見せ物でも見るように、テンズリを見物しに集まった。

村人たちは、ネネメがよい夫を見つけてきたと喜び、村をあげて祝いの宴をはった。そのおり、テンズリはかつて口にしたことのない奇妙な飲み物を飲まされた。異様な匂いに顔をしかめながら、無理に口の中へ流しこんだが、

「うわっ。ぺっ。腐っている」

すぐに吐きだした。

村人たちは大笑いした。

何かの冗談ごとか、とテンズリは疑ったが、村人たちはうまそうに飲んでいるし、にこにこしながら飲めと勧めるので、鼻をつまんで何杯か飲んだ。そのうち体がぽかぽかと暖かくなり、よい気分になった。

穀類から醸造した酒であった。以後テンズリの愛好する飲みものとなった。

村では焼き畑を営んでいた。テンズリには仰天に値する食糧の採り方であった。毎年春に雑木林に火を放ち、焼き払って、アワ、ヒエ、ソバなどの種子をまくのである。その上、一年を通して雑草取りなどの作業を繰り返し、まるで自分の子どもを育てるような具合に熱心に作物の世話をする。放っておけば勝手に育つものをなぜそんなにまでしなければならないのかと、テンズリは不思議に思ったが、収穫のときに大量の食物を手に入れられることを知って、なるほどと納得した。

納得したあとは、テンズリはよい働き手となった。その働きぶりはネネメの自慢のたねになった。

またたく間に年月が過ぎ、ネネメとの間に子どもが次々に生まれ、テンズリはすっかりこの村に腰を落ちつけてしまった。ネネメは働きものの、よく気のつく、優しい女房であり、子どもたちも、生まれてすぐ死んだ二人をのぞいて、五人が元気に育ち、テンズリは何の不満もない日々を過ごした。このままここで一生暮らすつもりになった。

ときにネネメが、

「どうしてそんなに遠い道のりを歩く気になったの」

尋ねることがあったが、そんなときも、長い旅の日々のことは、ただあわあわとした夢のようなものとして思いだされるだけだった。

「遠いといえば遠いな」

テンズリはネネメの問いにうまく答えられず困惑した。

「おかしいのね。わけもなく歩いちゃったの」

地べたにしゃがみこんで、棒切れでヒエの穂を叩く脱穀作業を続けながら、ネネメは笑った。クマと名づけた一番上の男の子が、わきで棒切れを持って両親のまねをしているが、少しも役に立っていない。

「歩くのは愉快だった」テンズリもヒエの穂を叩く。

「雑草取りが愉快なみたいに？」ネネメは訊いた。

「うむ」

――それとは違う、とテンズリは思ったが、それを説明する言葉がなかった。まして、世界の果てに吹く風に身をさらしてみたかったなどという気持を、ネネメに伝えるのはとうてい不可能なことに思えた。

「もっと先へ歩いてみたかったんじゃないの？」

ネネメは無邪気に訊いた。そんなことはないと答えてもらえることを、一点の疑いもなく信じきっている。テンズリもまた、ネネメの望み通りの答えを口にすることに抵抗を感じなかった。

「そんなことはない」テンズリは言った。「ここで、おまえや子どもたちと暮らしている方がずっと愉快だ」

また子どもができたらしい、とネネメが告げたのは、夏の盛り、雑草取りをしている最中だった。八人目の子どもである。

「ほんとか」

拳で額の汗をぬぐいながら、テンズリは顔を輝かせた。

ネネメは嬉しそうに自分の腹をなでた。

「あたしたちはいい夫婦なのね」

「そうさ」

テンズリは大きな手を広げて、ネネメの肩を抱いた。

そのまま雑木林の中に入って愛を交した。

急に求められてネネメは驚いたが、そのためにかえって新鮮な悦びを得たらしく、クリの木につかまって激しく尻を振った。何の遠慮もない悦びの表現である。そんなネネメをテンズリは愛しいものに見た。木もれ日が裸身の上に光の斑《まだら》を作り、美しく揺れ動いている。ネネメの発散する刺激的な匂いと声がこの上なく快い。初めて川の中で抱きあったときに較べれば、乳房や尻が若々しい張りを失ってはいたが、しかしその分、テンズリを温かい気持にさせる豊かさがそなわっている。

「元気な子を産め」

ネネメの裸の肩を抱きながら、テンズリは言った。

ネネメは限りなく優しい顔で頷いた。

「八人目か」

テンズリは一人言のように呟いた。ずいぶん年月のたったものだ。ネネメの体が変わったように、自分の体も変わっているのであろう。

「励んだものだなあ」

「やだ」

ネネメは顔を赤くした。

テンズリはネネメの腹をちょっと突ついて、

「まだまだ頑張れるか」

からかった。

ネネメは身もだえして恥ずかしがった。

そのときである。

不意に、テンズリの胸の中に、風が吹きこんできた。世界の果てに吹く荒々しい風であった。

テンズリはその唐突さに困惑した。眉を寄せ、宙を見つめた。

ネネメがもの問いたげにテンズリの顔を見た。

「どうかしたの」

「いや……」

「なんか変」ネネメはテンズリの胸に顔をおしあてた。「変よ」

風はたちまち激しさを増し、胸の内側の黒々とした空洞の中を吹き荒れた。

その晩、テンズリは、子のできた祝いだと称して、しこたま酒を飲んだ。妙な具合に酔い、眠りばなに風の夢を見た。その晩以後酒が手離せなくなった。もとより酒好きなテンズリであったが、酒量が極端に増え、あまり陽気に騒がず、一人で黙々と飲み続けるようになった。

「テンズリじゃない人と一緒にいるみたい」

ネネメが不安そうに言うと、

「ネネメよ」

テンズリは酔った目をして、

「おれはおまえのことを愛しているぞ」

そぐわないことを答えたりした。

その年の刈り入れが一段落したある日のことである。長男のクマが壁を見に行きたいと言いだした。すぐそばまで行ってみたいというのである。

（やはりおれの子だな）

思いつつ、テンズリは連れて行ってやることにした。

出掛けに、ネネメが竹の籠に入れた弁当をよこした。

「ずいぶんでかい弁当だな」

テンズリがびっくりして言うと、

「クマは食べ盛りだからね」

ネネメは笑った。

壁は、テンズリが故郷で初めて見あげたときと同じように、天の中へ真っすぐに広大にそびえ立っていた。

この壁にたった一枚隔てた向う側へ行くのに、歩いて二百日以上かかるのだ、とテンズリは思った。

クマはもちろん、このように近くから壁を見るのは、生まれて初めてのことである。あまりの巨大さに驚いたのか、突然大声をあげて泣きはじめた。

テンズリはなだめようともせず、放っておいた。

泣き疲れたクマは、しゃくりあげながらもう一度壁を見あげ、下唇を突きだして怒ったような顔で睨みつけた。

「恐いか」

テンズリは訊いた。

クマは下唇を突きだしたまま、力をこめて首を振った。

「恐いもんか」

それから壁に向かって大声に、

「恐いもんか」

もう一度言い、知っている限りの言葉を並べて、猛烈な早口で壁を罵りはじめた。

「妙なやつだ」テンズリは笑った。

罵り終えて、クマも大声で笑った。

ひとしきり笑ったあと、テンズリが言った。

「おまえ、一人で家へ帰れるか」

クマはきょとんとしてテンズリを見あげた。

「もう帰るの？」

「もう壁を見たじゃないか」

「だってまだお弁当を食べてないか」

「なに、昼までには家に着く」

「どうして一人で帰んなきゃいけないの？」

「それぐらいできないでどうする」

「できるけどさ……」

クマは不審そうな顔をした。

「恐いのか」

「恐いもんか」

「じゃあやってみろ」

クマはなお不審げであったが、テンズリに促されて一人で歩きはじめた。何歩か進むごとに振り返り振り返りしていたが、やがてまっすぐ前を向いて走りだした。

その後姿が、林の中へ見えなくなるまで見送ってから、テンズリは壁沿いに、すたすた歩きはじめた。

昼まで歩いて弁当をひろげると、一日や二日では食べきれないほどの量が入っていた。

「ネネメのやつ……」テンズリは遠くを見るような目つきになった。「おれのことを、おれよりよくわかっていやがったか」

6

体が歩き方を忘れていた。心臓の鼓動と足の律動がばらばらで、なめらかに体を運ぶことができない。

(年をとったか)

テンズリは情けなく思った。

妻をめとり、子を成すなど自分のなすべきことではなかったか、と悔恨の念が起こった。ネネメやクマにとっては、自分はひどい夫であり、父親であろうと思うと、さらにその念は強まった。

あの村で過ごした十年余の時間。それを歩き続けていたならば、もしかするともう世界の果てまで行きついていたかもしれぬ。それは、この先どのように急いでももはや取り戻すことのできぬ時間であり、距離であった。あの村で時を過ごすことのなかったもう一人の自分、あの川で水浴びをした翌朝、日の出とともに旅立っていた自分、その後姿を追うような気持で、テンズリは道を急いだ。

しかしこれらのもの狂おしい気持も、幾十日かが過ぎ、歩きの勘を取りもどすにつれて、徐々に薄らいでいった。確かに、若い頃の飛ぶような速度も、疲れを知らぬ体力も、今は取りもどすべくもない。だがまだ老いるには時があった。

「ならばよいではないか」

テンズリはひとりごちた。

「歩くことができる限り、歩き続けるまでだ」

たとえ生きているうちに果てに行きつけなかったとしても、それはそれでよしとすべきではないか。もし行きつけなかったとしても、それだからといって自分の一生がつまらないものだったということになりはしないだろう。自分の一生のうちに歩ける距離よりも遠いところには、どう頑張ったところで行けはしないのだし、その場合の一生のうちにはネネメと過ごした時間も含められているのである。それなら失った時間を取りもどすもなにもない。もともと失ってはいないのだ。ネネメと過ごした時間も含めての自分の一生の間に、行きつけるところまで歩く。それでもなお壁の跡切れ目がないのなら、それはもう、無限に歩いたとしても跡切れ目がないのと同じことだ。もしその先に跡切れ目が存在したとしても、それは自分には何の関りもないこと、存在しないのと一緒なのだ。

若い頃には思ってみたこともない心境であった。若い頃には自分はほとんど無限に歩けるような気がしていた。それゆえ、壁が自分の一生より長く続いているかもしれないということがまんならず、またそのことの裏返しで、自分が小さく力のない存在のように思えたものだった。今も、世界の大きさに比して、自分がおそろしく微小なものであるとは思うが、しかしそのことが、とくに悔しいとも悲しいとも感じられない。

歩くことがふたたび喜びとなった。

気持に余裕が生まれると木片に絵文字の日誌をつけはじめた。ネネメの村に着くまでの分は置いてきてしまったから、また一枚目からやり直しになった。

世界の様子はそれほど変化しなかったが、一周に要する日数は増え続け、いつか季節の一めぐり、一年を要するようになった。

そうなった頃には、ネネメの村を出てからはや十年が過ぎていた。テンズリは着実にこの渦巻状世界の外縁に向かっている。もう果てもそんなに遠くはないのではないか、とテンズリは思った。

街道が現れた。

見たことがないほど立派に整備された道である。人が十人並んで歩けるほど幅があり、地面はしっかりと踏み固められている。

たどってみると蜿蜒《えんえん》と続いている。照葉樹の生い茂る間を抜けて、急峻な山に出会うとつづら折りに登り、川に出会うと橋がかけられている。

沿道には豊かに穂を稔らせた水田が広がっている。水田は、街道に出会う前からぽつぽつと現れてはいたが、それは焼畑を営む村の中に点在するだけであった。この街道沿いのものは、規模が遥かに大きい。

（これならずいぶんたくさんの人が食っていけるだろう）

テンズリは思った。

初めて水田を見たのは、街道に出会う半年ほど前のことである。

素裸の若い男たちが、稲を植える前の田に入って、踊り狂っているところに出くわしたのだ。どしゃ降りの雨の中で、奇声を発しながら飛び跳ねている。一人が高く叫ぶと他の全員が低く応じたり、全体が幾つかのグループに分かれてそれぞれ違うリズムを同時に発したりした。田のまわりには娘たちが集まり、黄色い声をあげて騒いでいた。男たちは田の中を少しずつ移動して、あますところなく足で土をひっくり返した。しまいには全員頭の先から足の先まで泥だらけになった。

それが稲を植えるための準備であることを、テンズリは村人から聞いた。

先へ進むと、田が雨水をうけて浅い池のようになり、そこへ青々と稲が植えられているところが見られた。

街道筋の村に立ち寄ったテンズリは、米の飯を馳走になった。ヒエを炊くのと同じように、水で炊いたあと蒸らして仕上げる調理法だった。

「これはうまい」

テンズリは声をあげた。舌触りがやわらかく、何ともいえぬ甘味がある。世の中にさまざまな食物のあることには驚かなくなっていたが、この米の飯のうまさにはちょっと感心した。

「うまかろう」

村の老人が嬉しそうに頷いた。

「わしらの子どもの時分には、まだなかった食いものよ。わしも初めて食ったときはたまげたもんだわい」

「へえ」思わず夢中で飯を頬ばりながら、テンズリは訊いた。「じゃあ誰かが見つけて来たってわけか」

照葉樹の林の中に自生する稲を、誰かが見つけている場面を、テンズリは想像した。

「いやいや」老人は首を振った。「女王がみなに教えたのだ」

「女王……？」

「稲の作り方をみなに教えたのも、長大な街道を作ったのも、女王だ。あれが現れてから、ここら一帯の生活はずいぶん変わった。みんながみんな稲を作るようになった」

「こんなうまいものなら誰もが作りたがるだろうからな」

「それはそうだ。うまいし、力もわく。病気も減った。それはいいのだが、稲を作るようになってから、あの田んぼは誰それのもの、この田んぼはなにがしのものと、みながそういう考え方をするようになった。それでだんだん、田んぼをたくさん持つやつと、少ししか持たないやつができてきた。なんだかあまり居心地のいいことではない。その上、作った米の一部を女王のところへ送らねばならぬ。街道はそのために作られたものだ。多くの人手がかかった。その人手もわしらが提供したものだ」

「それはまた奇妙なことだな」

「ふむ。わしはあまり好かぬ」

「女王というのは何者なのだ」

「よくわからぬ。目に見えぬ奇怪な力を持っているとか聞くが、わしには何のことやらよくわからぬ。この世があるのは女王のおかげだなどというやつもおる」

街道をたどって、テンズリは女王の国に着いた。

不意に目の前が開け、街道は広い平野に出た。平野は両側の壁まで広がり、壁がその威容を最下部まで見せている。

点在する水田では、石庖丁や竹製の穂刈り具を手にした人々が忙しく働いている。一抱えもある大きな籠や天秤棒を使って、刈った穂を運ぶ人の姿も多い。

何十戸かずつかたまって建てられている家は、木の柱を立て、床を張った高床式のものである。これだけ多くの人間が一ところに住み暮らしている風景は、テンズリにはそら恐しいものに見えた。旅の間に、奇妙な風習や言葉を持つ人々に幾度も出会ってはきたが、それらはみな人々が思うままに生きているというだけのことであった。しかしこの場所ではどこか違った感じを受けた。やりたくもないことを人々がやっているように見えたのだ。

「なんだか気にくわない土地だ」

テンズリは呟いた。

平野の中央に、豊かな緑に覆われた小高い山があり、その山懐に抱かれて女王の館があった。

館は他の人家と同様の作りだったが、はるかに規模が大きく、人を圧するような雰囲気があった。四方を囲う柱の列の外側へ床が縁側状に張り出している。屋根は草で厚くふかれ、明るく太陽が照り映えているが、対照的に屋内は闇に包まれている。

　何本かの柱が屋根より高く突き出し、その天辺に、何本もの竹筒を組み合わせた奇妙な形のものが取りつけられている。それが風に鳴って、びょおびょおと奇怪な音を発した。竹筒の長さが適当に調節してあるらしく、風向きによって独特の和音や旋律に聞こえた。

　館の前は広い空地になっており、それを囲んで何棟もの穀倉が建ち並んでいる。街道筋の村々から集められた米が、そこへ貯えられるのであろう。

　テンズリはその空地へ、のこのこと歩み入った。

　見ると、空地のまん中に、派手な色彩の塊がある。赤、青、黄など鮮やかな原色の布切れの塊であった。

　その塊がもぞもぞと動いた。

「……？」

　テンズリは足をとめた。

　やにわに布切れの塊が立ちあがった。

「あっ」

　テンズリは思わず二、三歩後ずさった。

布切れがくるりと回転した。

それは何枚もの布切れをまとった人物であった。顔には仮面をつけている。

仮面の人物は、館の屋根の竹筒が奏でる音楽に合わせて、静かに舞いはじめた。原色の布がひらひらはためいて美しい。テンズリはぽかんとしてそれを見ていた。

舞いは次第に早く激しくなった。しかしいくら激しくなっても決して跳躍することはなく、ややかがめた腰と腕や手の動きだけで、驚くほど豊かに何ごとかを訴えかけてきた。

(この舞い手は何かとても淋しいらしい)

テンズリはそんなふうに感じた。

やがて一段と動きが早くなったかと思うと、仮面の舞い手は、テンズリに正対して急に動きを止めた。鷹の顔を思わせる仮面の裏から見知らぬ目が見つめている……。

舞い手が仮面をとった。

女であった。

凄いほどの美形である。目が切れ長で大きく、眉もつりあがって、きつい印象を与える顔であった。年齢は三十代半ばといったところであろうか。

「異国のものか」

女が言った。低く、深みがあり、よく通る声である。

テンズリの格好といえば、背に木片の束を背負い、獣の毛皮で作った袖なしの上着に短かい下穿き、足は裸足、一目でこの国のものではないことが知れよう。

女はわずかに口の端に笑みを浮かべた。

「ゆっくりしていくがよい。ちょうど明日は刈り入れの祭り。旅の話など聞きたい」

ずいぶん居丈高なもの言いだな、とテンズリは思った。

これが女王との出会いであった。


翌朝――。

日の昇る頃から、稲の穂を盛った籠を抱えた多くの人々が、三々五々、女王の館の前に集い、祭りが始まった。

女王は目もあやな衣裳と鷹の仮面をまとって姿を見せた。付人が水牛を引いてきた。水牛も鮮やかな色の布で装われている。女王はそれにひらりとうちまたがり、人々を先導して進みはじめた。長い行列が後に従った。

刈り入れの済んだ田の点在する平野を、行列は北へ進んだ。

昼前に北の壁に行き着いた。壁の前で女王は舞いを舞った。鷹の飛翔する姿を模した舞いである。

それが終わると、四本の竹を矩形に配置しただけの簡単な祭壇に、稲の穂が捧げられた。続いて行列は南の壁まで進み、同様のことが繰り返された。

（奇妙なことをする人々だ）

テンズリは行われていることの意味が理解できず、居心地悪い思いをした。

夕刻、行列は女王の館に戻り、酒がふるまわれて宴となった。何かの物語になっているらしい歌と踊りが、館の前で繰り広げられた。多くの人が次々と、歌い手となり、踊り手となり、観客となって、半ば即興的に物語が語り進められた。

その様子を館の上から眺めながら、女王は酒と料理を楽しんだ。テンズリも相伴した。女王に請われて、テンズリは旅の日々のことを語った。女王は面白がり、熱心に耳を傾けた。

「風が吹いていると――？」

テンズリが旅立ったきっかけに話が及んだとき、女王は美しい眉を傾けて言葉をはさんだ。世界の果てに吹く風についてのことである。

「それは違うであろう」と女王は言った。「もし壁の跡切れている場所があるとすれば、そこには闇が流れこんできているはずだ」

「闇が？」

テンズリはいぶかしんで、女王の顔を見た。広場に焚かれたかがり火が映えて、その肌の美しさが妖しいほどにひきたっている。広場で行われている集団舞踊の方へ目をやり、

「あの物語を知らぬのか」

舞踊が示している世界創造の神話を、女王は語った。

――世界はその初め、巨大な闇に包まれていた。あるときその闇の底に小さな光の渦が生じた。それはきらきらと輝きながら一つの形をとり、美しい少女の姿になった。少女は闇の中を手さぐりで動きまわった。はるか彼方の天界にいた太陽が少女に気づき、恋におちた。太陽は地上に向けて一筋の光を放った。光は一本の糸のように流れ落ち、少女に触れた。少女は身籠り、男の赤ん坊を産んだ。世界はまだ闇に包まれたままだったので、冬の夜明け前のように寒く、赤ん坊はたちまち凍え死にそうになった。そこで少女はもう一度光の渦に姿を変え、赤ん坊を包みこんだ。赤ん坊はその光の温もりの中ですくすくと成長し、やがて天を突くような巨人になった。光の渦は赤ん坊の成長につれて輝きを弱め、やがて消えてしまった。

巨人は悲しみ、この世から闇をなくそうと心に決めた。闇の中で土をこねて二枚の高い壁を築くと、二枚の壁の間に体をねじこんで、両手でぐいぐい押し開いた。闇は壁の向うに押しやられ、二つに分かれた。その間に太陽の光が差しこんできた。壁と壁の間が十分

に広がるまで押し続け、巨人は力尽きて倒れた。その腹が大地になり、へその中から人間たちが誕生した。人間たちが抜け出たあとのへそに雨と太陽の光が降り注ぎ、やがて稲が生えてきた。

二つの壁の向うには、いまだに巨大な闇がわだかまっており、おりあれば壁を越えてこちらの世界に侵入してこようと機会をうかがっている。そこで人々は、ときに闇の心をなだめ、ときに威《おど》して、闇が侵入してこないようにしなければならないのである。

「ああ――」テンズリは声をあげた。「それがきょうの祭りというわけか」

女王は頷いた。

「遠く旅してきたのならば、闇が壁を越えてこの世に侵入して来ている場所にも行きあったのではないか」

異国からの旅人を迎えて、女王が最も聞きたかったのは、そのことであるらしかった。

「この国では、わたしの力が闇の侵入を防いでいる。しかし、この世界には、わたしの力の及ばぬ場所もある。街道の果てる場所まではわたしもときに出向くが、その先へは行ったことがない。わたしの力の及ばぬ場所では闇の力がまさって、この世が闇に覆われているのではないか」

そのことを、この国の人々に聞かせてやってほしい、女王は言った。

「最近、この国の者たちの中にも、闇の力を疑うものがある。そういう者たちは、わたしが人々をたぶらかしているのだという。が、そうではない。闇の力はあるのだ。わたしには感じられる。しかしそれを人々に説明するのは難しい。平穏な日々が続いて、みな闇のことなど忘れているからだ。それゆえ旅の人よ、あなたが見たであろうことを、みなに語ってやってほしいのだ」

「わたしは淋しいのだ」とも女王は言った。相手が異国の人間であることの安心感がそんなことを言わせたのだろう。「闇の力を日々本当に感じているのはわたしだけなのだ。闇の力を感じることのできぬものに、その恐しさを伝えるのは難しい」

——なんと変わった考え方だ、とテンズリはあきれた。そんなふうに考えていたら、恐しくて生きていられないではないか。

「そういうことはない」女王を安心させてやるつもりで言った。「なぜならば壁は巨大な渦巻の形に続いていて、壁の向うは闇の世界ではなく、ここと同じ世界だからだ」

女王はきょとんとしてテンズリを見た。

テンズリは女王が帯にしている何本もの紐のうちの一本を借り、それを床の上にぐるぐると渦巻かせて置いた。

「壁はこのようになっているのだ」

「馬鹿な——」ようやくテンズリの言わんとするところを理解して、女王は表情を固くした。

「いや、そうなのだ」

テンズリはさらに、旅の記録を記した木片を持ちだし、刻み目の意味を説明しながら、次々に床に並べた。世界のどの場所でどのように日が昇るか、気候や植生がどのように変化するかを示そうとしたのだ。

女王は最後まで聞かずに立ちあがった。

「なぜそのようなことを言う」

目にきつい光が宿った。

「わたしを笑いものにしようというのか」

「いや違う」

テンズリはあわててもう一度説明しようとしたが、

「この男を捕えよ」

女王は叫びを発した。

人々の歌声が止んだ。

「捕えよ。この男は気が違っている」

女王は再度叫んだ。

人々がわっと駆け寄ってきた。

何の抵抗をする間もなく、テンズリは床の上に押し倒された。

女王はテンズリの木片の束を抱えて広場におりた。

「何をする！」

テンズリはもがいたがどうにもならない。

女王は木片をすべて火に投げこんだ。一瞬炎が勢いを増した。

その火の前で、女王は静かに舞いはじめた。悲しげな舞いであった。

7

女王の国のはずれ、街道沿いの山中にある土牢に、テンズリは幽閉された。

山の尾根から垂直に掘られた井戸のような穴である。深さは人の背丈の四、五倍はあろうか。底にはむきだしの土の壁に囲まれた部屋があった。

テンズリが投げこまれたあと、穴の入口は岩で塞がれた。牢内は闇に包まれた。掌が差し込めるほどのわずかな隙間が残され、そこから日に一度粗末な食事が差し入れられた。

「なぜこんなことになる」

テンズリは歯嚙みした。

怒りに似た激しい情動がわきおこり、闇の中でぶるぶる震えた。女王への怒りであると同時に、自分を閉じこめている岩や土への怒り、世界のすべてへの怒りでもあった。

その激情の通りすぎたあとに、このまま外へ出られずに死んでしまうのかもしれぬという不安が襲ってきた。体中の毛穴から冷たい汗が吹きだすような恐しい考えであった。

(死んでたまるものか)

なんとしてでもこの牢から抜け出し、先へ進みたい、世界の果てをきわめたいとの思いが、改めて強くわき起こった。執着心と呼ぶべきものであった。歩き続けていれば抱くことのなかったものかもしれない。一歩ずつでも先へ進んでいるのならば、その途中で命尽きたとて、満足して死ねるであろう。しかし強いられて先へ進めず、ここで果てなければならないとしたら、どうにも死にきれぬではないか。

テンズリは土牢の壁を掘りはじめた。

もちろん道具になるようなものは何一つない。ただ自分の指だけが頼りである。日に肘までほどの穴を掘るのがやっとであった。

手さぐりの作業である。山の斜面への最短距離の見当をつけて掘ってはいたが、果たして正しい方角へ掘り進んでいるのかどうか、確かめるすべはない。下手をすれば幾つもの山を掘り抜くはめになるかもしれなかった。

穴は体を横たえてようやくもぐりこめる大きさに掘り進められた。頭を先にしてもぐりこむと、にじりさがって元へ戻る以外は体の動かしようがない。掘った土は腕の間にためこみ、ある程度たまると穴の外へかきだした。

気がせくと爪をはがす結果になる。根気だけが頼りであった。指先の皮膚が破れては固まり破れては固まりして岩のようになった。肘や膝の皮膚も固くなった。湿っぽい土の上につけっ放しの肘や膝の関節が激痛を発するようになった。

歯茎がやわらかくなり、びっくりするほど簡単に歯が抜けた。体を動かすために食いしばった拍子にぽろりといったのだ。

（太陽の光にあたりたい）

切実にそう思った。

だが気持が挫《くじ》けることはなかった。遅々として進まぬ作業を、厭《あ》くことなく続けた。

長い時が過ぎた。

ある日、作業を一休みして闇の底にうずくまっていると、頭上から人声が聞こえた。大勢の人間が岩を動かしている声らしい。

半日がかりで岩が動いた。日の光が差しこみ、テンズリは腕で目を覆った。

女王が籠につるされて降りてきた。

テンズリは腕をずらしてその姿を見た。かつての女王とは似ても似つかぬ姿がそこにあった。まるまると肥って、まるで冬眠直前の腹いっぱい食いだめした熊のようだったのだ。顔は満月のようにふくれ、顎も二重になって、かつての美貌は見る影もない。闇に慣れて弱った目を、テンズリはしばたたいた。

——人間はこうまで肥れるものなのか。あの米という食いものは、人間が食ってはいけないものなのではないか。そんなふうに思った。

「外へ出たくはないか」

女王が言った。声に凜とした覇気が感じられない。どこか気弱な気配がある。

——それは出たいと、テンズリは思った。いったい女王は何を言いたいのだ。

女王は続けた。

「おまえが、壁の向うは闇だと言ってくれたら、ここから出してやろう。どうだ。わたしの国の外で、闇がこの世に侵入してきているところを見たと言ってはくれぬか」

女王はしゃがみこみ、テンズリの方へ顔を近づけた。声をおとして言う。

「正直なところを言おう。あのときわたしはおまえに腹を立ててここに閉じこめたが、あとから思い返すと、実は不安にかられてのことだったのだ」

　肥った体が重荷なのか、女王は一言ごとに荒い息をついた。

「わたしはもの心ついたときからずっと、闇の力を感じ続けてきた。夜中に、闇がざわめいているのを感じて目覚めることもたびたびだった。わたしはその闇の力と戦わねばならず、また戦う力が自分にそなわっているのを知っていた。この世を闇の力から守るのが自分の務めだと思い、長い間その務めを果たしてきた。そこへおまえが現れた。おまえは壁の向うに闇の世界があるわけではないという。わたしは急に不安になった。もし闇の世界がないのならば、わたしのしてきたことは何だったのか、と。不安をまぎらわそうと、わたしは朝から晩までものを食い続けるようになった。こんなに肥ってしまったのはそのためだ。肥り過ぎて坐っているだけでも苦しくてならぬ。ひどい毎日だ」

　女王は溜息をついた。

「それでおまえにもう一度確かめることにしたのだ」

　女王は顔をテンズリに近寄せた。

「言ってくれ。壁の向うは闇だと」

　テンズリは黙っていた。

「わたしは闇の力を感じている。おまえが闇は存在せぬと言っても、闇を感じずにすむようにはならぬだろう。おまえに、闇は存在すると言ってもらうしかないのだ。言ってくれぬか」

テンズリは黙っていた。

「どうなのだ。やはり壁の向うはここと同じ世界だというのか」

テンズリはかすかに頷いた。

「闇はないのか」

もう一度テンズリは頷いた。

「……わかった」

弱々しく女王は言い、肥った体をゆすって立ちあがった。

「それは本当のことなのであろう。しかしわたしには闇の存在が感じられる」

女王は頭上の人々に合図を送り、籠に乗って上がって行った。入口はふたたび岩で塞がれた。

テンズリは闇の世界に残された。

8

「まだ終わりではないぞ」

テンズリは声に出して呟いた。

以前にもまして根をつめて、穴を掘り続けた。

闇の中で、テンズリは世界の果てに吹く風のことばかり考え続けた。その風が心の中に吹き続けていることだけが、生きていることの証しだった。

（おれが風にとりつかれたのと同じように――）とテンズリは思った。（女王は闇にとりつかれたのであろう）

――それは女王のせいではない。おれが風にとりつかれ、歩きはじめたのが、おれのせいではないように。それは誰にもどうすることもできないことだし、とりつかれた本人以外の誰かに、それがどんなことなのか、確かな実感をもって伝えることは不可能なことなのだ。女王の舞いに感じた悲しみを、テンズリは理解できるような気がした。しかしだからといって、壁の向うに闇が存在すると嘘を言って、女王を安心させてやるわけにはいかなかった。いい加減なことを言っても女王が納得できるはずはないし、おれが考え方を変えるわけにもいかなかった……。

どれほどの時が過ぎたのであろうか。ついに抜け穴が外界に通じた。

最後はあっけなく土が自重で崩れ落ち、光と風が抜け穴の中に流れこんできた。

「ひゃっほー」

テンズリは叫びをあげた。

這いずるようにして、自分の体を穴の中から引きずりだした。

出たところは山の急斜面の途中であった。頭からずるずると斜面を滑りおりた。勢いがついて止めようがなく、灌木の枝や葉で傷だらけになった。

ようやく止まって立ちあがり、一歩を踏み出した。

そのとたん、

「わっ」

テンズリはもんどりうってひっくり返った。

何が起こったのかわからず、ぽかんとしてしばらく地べたにすわっていた。

真昼である。地には太陽の光が満ちている。しかしテンズリにはものの色や形を見定めることができなかった。ただ明るさがぼんやりと感じとれるだけであった。目が利かなくなっていたのだ。足も枯木のように痩せ細り、何十年にもわたる長い旅を支えてきたものとはとうてい信じられないほどになっていた。

もう一度注意深く立ちあがった。

どうやら立つことはできた。が、腰が曲がったきり伸びない。無理に伸ばそうとすると激痛が走った。

前かがみの姿勢のまま足を踏みだした。

とたんにまたバランスを崩してひっくり返った。

「歩き方を忘れちまった」

天を仰いだ。

どうにか歩けるようになるまで数日かかった。それも、木の枝を折りとって作った杖にすがってやっとというあり様である。

一日も早く女王の力の及ぶ土地から逃げだしたい思いで、必死に歩いた。街道まで下り、そこから街道沿いに進んだ。

ある村で、女王が死んだとの噂を聞いた。

「肥り過ぎでな」

村人は言った。

テンズリの心には何の感情も起こらなかった。

街道が跡切れてからは、人の住む村も間遠になった。

亀の這うような旅が続いた。

ネネメや子どもたちのことが思い出された。とくにクマのことが気になった。立派に成人したであろうか。ネネメのところには、それ以前の旅の記録を記した木片を置いてきている。クマは父の残したその記録を読むであろうか。もしクマが記録を読み、若いうちに旅立ったならば、自分よりはるかに遠くまで歩くことができるのだが……とテンズリは夢想した。

季節は巡り、冬をむかえた。

（この冬を越せるだろうか）

テンズリは案じた。人の住む村があれば、立ち寄って物を乞うこともできるが、人の住まぬ野山では、食物を入手することは、今のテンズリには困難きわまりない。

それでもテンズリは、どこかの村へ身を寄せて、冬を越そうとは考えなかった。

（一歩でも先に進みたい）

頭の中にあるのはそのことだけであった。

テンズリの前に何者かの影が立った。

（熊にでも出くわしたか）

見えない目を見開いて、テンズリは立ちつくした。

影は黙っている。人間のようであった。テンズリのことをじっと見つめている気配である。かすかにもやもやしたものに見える人影をテンズリも見返した。

「道をあけてくれ」テンズリは言った。「急いでいるんだ」

言い終わらぬうちに歩きはじめていた。

人影はわきによけ、テンズリの横を同じ歩調で歩きはじめた。テンズリの歩幅はせまく、一歩ごとに足場を確かめるような歩きぶりである。テンズリはからかわれているのだと思った。

「手を貸そう。どこまで行く」

人影がテンズリの手を取ろうとした。

テンズリはむっとして払いのけた。

「地の果てまでだ」吐き捨てるように言った。

「やはりおまえだ」人影が言った。「遠い昔のことだ。おれはおまえと今のように並んで歩いたことがある」

テンズリは何のことかわからなかった。

人影はさらに言った。

「おまえは腰に食い物をぶらさげていて、歩きながら食った。おれもそいつをもらって食った」

テンズリは立ち止まった。

「思い出したか」人影が言った。

テンズリはかすかに頷いた。遠い記憶が甦ってきた。

「あれからずっと歩き続けていたのか」人影はあきれたように言った。「こんなに遠くまでよく歩いたものよ」

「いや……」テンズリは呟くように答えた。「まだまだ歩く」

その晩、二人はともに野営した。

人影はユルトと名乗った。昔出会ったときに、名さえ告げ合わなかったことをあらためて思いだし、テンズリは笑った。ユルトはテンズリのために火を起こし、食べものを分けてくれた。

「あのときは愉快だった」とユルトは言った。

——自分たちの仲間は村から村へとさまざまな品物を運び、交換することを生業《なりわい》としている。そのために世界中を歩く。しかしどうもそういった目的もないのに歩いているらしい人間がいたので、近づいてみたのだ、とユルトは語った。

「地の果てまで行くつもりで歩いているなどとおまえが言ったから仰天したのを覚えている。あれは本気だったのか」

テンズリは、当然だというように頷いた。

「途方もないことを考えたものだな」ユルトは手で顔をつるりとなでた。「ではまだ先へ歩き続ける気か」

「歩ける限りはな」

テンズリは歯がほとんどなくなってしまったために、言葉がうまく話せない自分を、滑稽なものに感じた。

「歩ける限りといってもその体では――」

「いやまだまだ歩ける」

「はかがいくまい」

「たとえ一日におまえの十分の一しか歩けなかったとしても、十日歩けば同じことだ」

「それはそうだが」ユルトは少し間を置いて、「それでは間に合うまい」

「間に合わない？　世界の果てに行きつけないということか」テンズリの心の中に不吉なざわめきが起こった。「おまえは世界の果てを知っているのか。それでそう言うのか」

ユルトは黙っていた。

「おい、聞かせてくれ」テンズリは思わず大声をあげた。「壁の跡切れる場所があるのか」

「世界の果てまでは」ユルトが言った。「少なくともまだ十周以上ある」

「……！」

十周といえば若い頃のテンズリの歩行速度をもってしても十年はかかる距離だ。今のテンズリにはその何十倍もかかるであろう。残りの寿命の間にとても行きつける距離ではない。

——遠い昔、一つの巨大な岩が、はるかな空の高みから落下しはじめた。テンズリが旅を続けている間中、その岩はぐんぐん加速しながら、地上にある一点めがけて落ち続けた。そして今、耳を聾する大音響とともに、テンズリの目の前に墜落した。その岩がゆるやかに落下しはじめたときすでに、最後にその場所に落ちることが決まっていた。いつかはその時が来ることをテンズリも知っていた。しかし実際にまのあたりにすると、その巨大さは腹が立つばかりのものであった。動かすことも乗り越えることもできはしない。

テンズリは首を振った。

一つの世界があり、自分はそこに生まれた。その世界の果てへたどりつくには、自分の一生は短かすぎた。この単純な事実が、奥深い不思議さとして胸にせまった。

十年――。ちょうどネネメのところで過ごした時間である。それも不思議な暗合であった。

「ヒエが種子から生長し、実を稔らせたとき」とテンズリは言った。『自分がもうそれ以上大きくなれないことを知って、悲しみはしないだろう。人間だって別に悲しむことはないのだ。しかし……」

テンズリは自分の気持を説明する言葉を思いつかなかった。

ユルトは黙っている。

「世界の果てのことを聞かせてくれ」テンズリは静かな声で言った。「壁が跡切れているのか。荒々しい風が吹いているのか。どのようになっているんだ」

ユルトは答えない。

テンズリは同情されているのかと思った。

「おまえは妙なやつだな」ユルトはようやく口を開いた。「世界の果てが見たいなどというようなことをなぜ思いついた」

テンズリは肩をすくめた。「それはなぜこの世に生まれでようと思ったかと訊くようなものだ。答えようがない」

焚火の枝がぱんと音をたててはぜた。

「テンズリよ」ユルトが言った。「おれが世界の果てまで連れて行ってやろう」

「……？」

テンズリは顔をあげた。焚火の熱が頬を照らす。

「行きつけるかどうかはおれにもわからぬ。が、やってみるだけのことはあるかもしれない」

「わからぬことを言うな」テンズリは眉を寄せた。「まだ十周以上もあるとさっき言ったではないか。今のおれには無限に遠いのと同じことだぞ」

「ふむ。この先も、今までおまえが歩いてきたように、律儀に世界の渦巻に沿って歩いて行くならな」

「別の道があるというのか」

「おまえも知っているとおり、壁一枚越えれば、そこは一周先の世界だ。壁を越えつつ進めば、世界の果てはそんなに遠くなくなる」

「馬鹿な。あの壁の高さを越えられるものか」

「誰も乗り越えるとは言っていない。まあ聞け。おれの親のそのまた親のずっと遠い先祖に一人の男がいたと思ってくれ。そいつも妙なやつだった。壁のことが気になって仕方なかったらしい。ただおまえのように壁の跡切れ目まで歩こうというふうには考えなかった。

自分の生まれた土地の中で、壁のことを細かく調べてまわったのだ。ある日のこと、壁の下端に、人が這って入れるほどの穴があいているのを見つけた。おそるおそるその穴へもぐりこんでみた。入ってみると穴は奥深く、どこまでも続いている。手さぐりで進んで行くと、ついに壁の向う側へ抜けた」

「……壁に抜け穴が？」

「抜けた向うも、二枚の壁にはさまれた世界であることを知った彼は、さらにその先へ進めぬものかと、もう一枚の壁に穴のあいている場所を探した。それは見つかった。彼が見つけた抜け穴はその二つだけだったが、彼の子どもやそのまた子どもたちが、長い時間をかけて次々と穴を見つけ、何枚もの壁を通り抜ける道を作りあげていった。穴のある場所の配置はおおむね世界の南の方に偏っている。この穴の連なりを通り抜けて、ある土地でとれた食物や作られた衣類、珍しい石などを離れた土地に運び、より多くのものと交換するのが、おれたちの生業となった。おれたちの一族はその穴の場所を代々秘密にし続けてきた」

「その穴を次々と通り抜けて進めば、世界の果てまで行きつけるというわけか」

「さあ、どうだかな。おれたちの一族の中にも、世界の果てまで行ったやつはいない。誰もそのようなことは思いつきもしなかった。おれたちにわかっているのは、この先十枚の壁を抜けたところまでだ。そのさらに先に、穴を見つけられるかどうかわからぬ。だが、ある程度は、穴のありそうな場所というのは見当のつくものだ。探せば見つかるだろう。行ってみるか」

テンズリは茫然としたまま、小さく頷いた。

「おれも是非世界の果てを見たくなってきた」ユルトは言った。「人間なら誰だって見てみたくなるのではないかな。実際に歩きはじめてしまうかどうかは別として……」

9

わかっている十の穴を抜けたあとは、ユルトの勘だけが頼りであった。ユルトとて、かつてテンズリと歩き較べをしたときのような脚力はなくなっている。穴の探索は困難をきわめた。それでも、一つまた一つと、新たな穴が見つかった。

新たな穴を二つ抜けたあと、道は急にけわしい登りになった。這って進まなければならないほどの急峻な崖も現れた。

登るにつれ、地面からの壁の相対的な高さは次第に低くなっていき、ついには、最大限に成長したカシの木ほどの高さにまでなった。つまり、壁そのものの高さは変わらず、大地の形成する巨大な斜面にそって、二人は壁の天辺に近い高さにまで登ってきたのだ。空気が薄くなり、気温は低くなった。

テンズリはすっかり消耗した。自分の体をこれほど情けなく思ったことはない。登りにかかってから七つめの壁の前で、ついに一歩も動くことができなくなった。

「もう動けない……」

テンズリは弱音を吐いた。顔色が蒼白になっている。

「このぶんならもう少しだぞ。やがて地面が壁より高くなる」

ユルトは励ましたが、テンズリはまるで体に力がはいらず、応えることができない。

ユルトは木の枝で担架を作った。植生はテンズリにもユルトにも見慣れぬものになっており、ユルトが利用したのは名の知れぬ針葉樹であった。ユルトの着衣の一部を裂いて二本の枝を結び、テンズリを乗せて引きずるようにした。テンズリは担架から落ちぬようにしがみついているだけでも死ぬ思いであった。

次の壁の穴を探しだすのに、五十日あまりの日数がかかった。

穴は、ちょうど世界の真南のあたりに見つかった。ユルトは担架を自分の腰に結びつけた紐でずるずると引きずりながら、せまい穴を這い進んだ。

小さな光が見えた。そこから風が吹きこんでくる。何か今までと違う気配がある、とユルトは思った。

穴をぬけた。

ユルトは立ちあがった。

そして息をのんだ。

五十歩ほど先で、大地がなくなっている。その向うは空である。天頂から、大地が切れた地平線のところまで、深い青色の空が広がっている。

ユルトは恐る恐る大地の端まで進んだ。最後の数歩は立っていられず、四つん這いになって進んだ。

大地の端から首をだしてのぞきこむ。

目まいが襲ってきた。

垂直に切りたつ恐るべき高さの断崖の頂きに、ユルトはいたのだ。

下方遙かな地面には、青々とした大森林が広がっている。それは目路《めじ》の限り、地平線まで続いている。緑色の森林の間にところどころ光る筋が見えるのは川であろうか。森林の上の空気は青くかすんだように見える。

「おい……」

　ユルトは担架を振り返って、声をかけた。

「着いたぞ」

　テンズリはわずかに顔をユルトの方に向けただけだった。

「着いたんだよ。世界の果てだ」

　ユルトは担架をひきずって絶壁の縁まで運んだ。わきの下に手を入れてテンズリを抱き起こす。

「どうなっている」

　テンズリは見えない目をしばたたいた。

「崖だよ。大絶壁だ。これより先へは誰も進めない」ユルトは説明した。「だがまだ世界は続いている。果ての向うにも、さらに広大な世界が広がっているんだ」

　崖下から吹きあげてくる風が、テンズリの長くのびた白い髪を揺すった。

「これが世界の果てに吹く風か」

　テンズリは呟いた。

「優しい風だ……」

「満足か」ユルトが訊いた。

　テンズリは少し考えてから答えた。

「さあな。どうもよくわからない」

例の席

学生時代のことだ。ぼくらの仲間がたまり場にしていた喫茶店があった。

その種のたまり場というのは、だれ言うとはなしに何となくできあがるもので、その喫茶店も、みんなで約束して決めたというふうではなく、なりゆきでいつの間にか、そこへ行けばだれか知った顔に会える場所になっていたのだ。かなり古い店で、椅子なども何度も張りかえをして、ところどころバネが壊れたりしていた。特にコーヒーがうまいわけでもなく、サービスがいいわけでもないのだが、天井が低く薄暗い店内が、何とはなしに落ちついたのだろう。

自主休講と称して授業をサボッては、よくそこでたむろしていた。

「あの隅っこの席――」

とだれかが言いだしたのも、そんなふうにしてたまたま集まった連中が、雑談をしていた時のことだった。

「——いつも空いていると思わないか」

そいつが指さした席は、ちょうど壁と壁のぶつかる角におしこめられたようにして作られていたが、奥の椅子にすわるのにやや出入りがしにくいという以外は、別に他の席と違ってはいなかった。テーブルをはさんで四つの椅子が向い合わせに置かれ、テーブルの上には砂糖入れと灰皿が置いてある。

「そういえば、人がすわっているのを見たことがない」

一人が応じ、他の幾人かも、そう言えばそうだなあ、とうなずいた。

「こわいなあ」

だれかが言った。その言い方がとてももっともらしかったので、みなどっと笑った。

「実はあの席はさ——」

別の一人が言いだし、それから、なぜその席に人がすわらないかという説を次々と言いあった。

「あの席で人が死んだことがあるんだ」

「妙齢の婦人が睡眠薬を飲んで——」

「だからあの席でコーヒーを飲み終えて立ちあがると、ズボンの尻のあたりがぐっしょり濡れている……」

「いや、あそこにすわったやつはみな異次元に飛ばされるんだ」

「椅子が急に抱きついてきたりする」

「実は椅子の上に画鋲が置いてある」

小一時間はその話題に興じていた。

もちろんその場限りの座興で、その話題を翌日まで——いやその日の夜までさえ覚えているやつはいなかったし、その席に本当に人がすわったことがないのだとはだれも思ってもいなかった。

ただぼくは、その後もなんとなく気になって、その喫茶店に行くたびに、例の席へ視線を向けるくせがついてしまった。たしかにいつもそこは空いていた。

ときおり、その話題に加わっていた連中の一人に、

「おい、その後、例の席に人がすわっているのを見たか」

と尋ねたりしたが、

「ははあ、そういえばまだ見たことがない」

とだれもが不思議そうに、しかしその不思議さがとても愉快なことだというふうに答え

るのだった。そんなばかばかしいことをおもしろがれるということが、ぼくたちの仲間意識をひとつ支えていたとも言えるだろう。

ところが、その学年の終わりごろ、例の席の隣の席にも、いつのころからか人がすわらなくなっていることにぼくは気づいた。だれもすわらない席がふたつに増えていたのだ。

学生時代には、しかし、いろいろなことがある。恋もすればケンカもする。行動をともにする仲間にも離合集散があり、いつの間にか疎遠になるやつもいれば、新たにつきあいの始まるやつもいる。その自然な動きにつれて、ぼくも、例の席の話をしたときの連中も、あの喫茶店にはほとんどいかなくなり、いつしかたまり場も別の喫茶店に移っていった。

ぼくが、例の席のある喫茶店を久しぶりで訪ねたのは、学校を卒業して四、五年もたったころだった。会社の新しい取引先がたまたま母校の近くにあり、そこへ行った帰りがけに立ち寄ってみたのだ。

街のようすはずいぶん変わっていたが、その喫茶店は以前と変わらずにあった。なつかしさを感じながら、入口の扉をあけてみて、ぼくは驚きの声をあげた。

客が一人もいなかったのだ。

普通の日の昼休みどきである。学校は学期中で、街には学生の姿があふれている。こんな日のこんな時間に、一人の客もはいっていないなんて、ちょっと考えにくいことだし、経験上もそんなことは一度としてなかった。

　扉には営業中の看板が出ており、店内にはウェイトレスが一人立っていて、営業はしているようだった。ただそのウェイトレスの、紺のスカートに白いブラウスを着た立ち姿が異様なものに見えた。ぼくが扉をあけても、銀盆を胸の前に抱いた姿勢でむこうをむいたまま、ふりかえりもしないのだ。肩まで伸びた髪が、血の通っていない人形のもののように感じられた。店内には何か黴臭《かび》いにおいが充満していた。

　コーヒーを飲む気になどとてもなれない。ぼくはそっと表に出た。ウェイトレスがふりむいたら、何か恐しいことが起こりそうな気さえした。

　しばらく店の前に立っていたが、客が入るようすはない。

　喫茶店の席のすべてが、人のすわらない席になってしまったのだろうか。いつも空いている席が、二つに増え、三つに増えしていくところを、ぼくは想像した。この人間だらけの都市の中で、無人の空間が人々が気づかぬうちに少しずつ広がっているのだとしたら……不思議がったりおもしろがったりばかりもしていられない。

　考えてみれば、最初に例の席の話をしたとき、だれひとりとして、あの席にすわってみようと言いださなかったのも、ずいぶん不思議なことだ。おもしろがってすわってみるやつが一人や二人いてもおかしくはなかったのに。あるいはあのあと、すわってみたやつがいたかもしれない。そいつはどうなっただろうか。

薄気味の悪さを背中に感じながら、近くの別の喫茶店に入った。

トーストとコーヒーを注文する。

その喫茶店ははやっていた。昼食どきということもあって、学生や会社員で店内は満席で、一つの席があくと間を置かずに新しい客が来るという具合だった。

そんな中で、一つだけ、だれもすわろうとしない席があることに、ぼくは気づいた。

花のなかであたしを殺して

1

カエ・マノノがネコトカゲの耳を持ってやってきたとき、ババトゥンデ・オラトゥンジは机にむかってメモを整理しているところだった。

「ネコトカゲの耳を持ってきたの」

カエ・マノノは言った。

ババトゥンデ・オラトゥンジはふりかえった。

カエ・マノノは頭に赤いアモアモの花を飾り、自分で染めた花柄のシャツを着て、入口のところに立っていた。目が合うと、はにかむようにほほえんだ。

「ちょっと待ってて」

ババトゥンデは言い、机に向きなおった。

メモ用紙に鉛筆を走らせる。机のうえにはおなじ大きさのメモ用紙がいっぱいちらばっていた。

カエ・マノノは近づいてきて、机のわきに立った。

「ネコトカゲの耳を持ってきたの」もういちど言った。「拾ったの」

「ありがとう」

「食べてね」

カエは小さな浅い籠を両手で捧げるようにして持っていた。そのなかにネコトカゲの耳が入っていた。三角に尖った、肉の薄い耳はまだ動いていた。

くるくると丸まっては、ぱっと弾けるようにもとへもどる耳の動きをしばらくながめてから、ババトゥンデ・オラトゥンジはまたメモ用紙に視線をもどした。

カエ・マノノは不満の色を見せて訊いた。

「いそがしいの」

「見たり聞いたり感じたりしたことを忘れないうちに書きとめておきたいんだ。見たり聞いたり感じたりしたことがとても多いんで、けっこういそがしい」

「書きとめてどうするの」

「あとでまとめて論文を書くんだよ。一段落するところまでやっちゃうから、ちょっと待ってて。すぐ済むから」

カエはネコトカゲの耳の籠を持ったまま、部屋のなかをぶらぶらと歩いた。

しばらくして、また机のかたわらにもどってきた。

からだをよじるようにしながら言った。

「ババトゥンデ、聞いて。あたし、あなたに言おうと思ってることがあるの。ずっと思っていたんだけど――」

「ネコトカゲの耳、おいしそうだね」

ババトゥンデ・オラトゥンジはカエの言葉を途中でさえぎった。

思わず放り出した鉛筆がからからと転がって、机の端から落ちた。

「ちょっと火にあぶるといいわよ」

カエはババトゥンデの言葉につりこまれて、もの知り顔に言った。

「あぶりすぎちゃだめ。固くなっちゃうから。さっとかるくかざすぐらいがちょうどいいの」

「そうするよ」ババトゥンデは言った。「教えてもらったお礼に、お話をしてあげようか」

「あたし、ババトゥンデのお話聞くの、好き」

カエ・マノノは目をかがやかせた。

ツフルモフルの母親は——とババトゥンデ・オラトゥンジはツフルモフルの話をはじめた。ツフルモフルというのは、ある惑星に住む種族の名前である。

ツフルモフルの母親は、妊娠期間十五日ばかりで赤ん坊を出産する。

だから赤ん坊はとても小さい。皮を剝《は》がれた蛙みたいな、ピンク色の塊として生まれてくる。

母親はお産用にあらかじめ一本の木を選んでおく。その木の根元のところにつかまって、排尿をするようにしゃがみこんで出産する。

お産はごく軽い。ピンク色の蛙を産み落とすとすぐ、みずから拾って腹の袋のなかに収める。ツフルモフルの腹には、カンガルーみたいな、育児用の袋があるのだ。

「カンガルー？」

とカエ・マノノは首をかしげた。

「そう。カンガルー」

ババトゥンデ・オラトゥンジは言ってから、カエ・マノノがカンガルーを見たことがないことに思いあたったが、めんどうくさいので説明しなかった。

ツフルモフルの赤ん坊は——とババトゥンデはつづけた。

ツフルモフルの赤ん坊はその母親の腹の袋で大きくなる。這《は》い這いをできるぐらいになると、昼間暖かいときに袋から出て遊ぶようになり、しだいに袋の外にいる時間が長くなっていく。

よちよち歩きをするころまでには、袋を必要としなくなるよう、母親は気をつかう。子どもの袋離れが悪いと、袋のなかに、棘のある木の枝を入れておいたり、刺激臭のある草の汁を塗りつけたりする。

ところが、どうやっても、袋離れをしない子どもが、ときおりいる。母親の袋のなかでどんどん大きくなり、一度も外へ出ないまま、成人してしまうのだ。

そうなってしまうと、母親はあきらめて、気球のようにふくれた腹を抱えて、一生過ごすことになる。

ババトゥンデ・オラトゥンジは、あるとき、ひとりの母親に頼みこんで、腹の袋のなかで成人した子どもと話をさせてもらったことがあった。

袋に首をつっこんで、ババトゥンデは、どうして外へ出てこようとしないのかとたずねた。

袋のなかで成人した子どもは、からだを丸めたまま言った。

「外ってどこ?」

子どもはそのまま年老い、母親の死とともに死んだ。

「それじゃ、生まれなかったのとおなじじゃない。へんなの」

カエは笑った。

「おもしろいかい」

「あたし、子どもを育ててみたいな」

とカエ・マノノは言った。


つぎの日、ババトゥンデ・オラトゥンジがメモの整理をしていると、またカエ・マノノがやってきた。

ひとかかえもある大きな籠に、アモアモの実を山盛りいっぱいに入れていた。

「早く早く」

カエは興奮した声で言った。

「ちょっと待って」

ババトゥンデはいつもの調子でのんびりと言った。

「だめよ。急いで焼いちゃわないと、弾けちゃう」

言うはじから、アモアモはもう弾けはじめていた。

一粒がポン！　と弾けて籠の外へ飛びだす。一呼吸おいて、三、四粒が、プポポポッポン！

つづけざまに跳ねあがり、弧を描いて床に落ちる。

「ああっ。だめっ。ババトゥンデ！　ババトゥンデ！」

カエは籠を抱えたまま、その場でどたばたと足踏みした。

アモアモの実は盛大にはじけはじめた。

ポポポポポポポポポポポポポポポポポポポポポポポポッ！

ババトゥンデはようやくふりかえったが、どうすることもできずに眺めているだけだった。

床にちらばった実は、どれもさっそく芽を吹き、めざましい勢いで生長しはじめた。床といっても、外から地つづきの地面である。アモアモの実はそこにずんずん根を潜りこませ、緑色の茎を垂直にすくすく伸ばしていく。

たちまち部屋のなかがくさむらになってしまった。茎は高いものでカエ・マノノの背丈ほど、低いものでも腰ほどまで伸び、たくさんのつぼみをつけ、やがて赤い花を咲かせた。

「あーあ。だから早く料理して食べちゃわなきゃいけなかったのに」

からっぽになった籠を抱えて、カエは言った。

赤いアモアモの花に埋もれるようにして立っているカエは、とてもかわいらしかった。

くさむらをかきわけかきわけ、ババトゥンデの方に近づいてきた。

アモアモはもう実を結びはじめていて、はやくもポン！　とはじけ、つぎの世代をつくりだしているものさえある。

「やれやれ」とババトゥンデは言った。「これじゃ、とうぶん花のなかで暮らさなくちゃならないね」

「それもわるくないんじゃない」カエは言った。「あたし、死ぬときは、アモアモの花がいっぱい咲いてるところで死にたいな」

「カエはまだ、死ぬことを考えるような歳じゃないだろう」

「そんなことない。考えるわ。ババトゥンデ、聞いて。あたし、あなたに言おうと思ってることがあるの。ずっと思っていたんだけど――」

「せっかく来てくれたんだから、いつもみたいに、ちがう星のお話をしてあげようか」

カエの言葉をさえぎって、ババトゥンデは言った。

アチ・ハパイの母親は――とババトゥンデ・オラトゥンジはアチ・ハパイの話をはじめ

た。

アチ・ハパイの母親はいちどにとてもたくさんの子どもを産む。

だいたい十二人から十五人ぐらい。

ひとりの母親は五回から十回ぐらい出産をするので、一生のあいだに六、七十人から百四、五十人の子どもをつくることになる。

ひとつの集落に若い母親がおおぜいいる場合は、集落中が毎日、小学校の運動会のようなぐあいになってしまう。それはにぎやかなことだ。

ひとはらで生まれた子どもたちは、たがいにとてもよく似ている。母親にも区別がつかないほどなので、母親は区別をつけることをあきらめて、固有名詞の複数形で子どもを呼んだりする。

アチ・ハパイには、多くの子どもが生まれるけれども、また多くの子どもが死ぬ。

七割から八割ぐらいは成人せずに死んでしまう。

百何十人もの子どものいる母親は、一年のうちに十人も二十人も子どもを亡くすことがめずらしくない。

だから、アチ・ハパイの母親は子どもが死んでも涙ひとつ流すことはない。平然としている。いちいち悲しんでいられないのだ。

ところが、ある日の夕暮れ、ババトゥンデ・オラトゥンジは、家の入口のところで、子どものなきがらを抱いて泣きわめいている母親に出くわした。

「どうしたんだ、泣いたりして」

ババトゥンデは声をかけた。

母親は真っ赤に泣きはらした顔をあげた。

「三回目のお産のとき、あたしは十二人の子どもを産んだの。どういうわけか、そのときの子どもばかりがつぎつぎに死んで、この子はその十二人目」

ひとはらの子どもたちの、最後に残ったひとりが死んでしまったので、その母親は泣いているのだった。

「そんなにたくさんの子どもをつくる種族にとっても、やっぱり死ぬっていうのはたいへんなことなんだよ」

とババトゥンデはカエに言った。

「あたしもそう思うわ」

カエは言った。

このポモ・フムの村にババトゥンデ・オラトゥンジが住みついてから、一六八年が経っていた。この惑星の年でである。

この惑星の公転周期は地球の公転周期とさほどちがわないから、この惑星の一六八年は地球の一六八年とさほどちがわない。

というのは読者のための注。ババトゥンデ・オラトゥンジはあまり地球の公転周期のことを気にすることはない。カエ・マノソにほかの惑星の話をするときには、それぞれの惑星での暦で話している。

一六八年も暮らしているので、ババトゥンデはもはやほとんどポモ・フムの一人であるかのようになっていた。

ポモ・フムとおなじように石で造った白い四角い家に住み、ネコトカゲのからだやアモアモの実を食べる。もちろんポモ・フムの言葉も何不自由なく話すことができるようになっている。

そういう暮らしをつづけながら、ポモ・フムのものの考え方や暮らしぶりを観察し、記録をつくり、整理したうえで考察をくわえる。それがババトゥンデの仕事だった。つまり、ババトゥンデは人類学者だった。

銀河系中の無数の恒星系にちらばり、さまざまな暮らし方をしている地球人類の末裔《まつえい》たち。その多様な暮らしぶりを、もう長いこと訪ね歩きつづけていた。

どの惑星のどの種族のところでも、ポモ・フムのところでとおなじように、たっぷりと時間をかけて調査をした。ババトゥンデにはありあまるほどの時間があるのである。

一二万九六六六歳。

それがババトゥンデの歳だった。

生まれた惑星の年でである。その惑星の一年は地球の一年とさほどちがわない。

そしてまたそれは、彼の主観時間での歳月である。光速にきわめて近い速度で、何度も恒星間の旅をしているから、惑星上に住む種族たちにとっては、もっと多くの時が流れているわけである。

そのようにたくさんの時間があったので、各種族について、何世代にもわたって観察することができた。

ポモ・フムについても同様である。

今年、十七になるカエ・マノノのことを、ババトゥンデは生まれたときから知っていた。

生まれたときから、カエ・マノノはとてもかわいい顔をした女の子だった。

ババトゥンデはよく遊び相手になってやり、カエもババトゥンデを慕った。

十七というのはこの惑星の年でであるが、それはポモ・フムが大人になりはじめる年齢だった。つまり、カエ・マノノは、いま、としごろの娘だった。

としごろになって、カエ・マノノは、ババトゥンデに異性を意識するようになっていた。困ったことだ。とババトゥンデは思っていた。

カエがそれらしい態度を示し、なにか打ち明けようとしたときに、あわててババトゥンデが話題を変えるのは、そのためだった。

2

その女性がババトゥンデ・オラトゥンジの家にかつぎこまれたとき、カエ・マノノはババトゥンデ・オラトゥンジの家の壁に嚙みついた。

ハルル・アテア。

あとになって、その女性はそのような名前であることがわかった。

ハルル・アテアはポモ・フムの村にほどちかい草原のなかで行き倒れていた。

最初にウビウビが彼女を見つけた。

ひとりで狩りにでかけ、その途中行き倒れに出くわしたのである。

狩りの収獲はなく、途中で拾ったネコトカゲの耳や尻尾の入った籠を小脇に抱えて、

「たいへんだ！　たいへんだ！」

空いている方の腕をぐるぐるふりまわしながら、村のなかへ走りこんできた。

直方体の白い石を積みあげた住居のあいだを走りぬけ、村のはずれの方にあるババトゥンデの家へ行った。

扉もなにもない、ただ壁に穴の開いているだけの入口からなかへ飛びこんだ。

「女の人が倒れている」ウビウビは肩で息をしながら言った。「ババトゥンデ、あんたとおなじ種類の人間みたいだ」

ババトゥンデはウビウビとともに、その場所まで行った。

着いたとき、もう夕暮れになっていて、草原のなかにただ一本ずっしり生えているヨーヨーマの木の影が、地面に長く伸びていた。木の枝には、葉っぱのふりをして眠るザワルザワル鳥がいっぱいに群れ、
ザワルザワルザワル
と葉ずれの音をまねて鳴いていた。

そのヨーヨーマの木の根元に、ハルル・アテアが仰向けに倒れていた。

服は土埃にまみれ、ズボンの膝のあたりに鉤裂《かぎざ》きができ、けがもしていたが、息はあっ

た。胸に耳を押しあてて、ババトゥンデはそれをたしかめた。

「どうだ」

ウビウビは心配そうにババトゥンデの顔をのぞきこんだ。

「わたしの同族のようだね」ババトゥンデは言った。「縮れた髪。二重瞼《ふたえまぶた》。乳房も大きくてやわらかい」

ふたりでかわるがわる担いで、村まで帰った。

ウビウビが薬草を籠いっぱいに盛って持ってきた。

ウビウビはポモ・フムの長老格の人物で、薬草についてはだれよりも詳しかった。

「うちにある薬草をぜんぶ持ってきた」ウビウビは言った。「ぜんぶ飲ませてみよう。どれかが効くだろう」

薬草をまとめて煎じ、意識のないハルル・アテアを抱え起こして、どろどろの濁った液体を口のなかに流しこんだ。

「あぷふ」

薬液を口からあふれさせながら、ハルル・アテアは意識をとりもどした。

「よかった！」

ババトゥンデとウビウビは笑顔を見かわした。

そのときである、入口にカエ・マノノが姿を見せたのは。

カエは目を見開いて、家のなかのようすを見つめた。

顔が赤く上気していた。強い感情が身内に沸きあがってきているというふうだった。

ババトゥンデはハルル・アテアの肩を抱きかかえたまま、カエをふりかえった。

カエはやにわに、洞窟のように大きく口を開き、入口の壁の角に嚙みついた。家を嚙み殺そうとするかのような、はげしい嚙みつき方だった。

「あぐっ！」

カエは声をもらした。

「どうしたんだ、カエ」

ババトゥンデはとまどいながら訊いた。

カエは口を壁から離し、ババトゥンデを睨んだ。

「しょっぱい！」

とカエは言った。

家の味のことだった。


ポモ・フムはよく野球の試合をする。

野球が好きなのだ。

一種の年中行事であり、みなが集まり、顔を合わせる機会でもあった。

村を出はずれた草原の一部の土を、みなで寄ってたかって踏み固め、野球場がつくってあった。

ポモ・フム暦の旗日のたびに、村中の人間がそこに集まって野球をした。

野球は地球で発明されたとき以来ずっと、生と死の交錯するドラマであったが、ここではいくつかの儀式的な行為によって、それがいっそう強調されている。

たとえば、たまを打った打者が一塁へ走り、打者より早くたまが一塁手に渡った場合、打者はそこで死んで一死となるが、彼は死んだわけだから、とうぜん葬式が行なわれる。

地球の野球で言えばコーチスボックスにあたる位置に、そのための仮小屋が建てられていて、なかに置かれた棺に、死んだ打者は横たわらなければならない。棺にはアモアモの赤い花がいっぱいに投げいれられ、敵味方両チームのメンバーが集まって、声をあげて泣き、地面を叩いて彼の死を悼む。

逆に打者が一塁上に生きた場合には、ダイヤモンドという新たな冒険の世界に、彼が生まれおちたものと見たてられ、仮小屋のなかで裸になって、産湯《うぶゆ》をつかわなければならない。このときも、もちろん敵味方へだてなく集まり、彼の誕生を祝い、彼をあやしたり抱きあげたりする。
死球の場合には、死の儀式と誕生の儀式が両方同時に行なわれる。打者は、死球によって死に、それから塁上に再生すると考えられるからである。仮小屋から一塁まで、両側にずらりとならんだ人々に頭や肩を殴られながら進まなければならないのは、産道を通るときの苦しみを味わわなければならないということなのだ。
守備側の選手は、九人がそれぞれ想像上の怪物の扮装をしている。
鬣《たてがみ》のある爬虫類
長い首が三本ある猛禽類
真っ黒の毛皮に覆われた肉食獣
二本足で歩く巨魚
といったものである。それらの怪物たちが塁から塁へと進もうとする攻撃側選手を襲い、死をもたらすというわけだ。
攻撃側の選手はこれに対抗して、ポモ・フム独特の戦支度《いくさ》をしている。たくましいからだにべたべたと絵の具を塗り、まがまがしい表情の仮面をかぶっている。死の危険に満ちた世界への出陣というわけなのだ。
その日、村でいちばんの剛速球を投げるニガウリが、一方のチームの投手を務めていた。

投手役は村の成人男子全員が順繰りにやるので、ニガウリが投げるのを見られるのは、あまりあることではない。みな興奮して、一球一球に声援を送った。

ニガウリは枝分かれした角と赤く光る目のある獣の仮面と毛皮をまとい、上体を独楽《こま》のように回転させる独特のフォームで、うなりをたてる速球を投げこんだ。

相手チームはつぎつぎと葬式を出さなければならなかった。

ババトゥンデ・オラトゥンジはハルル・アテアとともに、球場わきの草地にすわり、生死の交錯する象徴劇のような試合をながめていた。

ふたりのすぐそばで、一球ごとに失神しそうな黄色い声をあげて、ぴょんぴょん飛びはねている娘がいた。

葬式の出るたびに、走っていって葬儀にくわわり、またもどってきてぴょんぴょん跳ねている。

「あの娘《こ》の応援、とくべつ熱がこもってるみたいね」

ハルル・アテアが感想を述べた。

「レカレカという娘だよ」ババトゥンデは解説した。「投手をやっているニガウリの恋人なんだ」

レカレカは、熱にうかされたような、生命力が満ちて生き生きとかがやいているような、美しさが内側からあふれてくるような、だれが見てもひとめで恋をしているとわかる顔をしていた。

「若い娘って、いいわね。見てるだけで楽しい」

「きみはいくつ？」

「十万歳」とハルルは言った。「——になったと思うわ。ちゃんと数えてないの」

草地のそこここに、アモアモの群落があり、ポポポポポポッと種を散乱させては、見る間に赤い花を繚乱《りょうらん》と咲かせることをくりかえしている。何分かごとに、赤い色が広がり、しぼむさまは、花火大会のスローモーション映像のようだ。

試合の進行を見守りながら、ババトゥンデ・オラトゥンジとハルル・アテアはおたがいのことをあれこれ話した。

「ここへはどうして？」

ババトゥンデが訊いた。

「観光」

ハルルは答えた。

「ポモ・フムのところへ来るつもりだったのか」

「とくにそういうわけじゃないの。この惑星はどこへ行ってもおもしろいから、なにも予定を決めずにぶらぶらしてたの」

「そうだね。いろいろな種族がいる。人類学者にとっては資料の宝庫」

「そうしたら、くるまが故障しちゃって。歩いて人のいるところまで行こうとしてたら、道に迷っちゃって」

「ほかの星もあちこち行った？」

「ええ、銀河中。時間はいっぱいあるから」

「死ぬことは考えなかった？」

「考えたわ、なんども。でも、選ばなかった」

「どうして」

「なんとなく。あなたは？」

「考えたよ、なんども。ずっとむかしにね。でも、いまは考えない。不死の方を選んじゃったわけだから、このままずっと生きていてもいいと思ってるんだ」

「わたしもおなじような気分だわ」

「ロシア式ルーレットをやったことがあるんだ。われわれはからだの加齢の仕組みをはたらかせない形で、死をまぬがれているわけだけど、それをふたたび活性化する薬があった。

つまり、飲むと老化がはじまる薬。そのカプセルを、おなじ形のビタミン剤のカプセルと混ぜて、友達とかわりばんこに一粒ずつ飲んだ」

「それで？」

「さあね。その場では結果が出ないからね。ただ、わたしの方はいまでも歳をとらないでいる」

「その友達は？」

「その後、会っていない。消息も聞いてない。どうなっただろうね」

「ずいぶん気の長い賭けね」

「以後、わたしは自分の死を考えなくなった。でも死そのものには興味がある。だから人類学者なんて商売をやってるんだ」

「儲かる？」

「儲からないよ。でも、これだけ長く生きてると、毎年わずかずつの貯金をしただけでも莫大な財産ができてしまう。それを自分専用の基金にしてあるんだ」

野球場の方でひときわ大きな歓声があがった。

レカレカがぴょんぴょん跳躍し、きゃあと叫んで失神した。

ババトゥンデはあわてて立ちあがって、崩れおちるレカレカを支えた。

ニガウリが最後の打者を打ちとったところだった。その打者の葬式が盛大に行なわれようとしている。敵も味方も全員、仮小屋のところへ走って集まってくるところだった。

ババトゥンデは掌でぱたぱたとレカレカの顔をあおいだ。

レカレカはすぐに意識をとりもどし、

「完全試合よ！　完全試合よ！」

叫びながら、ニガウリの方へ走っていった。

ババトゥンデとハルルは顔を見あわせてにっこり笑った。

試合をやっているあいだ、カエ・マノノはついにいちども野球場に姿を見せなかった。

3

はるかに広がる草原の彼方、地平線のうえに、黒い雲が湧きだした。

雲はみるみる広がりながら、こちらへ近づいてきた。日に輝いていた緑の草原が、黒い巨大な影で覆われていく。やがて全天が隙間なく雲で埋まり、岩でできた大洞窟の天井のようになった。あたりは夜が訪れたように暗くなった。

「こりゃあどうでも一雨来るね」

腕組みして、雲の成長するさまをじっとながめていたウビウビがつぶやいた。

「みんな家の外に出ておけよ」

村の人々に声をかける。

人々はたがいに呼びかわしながら、三々五々屋外へ出てきて、村のはずれ、草原のはじまるあたりに集まった。

ならんで空を見あげ、雨の落ちてくるのを待つ。

ババトゥンデ・オラトゥンジもそれにくわわって雨を待った。

ここでは雨への対処のしかたは、それしかない。めったに降らないが、降るとなると大雨になる。だから家のなかになどいられたものではないのだ。

ざあーっと音を立てて、草原の彼方から雨のカーテンが近づいてきた。

たちまち雨音が世界を満たした。ごわあーっという雨の音以外はなにも聞こえなくなる。

大粒の雨滴《うてき》が殴りつけるように額や頬を打った。

伸ばした自分の手が見えないほどの水煙。そのなかに家々が黒い影となって見えている。

うんざりするほど長いこと、雨音ばかりのときが流れた。そして雨があがると、村はあとかたもなくなくなっていた。

溶け流れてしまったのだ。

家々が塩の塊を積みあげて造られていたからである。

村のあった場所は、白くどろどろした濃い塩水の沼と化し、そのなかに箪笥《たんす》代わりの籠、食糧を蓄えた壺、毛布などの寝具、赤ん坊のためのゆりかごといったものが点々と落ちていた。

ババトゥンデ・オラトゥンジの家のあったところには、アモアモの花の群落が残っており、なお種を飛散させ、花を咲かせることをくりかえしていた。

人々は、髪の毛も衣服もずぶ濡れになっていた。が、だれも意気消沈したようすはない。むしろ、どこか晴ればれとした表情で、白い沼を見ていた。

やがて沼の方へ歩きだす。歩きながら、しだいにある種のエネルギーが人々のあいだに満ちてくる。祭りのような興奮状態になってくる。ひとりがわあっと叫び声をあげて駆けだすと、みないっせいにあとにつづいた。

村の再建がはじまるのだ。

草原のうえに日が照りはじめ、みごとな虹がかかっていた。

雨は、ポモ・フムにとって、日々の暮らしを新鮮にする通過儀礼であった。自然の災害とは受け取られていない。

「人間が風呂をつかって垢《あか》を落とすように、家だってときどき風呂に入った方がいいのさ」

ウビウビならそんなふうに言うだろう。

かれらは喜びをもって大雨を迎える。家が溶解してしまうことを熟知していながら、けっして塩で建てることを止めようとはしない。

家々の溶けさったあとは、だれがどこに家を建ててもいいことになっている。それまでの場所はまったく既得権ではない。ゼロからすべてがはじまるのだ。

みな、いい場所に建てようとして、混乱が起こる。その混乱さえ、一種のお祭り騒ぎとして、かれらは楽しむ。

「そういうの、わるくないわ」

ババトゥンデ・オラトゥンジから説明されて、ハルル・アテアは感想を述べた。

ハルル・アテアも濡れ鼠になっていて、十万歳とは思えない若々しい乳房の肌色が、シャツを透かして見えていた。しかし、そんな状態でも、村人たちの気分が伝染したように、高揚した表情をしていた。

「ぜんぶ一挙になくなっちゃうのって、爽快！　元気が湧くみたい」

ハルルは言った。

村がもとどおりになるのに、十日ばかりかかった。

大挙して岩塩の採れる場所まで出かけ、塩の塊を切りだし、もっこや手押し車に積んで村まで運ぶ。それをさらに切り分け、ていねいに積みあげて家を造っていく。人々はなんどもなんども厭《あ》きもせず、採取場と村のあいだを往復した。

その間、あちこちで場所争いが起きる。大声で権利を主張しあい、ときに実力行使にでる。

一人が、自分の先祖がいかに偉大な戦士であったかを語り、いかに重要な文化的発明をもたらしたかを述べる。相手がその内容に負けたと思うか、または声の大きさにおそれいるかすれば、すごすごと引っ込むことになる。しかし、たいていはそれでは決着がつかず、野球のボールの遠投競争をしたり、殴りあったりすることになる。

夜になると酒を飲む。村じゅうで集まっての大宴会である。

だれそれがいい場所をとった。なにがしは、狩りで大物を射止めた祖先の話をもちだした。どこそこの家は新工夫の積み方をしている。などと噂がとびかう。

ババトゥンデ・オラトゥンジはハルル・アテアに手伝ってもらって、新しい家を建てた。アモアモの群落ができてしまったもとの家とはべつの場所にである。アモアモの群落はそのまま残った。

ハルルは潑剌として働いた。岩塩の積み方もすぐ呑みこみ、まるでもう何十年もここに住んでいるかのようだった。

「あの人、まるで自分の家を建てているみたい」

ハルルのようすをながめながら、カエ・マノノは不機嫌に言った。

「ババトゥンデはあの人といっしょに住むつもりなの？」

ババトゥンデは困惑した。

「そうなのかな。そうなのかもしれないな、あの調子じゃ……」

「ババトゥンデがいっしょに住もうって誘ったの？」

「いや、そうは言ってないんだけどね。彼女はほかに居場所がないし……」

「はっきりしないのね」

「そうだねえ」

「へんなの。あの人、横っちょから出てきて、大きな顔していつもババトゥンデといっしょにいて、あたし、きらい」

「横っちょから？」

「そうよ。横っちょから出てきたのよ。あたしの知らない言葉でババトゥンデとお話するし」

カエはむくれた顔をした。

「そこらの石に嚙みつくなよ。しょっぱいから」

ババトゥンデがからかうと、カエは目のまえにあった塩の塊を蹴飛ばした。

ある朝、日の光が塩の家々の白い壁をうっすら赤く染めはじめたころ、村のなかがざわめきだした。

人々の呼びかわす声、走る足音が響いてきて、ババトゥンデ・オラトゥンジは目を覚ました。

毛布にくるまったまま、しばらく外のようすに耳をすまし、

「ニガウリがやったかな」

ひとりごちた。

家のなかのもう一枚の毛布がもぞもぞと動いた。ハルル・アテアの寝ぼけた顔がのぞく。

「なんの騒ぎなの」

「祝いごとだよ。だけど、凶事でもある。ここでは、よろこびとかなしみは同時にやってくる」

「どういうこと？」

「いっしょに来るかい」

人々はレカレカの家のまえに集まっていた。

ババトゥンデが近づいていくと、カエ・マノノが興奮に顔を上気させて、飛びはねるようにして走りよってきた。

「ニガウリよ！　ニガウリがやったの。ニガウリとレカレカが結婚したの」

カエは歌うように言った。

ババトゥンデはなんどもうなずいた。

「そうだと思ったよ。野球のときも、レカレカのようすは、ただごとじゃなかった。ニガウリがあんなにみごとな投球ができたのも、レカレカがいたからこそだろう」

「知ってる。まえから思っていた。ふたりは愛しあってるにちがいないって！」

家のまえの人垣が、どよめきとともに二つに割れ、担架が運びだされてきた。

担架に、レカレカが横たわっていた。

仰向けに寝て、やすらかに目を閉じている。まだ幼さの残る、かわいらしい顔である。

そのレカレカの華奢な感じの頸《くび》に、赤く縄の跡があった。こすれたためだろう、皮膚が破れて血のにじんでいる箇所もある。

「まあ！　ニガウリがレカレカを殺したの？」

ババトゥンデの腕を抱えるようにして、ハルル・アテアが訊いた。

「そうだよ」ババトゥンデはうなずいた。「ニガウリはレカレカを愛していたんだ」

担架のあとから、レカレカの父親が、そして、そのうしろからニガウリが出てきた。

人々がふたりに声をかけた。

「おめでとう」

「気落ちしないように」

「淋しくなるね」

「よかったね」

祝福の言葉と悔みの言葉が交錯していた。

レカレカの父親は目にうっすらと涙を浮かべながら、いちいちうなずきかえした。口許がほころんで、笑みがこぼれるかと思うと、その口がたちまちへの字になって、泣きそうな顔になった。

ニガウリは手に一本の縄をぶら下げていた。レカレカへの愛の証の縄であり、レカレカを殺した縄だった。

村はずれにある特別の建物に、レカレカの死体は運ばれた。殯屋《もがりや》であると同時に、産殿《うぶどの》である建物であった。棺であると同時に、産褥《さんじょく》である、塩の塊で造った長四角の箱のなかに、レカレカは横たえられた。

それから、葬式であると同時に、結婚式である宴《うたげ》がはじまった。人々は悲しみかつ喜んだ。

花婿のニガウリと花嫁のレカレカが宴の中央にあった。花婿は着飾って座り、花嫁は棺のなかで眠るように死んでいた。

長老格のウビウビがものなれたようすで進みでて、祝福の歌を歌った。朗々とした、よく響く声だった。

歌いおえると、つづいて弔辞を読んだ。せつせつと死んだ花嫁に語りかけ、生前の彼女の人柄をいきいきとつたえる、りっぱな内容だった。

さらにひきつづいて、花婿ニガウリの経歴をものがたった。彼がいかにすぐれた若者であり、レカレカを愛していたかをたからかに述べた。ふたりのなれそめについても、セクシュアルな気配がありながら、上品なユーモアにつつまれたエピソードをじょうずにまじえて、みごとに語りきかせた。

ウビウビの歌と語りが進むにつれ、すすりあげるものが出はじめ、終わって酒宴になるころには、みなおいおいとあたりはばからぬ大声で泣きだした。

カエ・マノノは、としごろの娘らしく、このできごとに、身もふるえるほどの感動を覚えているようだった。

ババトゥンデも人々の気分に引きこまれ、滂沱《ぼうだ》たる涙を流した。涙を流しながら、村人たちと、ニガウリとレカレカのほほえましい愛の挿話をささやきあい、笑いあった。笑いながらも、あとからあとから涙があふれてきて止まらない。

「——だけど、どういうことだったの？」

葬式であり結婚式である儀式と宴が終わり、家にもどってから、ハルル・アテアが訊いた。

「つまり——」とババトゥンデは答えた。「ポモ・フムの女性は、だれかに殺してもらわないと、子どもがつくれないんだよ。からだがそういう仕組みになっているんだ」

4

棺のなかに横たわったレカレカのなきがらのなかで、赤ん坊は日ごとに大きくなっていった。

母親の死体は、一種の卵のようになって、生前にたくわえた栄養分を徐々に消費して、子どもを成長させるのだ。

ニガウリは、毎日、レカレカの腹がふくれてゆくようすを見に、殯屋へ通うのだった。

そんなある日、ヤシュカヌルの交易隊がポモ・フムのところへやってきた。

ボスンボスンボスンという音が草原の彼方に聞こえ、やがて二十人ばかりのヤシュカヌルが、河馬《かば》に巨大な荷車を引かせて姿をあらわした。

ボスンボスンというのは、河馬の足音だった。この惑星の河馬は、地球の河馬とはなんの関係もない、この惑星土着の生きものだ。地球の河馬の十倍ぐらいの体積がある。

そのために、からだが重く、筋肉の力だけでは歩けず、しかたなく歩くときには十本の太い足の先にたくわえた爆薬を爆発させ、その爆発力によって足を上げて歩くのだった。

ボスンボスンボスン！

にぎやかに足を爆発させながら、河馬と荷車が村に入ってきた。荷車はポモ・フムの家五軒分ぐらいの大きさがあった。

ポモ・フムの村の中央にある広場で河馬を止めた。河馬の足から出たもうもうたる煙が晴れると、荷車のうえからヤシュカヌルの交易隊の隊長らしき人物が口上を述べた。

ババトゥンデ・オラトゥンジにはわからない言葉だった。

「あんたはヤシュカヌルの言葉がわかるんだったかな」

ババトゥンデはウビウビに訊いた。

「いや」ウビウビは首を振った。「わからないね。わけのわからないやつらだからな。わかるようになろうとも思わない」

隊長が口上を述べおえると、ヤシュカヌルの交易隊は、荷車のうえでいっせいに立ちあがり、積んでいた大小の陶器を投げおろしはじめた。

皿、鉢、壺、人形、動物をかたどったもの、意味不明の抽象的な造形などありとあらゆる形のものが、荷車のうえから飛んできて、地面にあたって砕けた。どれも、微細な細工をし、きれいに釉《うわぐすり》を塗った、手間暇のかかった芸術品といっていいものだった。ヤシュカヌルたちはそれを惜しげもなく壊しつづけた。

ふたりがかりで持ちあげねばならないような大きなものもあり、ヤシュカヌルたちは汗をかき、息をあらげて、しだいに興奮して叫び声をあげはじめた。

集まってきたポモ・フムたちは、茫然としてヤシュカヌルたちの作業を見つめていた。

たちまち、広場は陶器の破片だらけになった。

荷車のうえの陶器をすべて投げおろしてしまうと、ヤシュカヌルの交易隊の隊長がふたたび口上を述べ、河馬に荷車を引かせて帰っていった。あとに、河馬の歩行にともなう黒い煙が残った。

ヤシュカヌルは壊すためにだけ陶器を焼く。使いふるしたものを捨てにくるわけではなく、日々営々と陶器を焼きつづけ、一定の量がたまると、交易隊を組んでべつの種族のもとを訪れ、一挙にすべてを叩き壊すのだ。

「ほんとに、わけのわからないやつらだよ」

ボスンボスンボスンと去っていく河馬を見送りながら、ウビウビは嘆息した。これから広場をかたづけなければならないことを思ったのだろう。

それからつけくわえた。

「でも、気分としては、わからないこともないね」

「バラムアカブがイキバラムなの」

カエ・マノノが言った。

ババトゥンデ・オラトゥンジは机にむかっているところだった。

ハルル・アテアは散歩に出ていて、いなかった。あとから考えると、それを知って、カエはやってきたのだ。

「なに？」

ババトゥンデは鉛筆を置いてふりかえった。バラムアカブも、バラムアカブがイキバラムになっているのも見たことがなかった。つまり、一六八年間にいちども聞いたことのない言葉だった。

「バラムアカブがイキバラムなの」もういちどカエは言った。とても悲しそうな顔をしていた。「だから、おねがい、いっしょに来て」

とても重大なことらしい、とババトゥンデは思った。バラムアカブとイキバラムについて知りたいとの好奇心もうごいた。人類学者としてのとうぜんの反応だった。

ババトゥンデは立ちあがった。

カエは先に立って、すたすた歩きはじめた。

村を出て、草原のなかへどんどん入っていく。

草の丈が高くなって、ババトゥンデはカエを見失わないように、せっせと歩かなければならなかった。

村の家々が見えないあたりまで来た。カエが立ちどまって、なにかを拾った。ふりかえって、見せた。ネコトカゲの脚だった。

ふさふさと毛の生えた、右の前脚と思われるものが、カエの手のなかでぴくぴくと震えていた。

ネコトカゲはテリトリーを示すマーキング行動として、みずからのからだの一部を切り落として置いていく習性があった。犬が電柱におしっこをするのとおなじ気分で、耳や尻尾や、そして場合によっては脚を置いていくのである。

「それはネコトカゲの脚に見えるけど」

とババトゥンデは言った。バラムアカブでもイキバラムでもないんじゃないかという意味である。

「そうよ。ネコトカゲの脚。ババトゥンデにあげる。脚は焼くより茹《ゆ》でた方がおいしいわ。スープがとれるし」

カエはなにくわぬ顔で言った。ババトゥンデは脚をうけとった。

「ネコトカゲ、きっとそのへんにいるわよ」

カエは草をかきわけて、あたりを捜した。

左の後ろ脚らしいもう一本の脚がすぐに見つかり、それからネコトカゲそのものが見つかった。

ネコトカゲは脚を六本とも切り落としてしまい、毛皮の襟巻のようになって転がっていた。あわてて逃げようとしたが、ただごろごろと転がるだけだった。

「ドジなネコトカゲ」

あせってミャムミャムと鳴くネコトカゲを、カエは抱えあげた。

「だから、ネコトカゲって好きよ」

「バラムアカブがイキバラムなのはどこなんだい」

ババトゥンデはじれて訊いた。

カエはわかっているというように、うなずいた。

「いま、教えてあげるわ」

「うん」

「あのね、ババトゥンデ、あたしを殺して」

「え？」

「あたしを殺してほしいのよ」

「バラムアカブは？」

「それはあたしがさっきつくった言葉」

「イキバラムは？」

「それも」

「なんだ、でたらめ言葉で、だましたのか」

「でたらめじゃないわ。意味はあるの。バラムアカブはあたしのこと。イキバラムは恋してるっていう意味」

「はじめて聞いたな」

「だからあたしがつくったのよ。ねえ、あたしを殺して」

「待った待った。カエはまだ子どもじゃないか」

「そんなことないわ。ババトゥンデはあたしのことぎらい？」

「いや、きらいじゃないよ」

「それならいいじゃない」

「いや、待った待った」

ババトゥンデはあわてて言った。


アンガコックの人々は――とババトゥンデ・オラトゥンジはアンガコックの話をはじめた。

アンガコックはとても小さな家に住んでいる。

屋根の高さが自分の膝ぐらいしかない家である。

だから、アンガコックは日常の暮らしにとても不便をする。

台所仕事をするにも、肘で地面を這っていって火をつかわなければならないし、織物を織るにも腹這いでやらなければならない。腕枕でトイレをつかわなければならないし、風呂に湯を満たすと湯は屋根までできてしまうので、仰向けに寝て首だけ屋根のうえに出して風呂に入らなければならない。

ただひとつ困らないのは、眠るときだけだが、それにしたって、寝ぞうのわるい人は、寝返りを打とうとして屋根を蹴やぶってしまうことがたびたびある。

どうしてそんな不便な暮らしをしているのかというと、理由はただひとつだ。

アンガコックは、むかし自分たちはとても背が低かった時代があったと思っているのだ。どれぐらい低かったかというと、いまの五分の一、膝ぐらいの背丈だった。

そして、いまでも、いつなんどき、とつぜんに、もとの背丈にもどってしまうかもしれないと思っている。

そうなったときに、もしいまの背丈に合わせた家に住んでいたら、天井の掃除ができず、棚のうえのものをとれず、とても困るにちがいない。

そこで、そのような事態にそなえて、家を小さくつくり、不便をがまんしているのだ。いま、不便をがまんしておけば、将来あわてずに済むというわけだ。

「それがどうかしたの？」

カエはきょとんとしてババトゥンデを見た。

「いや、どうもしないけど」ババトゥンデは目をしばたたいた。「おもしろくないかい」

「おもしろくないわ」

「いつも、おもしろがるのに」

「おもしろくない」

「そうか。じゃあ、べつのお話をしよう」

「お話はもういいわ。それより、あたしを殺して」

「殺してあげたいけど、できないんだよ。わたしときみはちがう種類の人間なんだ」

「知ってるわ。それでもいいの」

「いや、よくないよ」

5

そのむかし、人類はいちど不死を手に入れた。

銀河系の十分の一ばかりの領域に、人類がちらばって住むようになったころのことである。

加齢の仕組みが解明され、それを阻止する方法が考案されたのだ。

人類が文明と名のつくものを持って以来、長いあいだあこがれつづけた夢の実現。最初は宗教上の、あるいは社会心理的な抵抗があったが、徐々に、そしてのちには爆発的に、不死になる人々が増えていった。

何千年かが経ち――というのは地球上で計ったとすると、という意味だが――銀河系のあちこちにちらばった何兆何京何垓、不可思議無量大数の人々が、みな不死人になった。

ババトゥンデ・オラトゥンジが生まれたのはそのころだった。

ババトゥンデは生来の不死者だった。両親が、生まれる以前に遺伝子の操作を施してくれたからである。

その時代には、それがふつうのことだった。何兆何京何垓、不可思議無量大数の人々はみな幸せだった。

銀河系のどこにも、人類同士の争いはなく、他種族（たくさんの異星生命体にすでに出会っていた）との抗争もなかった。人々は永遠の命を謳歌していた。

しかし陥穽《かんせい》があった。

人類の種族的な活力が衰えはじめたのである。

ババトゥンデが一万歳を迎えようとしていたころだった。

具体的には子どもが生まれないという形でそれはあらわれた。

出産の件数が減っていることは早くから知られていたが、あるとき気がついてみると、一千年間に銀河中でひとりも子どもが生まれないといった事態になっていた。

不死となった人々は、からだの器官はすべて健康で若さを保っていた。生殖器官も例外ではない。だから、それは器質的な問題ではなかった。心理的な問題だった。だれも子どもをつくろうとしないのだ。

心理的な問題ではあったが、いや、それゆえにこそ、解決は簡単ではなかった。人間のこころとからだはべつべつのものではない。こころはからだに重大な影響を与える。自分を励ましてみても、こころの奥深いところに、子孫を残そうという意欲がないために、生殖器は言うことを聞かないのだった。医学的、生物学的な方法で解決できる問題ではなかった。

精子の生産が行われなくなっていた。卵子もつくられず、何千年ものあいだだれにもいちども生理が来なかった。

不死化だけが原因ではないようだった。人類の種族としての寿命が来ている。そのように考える人が多くなっていた。人類の直接の祖先が地球上にあらわれてから、すでに二十万年が経っていた。

文化的にも人類はなにものも生みださなくなっていた。芸術の分野でも科学の分野でも哲学や宗教の分野でも、何の進展もない状態が長くつづいていた。

人々は長く生きているが、死んでいるのとおなじようだった。

永遠の命を得たのだから、それでいいではないかという意見もあったが、人々はなにがしかの不足感を感じていた。

やがて——というのは、銀河系中でひとりの子どもも生まれなくなってから二万年ばかりが経って——一部の人々のあいだで、自殺が流行しはじめた。

最初は種としての限界に絶望してのことだと思われていた。また、じっさいにそうであったかもしれない。

が、いつしか、自殺を前提として生きようと考える人々が集団をつくり、独自の文化を形成し、そのなかで暮らすと、子どもが生まれることが発見された。

子どもができたよろこびはたいへんなもので、二万年ぶりの赤ん坊をホバークラフトの助手席に乗せた二万年ぶりの母親は、その惑星の都市という都市をめぐって、人々に赤ん坊を見せて歩いたという。人々は赤ん坊のまわりに人垣をつくり、拍手喝采し、おひねりを投げた。

そのことに曙光《しょこう》を見出した自殺者集団は、赤ん坊をつぎつぎにつくり育てる一方で、再生した生殖能力を、人類の種としての寿命を乗り越えるために使おうというぐあいに考えを発展させた。

つまり、地球以外の星で進化した生命との混血を計って、遺伝子プールをゆたかにしようという試みをはじめたのである。

人類が過去に開発した遺伝子操作技術の粋を集めて、人体を改造して異種族との性交を可能にし、異種族とのあいだで遺伝暗号を相互に翻訳する仕組みをつくって混血を可能にし、可能になったことをどしどし実行に移した。

不死化以前には、技術的には可能でも心理的な抵抗があって行なわれることのなかった異星生命体との混血が、盛大に開始されたのである。

自殺と異種混血は、またたくまに他の恒星系の人々のあいだにも広がっていった。

自殺を前提とする文化のなかで暮らす人々が増え、異種族との混血で、新しい奇妙な暮らしをする人々が増えていった。

人類の寿命を感じとった人々の自暴自棄の行動であったかもしれない。なりふりかまわぬ生き残り作戦であったようにも思われる。とにもかくにも、銀河系にちらばった人類は、想像を絶する多様な生態を持ち、多彩な生活を営むようになった。

　こうして、人々は死をとりもどした。

　不死の時代の反動であろう、どこでも人間の死と生について、あるいは人間がいきいきと生きていくためのエネルギーの出所について、強い関心を示す文化がつくりあげられていった。

　不死人はどんどん自殺し、どんどん減っていった。死を前提として生きたいがために、わざわざ期日を決めて戦争を起こす惑星もあった。

　そんななかで、あるいはみずから選びとって、あるいはたんにふんぎりがつかないために、不死人のままでいる人々もあった。

　数は少なくなったが、いまでもそういう生き残りの不死人はいる。

　ババトゥンデ・オラトゥンジもその一人だった。

　ハルル・アテアもそうである。

　不死人同士が出会うのは、いまではきわめて稀なことだった。

6

ラウカタメアは、ポモ・フムではめずらしい老婆だった。

ポモ・フムの女性はだいたい若いころに死ぬ。ニガウリに殺されたレカレカのようにである。二十代から三十代前半が、まあ言ってみれば死に盛り、四十を過ぎると死に損ないということになってしまう。

ラウカタメアは適齢期に死に損ない、その後も死ぬ機会のないまま、年老いてしまった。いまはひとりで村はずれの家に住んでいる。雨が来たときにも、老婆ひとりでは、いちばん最後に、おまけのように村のはずれに家を建てるのがやっとなのだ。

ハルル・アテアから、女性は全員若いうちに死んでしまうのかと訊かれたとき、ババトゥンデ・オラトゥンジはラウカタメアのことを思いだした。

「会ってみたいわ」

ハルルは言った。

ラウカタメアは家のまえの陽あたりのいい場所に毛布を敷いて、そのうえに横になって昼寝をしていた。塩の塊の積み方があまりじょうずでない家は、すこし傾いて建っていた。

「ラウカタメア！　ラウカタメア！」

ババトゥンデが耳に口を近づけて大声で呼ぶと、ラウカタメアは大儀そうに目を開いた。すこし耳が遠くなっているのだ。

ババトゥンデの通訳で、ハルルはラウカタメアの若いころの話を熱心に聞いた。

「あたしだって、若いころにはモテたものよ」ラウカタメアは言った。「村中の男とは言わないけど、とてもたくさんの男があたしに言い寄ってきたわ」

しかし、ラウカタメアはどの男の愛も受けいれなかった。

意中の男がいたからである。

よりによって、ラウカタメアにはすこしも興味を示さない男だった。

言い寄る男のなかにも、それなりの男はいくらもいて、適当なところで妥協しようと思うことがないわけではなかったし、ラウカタメアの父親もそうするのがいいと示唆しもしたが、ラウカタメアはついにその気にはならなかった。

「だって、本気で愛し、愛されないかぎり、殺されてもいいっていう気になんかならないわよ」

ラウカタメアはわかるだろうと言うように点頭《てんとう》した。

「ネコトカゲの耳を拾ったときには、彼のところへ持っていったり、アモアモの実を集めて炒ってあげたりもしたけど、彼はあたしを殺してはくれなかったよ。あたしをきらっているというわけじゃなかったんだけどねえ。いいえ、それどころか、もしかするとあたしのことを好きだったのかもしれない。好きだったけれど、踏み切れなかった。いまから思い返すと、そうだったんじゃないかという気がしてしようがないんだ。でも、踏み切れなかったものはしかたないよね。男の方だって、殺すことを決意するのは、なみたいていのことじゃないもの」

「その彼ってだれなの？」

ハルル・アテアは、ババトゥンデを介して訊いた。

ババトゥンデがかつていくら尋ねても、ラウカタメアはけっしてその名を口にすることはなかったが、このときは、ちょろりと、口をすべらせた。

「彼、あたしより、年下だったから、そのぶん殺す決意をするのもたいへんだったのかもしれないわ」

しかし、それ以上は言わなかった。ハルルは質問を変えた。

「殺されずに生き延びてしまうのって、どんな気持ち？」

「そりゃあ淋しいもんよ。だれもいなくなっちゃった地上を照らしつづけてるお日さまみたいにね」

「長生きしてよかったと思うことはない？」

「どうしてそんなことがあるのよ」

ラウカタメアは目を剝《む》いた。

「わたしたちって、淋しいのかしら」

あとになって、ハルル・アテアはババトゥンデ・オラトゥンジに、そう感想を述べた。

「そうかもしれないね」

ババトゥンデは同意した。


もう何百年ものあいだ、ポモ・フムとワペニとのあいだで、間欠的に戦いがつづいていた。

ワペニの人々は、約一五〇年生きたあと、急速に年老いて死ぬ。

そのときがくると、ワペニは、一晩のうちに、髪がまっしろに変わり、歯がぼろぼろと抜け、皮膚が乾燥し、ミイラのように縮まって死んでしまう。いや、からだの水分が抜けて、文字どおりミイラとなるのである。

そうなってしまうまで生きていることが、ワペニたちにはがまんならないことらしかった。一定の人数が年をとり、死に近い年齢になると、ポモ・フムに戦いを仕掛けてきた。十年おきぐらいに、それは起こった。

いままた、そのときがきたらしい。

ある朝、鮮やかな原色の貫頭衣を身につけたワペニがやってきて、宣戦布告を行なった。使者は草原のなかに立ち、貫頭衣を風にひるがえしながら、おまえたちを花びらのなかに埋めてやるとポモ・フムにむかって宣言した。

宣戦後、草の海のなかから数十人のワペニが躍りでて、弓や槍を手に、ポモ・フムの村に襲いかかった。ポモ・フムは応戦することを余儀なくされた。

使者以外のワペニはみな素裸だった。素裸の筋骨たくましいからだのうえに、べったりと全身くまなく白い灰を塗りつけていた。

色合いから、石でできた人形のように見えたが、じつはどこも軟らかい肌でしかなかったので、ポモ・フムの矢や槍をうけると、真っ赤に血を噴いて、ばたばたと倒れた。

戦闘はたいした時間がかからずに終わった。あとに石人形のようなワペニの死体がごろごろと転がっていた。ポモ・フムにはほとんど被害がなかった。

そんななかで、五、六人のポモ・フムの女が死んでいた。

みな四十代の女だった。戦闘のどまんなかに、武器も持たず、ただ死ぬために飛びだしてきたのだ。

「やれやれ」ウビウビは女たちの死体を悲しげにながめた。「祝言なしの葬式をやるのは気が重い」

子を生《な》しそこねた女たちだった。四十路《よそじ》にさしかかり、もはや男に殺されることをあきらめ、しかしまだ可能性が皆無になってしまったわけではないためにあきらめきれない気持ちもわずかにあり、そのあいだでこころが揺れうごくのに耐えかねて、みずから死を選んだのである。

この年代を過ぎてしまうと、諦観に身をまかせきることができるので、死にたがるものは少なくなる。

ババトゥンデは彼女たちの切実な気持ちを思って、暗澹《あんたん》たる気分になった。

死ぬことは、幼いころから、彼女たちの最大のあこがれだったのだ。

「あの人たちの気持ち、わかるな」

カエ・マノノがババトゥンデ・オラトゥンジの家を訪ねてきて言った。

ババトゥンデはぎょっとして鉛筆を投げだした。

「あの人たちって、まさかワペニとの戦いで死んだ女性たちのことじゃないだろうな」

「もちろん、その人たちよ。あたしも、ババトゥンデに殺してもらえなかったら、ああいうふうになると思うわ」

「待ちなさいよ、カエ。そんなに思いつめちゃだめだよ。きみは若いんだ。なにもそんなに早く殺してもらう相手を決めこんでしまうことはないじゃないか。ポモ・フムにもいい男はいっぱいいるだろう」

「いないわ。ポモ・フムの男には、あたし、ちっともどきどきしないの」

「いいかい。よく考えるんだよ。もし、かりに――かりにだよ――わたしがきみを殺したとしても、子どもはできないんだよ。わたしには子どもをつくる能力はないんだ」

カエは驚いたようだった。

目を見開いてババトゥンデを見つめた。

「ほんとに？」

「ほんとうだ。それが、わたしがきみを殺せない理由だ」

カエは唇を噛んでうつむいた。必死になにか考えている。やがて顔をあげた。目がきらきら光っていた。

「それでもいいわ」

カエは言った。

「だって、ババトゥンデのことを好きなんだもん。好きになっちゃったもの、むりにきらいになることはできないわ。人を好きになるって、そういうことでしょ」

タラワクリの人々は——とババトゥンデ・オラトゥンジはタラワクリの世界観についての話をはじめた。

タラワクリの人々は、自分たちの住んでいる広大な大地が、猛烈な速度で空にむかって上昇していると信じている。

しかも、一定の速度ではない。毎秒毎秒、やすむことなく加速して、どんどん速さを増しているのだ。

ものが地面にむかって落下するのはそのためである、とタラワクリは言う。

重力が働いていることと、加速度があることは、まったく等価であり、そのなかにいるものには区別がつかない。だから、その惑星の他の種族が、それは重力のせいだと言ってもだまされてはいけない。

タラワクリはいつもたがいにそう戒めあっている。

タラワクリの遠い祖先が、等加速度飛行をする恒星船に乗ってやってきたことが、その世界観になにか影響しているのかもしれない。彼らの祖先は、長い恒星間飛行のあいだに、その巨大な世代宇宙船のなかで、いつのまにか自分たちはある惑星の大地のうえにいるのだと信じてしまい、減速がはじまったときに死ぬほど仰天したのだと伝えられている。

そうして、タラワクリは、大地が世界の天井である岩盤に激突する日が、いつかくると信じている。

それは百年後か、あるいは十億年後かもしれないが、あるいはまた明日かもしれない。だから、日々、明日死んでもいいように、身を高潔に保って生活をしなければならないのだ。

「それがどうかしたの?」

カエは怒って目をつりあげた。

ババトゥンデは口ごもった。

「いや……」

「あたし、赤ん坊ができなくてもいい。アモアモの花のいっぱい咲いてるなかで、あたしを殺して」

カエは怒った顔のまま言った。

カエ・マノノの父親カワラホ・マノノが訪ねてきたのは、それから数日のちのことだった。

ババトゥンデ・オラトゥンジは鉛筆を持ったまま立ちあがって、カワラホを招きいれようとした。

「散歩をしないかね」

カワラホは言った。

ババトゥンデはその提案にしたがった。

カエとそっくりの、ぴょんぴょん跳ねるような歩き方で、カワラホは草のなかを歩いた。背が小さいために、カワラホの顔が草の海からぴょこぴょこと出たり入ったりした。

「娘は本気らしいんだよ」

カワラホは言った。

困ったことだといったふうではなかった。むしろ、娘が一人前になり、恋に目覚めたことをよろこんでいるふうだった。カワラホは感情を顔にも言葉にもあらわさない性格だったので、よくはわからなかったのだが。

ババトゥンデは自分が不死人であり、カエを殺す資格はなく、そのつもりもないということを説明した。

カワラホはわかっているというふうにうなずいて、しかし、こんなことを言った。

「おれの女房も強情なやつだったんだ。女房は若く美しくじゅうぶんに魅力的だったが、おれもまだ若くて、女房を殺す決心がなかなかつかなかった。臆病だったんだな。人を愛するということは、たいへんなことだと思えた。自分の手にある。でも、女房の気持ちはゆらがなかった。おれが長いことしぶっていても、すこしも態度を変えなかった。おれは性格が強くないから、女房を殺さないと、一生人を殺さずに終わると、そう女房は決めつけたよ。そんなのは男としてみっともないことだ、女ひとり殺せないなんて、ってね。とうとう説得されて、おれは女房を殺した。そのときにはまだ迷いがあった。でも、いまはそれでよかったんだと思っている。愛しきらなきゃ殺せないというもんでもないんだ。人間ってやつはけっこういいかげんにできているからね。女房はおれの弱さを見抜いていて、強引に引っ張ってくれたんだ」

「いい奥さんにめぐまれたね」ババトゥンデは言った。

「うん」カワラホは言った。「カエはこのごろ女房そっくりになってきたよ。本気になったら、気を変えることはないよ、きっと」

7

ウビウビが狩りに行くというので、ババトゥンデ・オラトゥンジもつきあうことにした。ポモ・フムの村からすこし離れてみたい気分になっていたのだ。

獲物は犀《さい》。何日もかかる狩りになるはずだった。

ウビウビは背に大きな弓を背負い、隣の家に午後のお茶を招《よ》ばれに行くような気軽さで、草原のなかをすたすた歩きはじめた。

「長い旅になるかもしれないよ。大物を狙っているからね」

ウビウビは言った。

「いいよ」

ババトゥンデは答えた。

ここで言う犀も、河馬と同様、地球の犀とは関係がない生きものである。

一日目は、日が暮れるまで、果てしない草の海を、ただひたすらに歩きつづけただけだった。

二日目も、蕭々《しょうしょう》と渡る風のなかを、ただ歩きつづけた。風はむっとするほどの草の匂いに満ちていて、終日歩くと、肺のなかまで緑色になってしまうようだった。

三日目も、さながら歩きつづけた。ウビウビの足は速く、ババトゥンデはだんだんついていくのがむずかしくなった。

「疲れたかい」

ウビウビは言い、四日目は休憩の日にした。

一日中、ウビウビは草のなかに身を横たえて、とろとろと眠っていた。

「ウビウビはしょっちゅう狩りに行くね」

ウビウビのとなりに横たわって、しかしウビウビのようにはじょうずに眠れないまま、ババトゥンデは訊いた。

「行くよ。好きだからな」

ウビウビは薄目を開いて答えた。

「じょうずだしね」

ババトゥンデは言った。

「むかしほどではないよ。もう歳だから。でも、いまだに、おれよりうまく狩りをするやつはいないな」

「そんなに狩りがうまいのに、恋人ができなかったのはふしぎだね」

ウビウビが人を殺したことがないのを、ババトゥンデは知っていた。

「できなかったっていう言い方はないだろう。いまだって、おれに殺されたいと思ってる娘はいくらでもいるぜ」

ウビウビはしわだらけの顔をくしゃくしゃにして、磊落《らいらく》に笑った。もちろん、とうに恋人のできる歳ではない。

「でも、殺しはしない」ババトゥンデはウビウビの冗談をうけて言った。「いままでにも殺しはしなかった。なにか理由があるのかい」

「あるよ」

ウビウビはいたずらっぽく笑い、

「キンタマが小さいからさ」

言って爆笑した。

それからちょっと悲しそうな顔でうなずき、目を閉じて眠りこんだ。


七日目にフンワフムの村に着いた。

草原のまんなかに、日干し煉瓦の家が数十軒建っていた。

ウビウビはここで犀の居場所についての情報をしこむつもりらしかった。

さっそく交渉にとりかかった。

交渉というのは、つまり性交渉のことだった。

フンワフムは言葉を話さない。終始無言である。いや、一生口を利くことはない。そのかわり、性交をつうじてコミュニケーションを行なう。性交がすなわち言語なのである。

ペニスの固さ、袋の縮みぐあい、愛撫のていねいさ、乳首の固さ、ヴァギナの濡れぐあい、痙攣のしかた、腰の動かし方、発汗と上気の度合い、声（母音だけである）の出し方、射精の強さや精液の味や匂いなど、性交のさいのあらゆる行動がここでは意味を持っているのだ。

それらのものを自在にコントロールして、フンワフムは話をする。文字どおりの身体言語である。

ウビウビは馴れないその言語をあやつるのに一汗も二汗もかいた。

「よくフンワフムの言葉を覚えたね」

ババトゥンデが感心すると、

「練習したんだよ。ひとりで」

ウビウビは照れて頭をかいた。

フンワフムの言葉は、多くの場合、男と女のあいだで話される。

しかも、フンワフム独特の倫理観から、話をしてもいい相手と、けっして話をしてはいけない相手が、こまかく規定されていた。

たとえば、フンワフムの男は、母親をふくむ年上の女と話をしてもいいが、姉と話をしてはいけない。妹は年下であるからいけない。母親の姉妹とは話してもいいが、父親の姉妹とは話してはいけない。結婚をすれば、年下の妻でも話していい。妻以外については、妻の見ているまえであれば、相手が既婚者なら話してよく、しかし、既婚者でも妻の姉妹とは話してはいけない。その他その他。

ウビウビの知りたい情報を持っている男と話すためには、あいだに二人の女と一人の男を介さなければならなかった。

「犀のことについて尋ねたいのだが」

と、まずウビウビは、ウビウビと話をしてもいい立場の女に言った。

女は裸のままある男の家まで走っていって、家のまえで立ち話をして男にそれを伝え、男は隣の家に飛びこんで第二の女の手を引いて走り出てきて、瓢簞《ひょうたん》畑まで行き、雑草取りをしていた彼女の夫に立ち会ってもらって手短に話をし（彼女はもっとゆっくり話をしていたいようすだった）、それから彼女が夫に話を伝え（それが情報提供者だった）、夫の返事を得てから、横で待っていた男にそれを伝え（彼女はとてもていねいに話をした）、男は駆けもどって最初の女とふたたび立ち話をし、そうしてようやくウビウビのところに返事がかえってきた。

「犀のことなら、おれに訊いてくれ」

それが返事だった。

そういう会話を、七往復か八往復くりかえして、ウビウビは情報を入手した。

草原のなかを歩きだしたウビウビのあとを、楽々とついて歩きながら、ババトゥンデは訊いた。

「犀の居場所はわかったかい」

「すこしわかったよ」

「すこし？」

「ブグブのチュツオラが知っているとさ」

ウビウビは腰がふらついて、以前のようにすたすたとは歩けなくなっていた。

「フンワフムじゃあ、年寄りは無口になるだろうな」

ウビウビは言った。


ブグブは一本の巨木のうえに村をつくっている。ヨーヨーマの木だ。

張りひろがった枝々に、枯れ枝や枯れ葉を泥で固めた、鳥の巣のような家がたくさんぶらさがっている。

ヨーヨーマの木は、目もくらむような高い崖の途中の、狭い棚のようになった部分に生えており、枝は谷の方へ張り出して、みずからの重みとブグブの村の重みで、たわわとしなり、根よりも低く枝垂《しだ》れていた。

そのために、ブグブの家の床下は、なにもない空間になっていた。ブグブは空中に住んでいるといってもよかった。千仞《じん》の谷が足元深く落ちこみ、きらきらと光る渓流が見える。

一方、崖のうえの方はもろい砂岩で、地形のためだろう、たえず吹きあれている風に、ざらざらと砂粒がこぼれてきており、それにまじって拳大から人間の頭大の、そしてときに河馬ほどもある巨岩が落下してきた。

落石は、密度の濃いヨーヨーマの茂みを、ぶさぶさぶさとにぎやかに通過し、そのたびに、おどろいたザワルザワル鳥が、葉っぱの真似をするのをやめていっせいに谷のうえへと舞いあがる。

ザワルザワル鳥がもといた枝に帰るのはたいへんだ。ヨーヨーマの木が風にあおられて、嵐の海にもぐった人の髪の毛のように揺れているからである。ザワルザワル鳥はなんどもアプローチを試み、一羽また一羽と枝に帰ってくる。そして、ザワルザワルと葉っぱの真似をして鳴きはじめる。

ザワルザワル鳥ではない身のブグブたちは、飛びだせばそのまま一直線に谷底へ落下するほかはなく、飛びださなければ石に打たれて頭が割れる。日に何人もそうして死んでいくブグブが出た。

つまるところ、ブグブは、とても危険な場所に住んでいるわけだった。

どうしてそんな危険な場所に住まいをつくるのかと訊かれると、

「よく眠れるからだよ」

ブグブは答える。

「なにか揺れているもののうえでは、人間はよく眠れるんだよ。うそだと思ったら、赤ん坊を背中に背負って、揺すってみな」

しかし、もういちだん深い理由があった。

ブグブは身の危険のともなう状況でないかぎり、子どもをつくることができないのだ。子どもをつくるための行為を行なう機会が多いのは、なんといっても自分の家のなかである。そこで、ブグブは村ごと空中に住むことにしてしまったのだった。

ウビウビは、背丈の二倍ほどの、よくしなる木の棒を途中で拾って携えていった。櫂《かい》を掻くように両手で棒をにぎり、端で地面を突き、しなった棒を支えにして、垂直なヨーヨーマの幹のうえを両足ですたすたと歩いて、枝のうえに登ってチュッオラの家を訪ねた。

ババトゥンデはヨーヨーマの根元で待っていたが、根元にいてさえ、頭上から降ってくる石をたえず避けていなければならなかった。

小一時間経って、ウビウビが降りてきた。

「つい眠ってしまったよ」ウビウビは言った。「雲のうえで昼寝をしてるみたいだった」

「ずいぶん剛胆だな」

ババトゥンデは感心した。

「そんなに感心するようなことかね。不死人のくせに死ぬのが怖いのか」

「不死人だから怖いんだよ」

ババトゥンデは言った。


「ラウカタメアとあんたとどっちが年上だ」

夜、草のうえに伏しながら、ババトゥンデ・オラトゥンジは訊いた。

仰げば視野のすべてがいっぱいの星。中天に、真綿を引きのばしたような銀河がかかっている。星々の世界に吹く風に漂っているように見えた。

「ラウカタメアの方が五つうえだ」

ウビウビは言った。

「若いころに、ラウカタメアに恋をしたことはないかい」

「どうしてそんなことを訊く」

「このあいだラウカタメアと話していて、ふと思ったんだ。ラウカタメアに気があった男ではなくて、ぜんぜん気のなさそうな男はだれだったろうって。そうしたら、あんたの名前が浮かんだ」

「浮かべないでくれよ。名前が空で昼寝しちまう」

「そんなことはなかった？」

「気がなさそうなふりをしていたんだよ」

「やっぱり、あんただったのか」

「キンタマが小さかったからね。気があるのをけどられるのが怖かったんだ」

「でも、ラウカタメアもあんたのことを好きだったらしいよ」

「あとになってわかったよ。でも、気がついたときには、おたがい歳をとりすぎていた」

「恋をするのに、歳をとりすぎているということはないだろう」

「ないと思うよ。でも、人を殺すとなると、なにがしか若さみたいなものが必要なんだ。殺される方にもね。狩りだってそうだけど、時期っていうもんがあるんだよ。ときのいきおい、みたいなものが。それを逃すと二度と機会はない。そういうもんさ」

「その感じはわかるよ」

「あんたも人を殺しそこなったのかい」

「わたしは自分を殺しそこなったんだ」

ババトゥンデはかすかに悲しそうな顔をした。

「自分を殺そうとしたのか。なんだかいやらしい感じがするな」

ウビウビはにやにや笑った。

「いや、そうじゃないよ。おおむかしに、不死人がみんな自分を殺した時代があったんだよ。そのとき、わたしは自分を殺しそこなって、こうして十三万年も生きている」

「気が遠くなるね」

「そうでもないよ。たくさん思い出があるっていうだけだ。こうやって夜空をながめていると、あの星では母親の腹の袋に入ったまま成人してしまった息子がいた、あの星では十二人目の子どもを亡くして泣いてる母親がいた、なんていうぐあいに思いだす。いい思い出ばかりだよ。でも、これからもずっと死なずに生きつづけていくんだと思うと、気が遠くなることはある」

「なにかまちがいをしでかすとたいへんだな。何万年も経ってから、それを思いだして、夜中に飛びおきて、自分の拳に嚙みつきたくなるかもしれない。それにくらべると、おれは気楽だ。あと十年か、まちがっても二十年は生きずに死ぬだろうからな」

「ラウカタメアのことは後悔してないのか」

「後悔したってはじまらないよ。ただ、ときどき、ぷいと狩りに出たくなることはある」

「狩りにね」

「そう。狩りに」

「あした、りっぱな犀が見つかるといいね」

見つかるよ、とウビウビは言い、寝返りをうって、からだをまるめた。

ババトゥンデは星空を見あげた。草原の闇の奥から吹いてくる風に、かすかに夜行性動物の気配が感じられた。

「カエ・マノノのことを考えてるのか」

むこうを向いたまま、ウビウビが言った。

「考えてる」

「あれはいい娘だよ。気持ちが純粋だ」

ぼりぼりと首筋を掻いて、眠りに落ちたウビウビの背中を、ババトゥンデはだまってながめていた。


最初に見つかったのは精液だった。

それは、人間の肩幅ぐらいの、てらてらと光る帯となって、草原のなかをどこまでもつづいていた。巨大な蝸牛《かたつむり》の這った跡のようだった。

ウビウビはしゃがんで精液を指につけ、ヨーグルトでも味わうように舐めた。

「まだ匂いがとんでいない」にんまりした。「ひるまでには追いつくだろう」

追いついたのは夕暮れだった。

風に波うつ草原のまっただなか、黄金色に光る夕焼け雲を背景に、灰白色の犀の姿が見えた。

りっぱな犀だった。鼻面にある角が長く太く、体重の半分は角の重さではないかと思われるほどだ。

「よし、今夜はここで寝よう」ウビウビは言った。「これ以上近づくと、気づかれてしまう」

精液の帯に行きあって以後、俄然速度を増したウビウビの歩きぶりに引っ張られて、膝が笑いはじめていたババトゥンデ・オラトゥンジは、へなへなとその場に座りこんだ。

一晩中、犀が精液を垂れながすどぐるどぐるどぐるという音が聞こえ、青臭いような生臭いような匂いが漂ってきていた。

翌朝、日の出とともに、犀は歩きはじめた。

ババトゥンデはウビウビに叩き起こされて、出発した。

一定の距離を保って追跡する。犀は歩きながら、どぐるどぐるどぐると精液を垂れながしつづける。

この動物は不器用で、同種の牝《めす》を見分けることができない。そこでしかたなく、四六時中射精しながら歩きまわり、出会ったすべての動物に精液をかける。そのなかに、たまたま牝がいれば、子どもができるという寸法だった。

牝の方も心得たもので、背中に卵子を露出させ、低い姿勢でうろつきまわっている。

ウビウビが犀に近づきすぎるのを避けているのは、精液のシャワーを浴びるのがいやだからであった。

「害はないけどな」ウビウビは言う。「やっぱりいやだよ。なんとなく不愉快だ」

犀を見てから三日目に、ようやく狩りの機会が来た。

精液の流れがとぎれたのだ。

さすがにやすみなく流しつづけていると、蓄積が尽きるときがあるらしい。

犀は草原のまんなかに、六本の足をそろえてちょっと恥ずかしげに立ち、精液がふたたび満ちるのを待つ体勢になった。

ウビウビは弓をとって走りだした。走りながら矢をつがえた。

十二本の矢を頸に受けて、犀は逃走を開始した。

犀が弱って倒れるまでに、さらに三日間追跡がつづいた。

8

角と肉塊を棒に吊るし、両端をふたりで担いで、ババトゥンデとウビウビはポモ・フムの村に帰った。

肉塊は犀の胴の右半分だった。残りの部分は、フンワフムとブグブのところに、情報提供の返礼として置いて来ざるをえなかった。そうでなくても、しょせん重すぎてふたりではとても担ぎきれなかったけれども。

肉を焼いて、村人たちにふるまった。角を囲んで、ふたりの無事な帰還をよろこぶ酒宴になった。

「とても心配をしたわ」

酒で真っ赤に頬を染めて、カエ・マノノが言った。

「だめだよ、子どもが酒を飲んじゃ」

ババトゥンデ・オラトゥンジはからかうように言った。

「あたし、子どもじゃないもん」

カエはむくれた。

「だけど、顔が真っ赤になってる。いいかげんにしておいた方がいい」

「いいの、今夜は。だって、心配ばかりしていて、疲れちゃったんだもの。なんだか、とても長いあいだ、ババトゥンデに会えなかったような気がする。とてもとても長いあいだ」

「そんなに長いあいだじゃないよ。二十何日かそこらだ」

「あなたは十三万年も生きているんだもんね。でも、あたしには長かった。おなじ二十何日かでも長い二十何日かと短い二十何日かがあるのはふしぎね」

「人間が生きてる二十何日かだからだよ。どの二十何日かもおなじ二十何日かではありえない」

「時間ってどうしてもとへもどらないのかしら」

「それも人間が生きているからだろう。物理学的には時間は未来へ進むのも過去へ進むのもおなじなんだけどね。人間は生きているからそうはいかない。人間が生きてるってことは、たえず世界をつくりかえてるってことなんだ。だから、過去のことは思いだせるけど、未来のことは思いだせない」

「あたし、なんだか、ずうっと生きていてみたいな」

「死なずに？」

「ババトゥンデみたいに、ずうっと長く」

「あんまり楽しいことでもないよ。人類はむかし、だれもがとても長く生きていた。でも、どういうわけか、いつのまにか、それはやめにしてしまったんだ」

「どうして？」

「どうしてだろうね。それを考えるのが、わたしの仕事の、もしかするといちばんたいせつな課題なのかもしれない。いまだによくわからないけど、でも、いろんな星のいろんな人々の暮らしを横からながめていると、不死であることをやめるという選択はまちがってはいなかったような気がしてくるよ。自分が不死人であるのが、とても残念な気がしてくるときがある」

「死ぬ方がいいの？」

「たぶんね」

「また、お話を聞かせて。いろんな星のいろんな人の話」

「いいよ。まだまだおもしろい話がいっぱいある」

「今夜？」

「いいよ」

にした。


「朝までずっと？」

「ああ」

カエ・マノノはババトゥンデ・オラトゥンジの腕にしがみついて、頬をすりよせるようにした。


ポモ・フムの人々が呼びかわす声で、村のなかがざわめいていた。

頭までかぶった毛布の出口がわからず、毛布と格闘しながら、ハルル・アテアは起きあがった。

「また、だれかが殺されたの？」

ババトゥンデ・オラトゥンジに訊いたつもりだったが、家のなかにババトゥンデの姿はなかった。

髪の毛を手でなでつけながら、外に出た。

朝焼けの名残に薄赤く染まっている塩の家々のあいだを、ポモ・フムたちが右往左往していた。ただならぬ雰囲気だった。

人々が歩いていく方へ、ハルルも歩いていった。

村を出て、草原のなかへと入っていく。

夜のあいだは撒種《さんしゅ》活動を中断していたアモアモが、朝日とともに活動を再開して、もうこの日の二世代目か三世代目の花を咲かせていた。

人々にまじって歩いていく老婆ラウカタメアの姿を見つけて、ハルルは近よっていった。

「だれかが殺されたの？」

ようやくすこし覚えはじめたポモ・フムの言葉で尋ねた。

ラウカタメアは、ハルルの顔を見てにっこり笑ったが、耳が遠いせいか、ハルルの言葉はよくわからないらしかった。

「よかったよ。よかったんだと思うよ」

そう言って、なんどもうなずくばかりだった。

先へ進むと、ウビウビの顔が見えた。

おなじことを尋ねた。

「カエ・マノノだよ」ウビウビは涙をにじませながら、うれしそうな表情を見せた。「バトゥンデ・オラトゥンジが殺したんだ。こうなるような気がしてた。おれはこうなった方がいいと思ってた」

「カエはしあわせだと思うよ」

と、ウビウビの隣にいた男が言った。カワラホ・マノノ。カエ・マノノの父親だった。

さらに進むと、草原がゆるやかにもりあがった低い丘の斜面に、人垣ができているのが見えてきた。

涙を流しつつ笑みをたたえているポモ・フムたちのあいだをぬけて、ハルルは人垣の中央へ入っていった。

ババトゥンデ・オラトゥンジが右手に赤い紐をぶらさげて、茫然と立っていた。

その足元に、カエ・マノノが仰向けに横たわっていた。

まだ少女めいた頼りなさの残る華奢なからだの周囲に、アモアモの赤い花が繚乱と咲きみだれていた。アモアモはたえることなく成長し、開花しては枯れていく。その群落の、赤い色が濃くなりまた薄くなるリズムが頬に映《は》えて、カエ・マノノはまだ息があるように見えた。唇にはかすかな微笑があった。


よろこびであり、かなしみである儀式の終わったあと、ババトゥンデ・オラトゥンジは疲れはてて家に帰り、毛布にくるまって寝た。眠ろうとしているうちに、ふいに涙があふれてきた。カエ・マノノの細い首に赤い紐をかけたときにも、そのあとの儀式のときにも、流すことのなかった涙だった。

流れだすと、涙はあとからあとからあふれてきて、どうにも止まらなかった。最初のうちは止めようと試み、なんども毛布の端で目を拭ったが、そのうちあきらめて流れるままにした。なぜ涙があふれてくるのかよくわからないまま、ババトゥンデはただ涙を流しつづけた。ほろほろほろほろほろとひたすらしずかに流れつづける涙だった。

部屋の反対の端で毛布にくるまっていたハルル・アテアが起きてきて、ババトゥンデの毛布にもぐりこんできた。

ハルルはババトゥンデの顔を胸に抱くようにして、ババトゥンデの髪をなでた。

「かなしいの」

「ああ」

「わかるわ。でも、あれでよかったんじゃないの。みんなよろこんでいたわ。カエ・マノもほほえんでいるようだった」

「わたしもそう思うよ」

「それなら、かなしむことはないわ」

「いや、カエが死んだことがかなしいんじゃないんだ。たぶんね。そんなことじゃない」

「じゃあ、どうして」

「よくわからない。ただ涙が止まらない」

「むりに止めることはないわ」

「きっと、人間が生きてるってことが、かなしいんだ」

「生きてることが？」

「かなしいってのは、こころが傷ついたり、つらいことがあったりしたときだけの感情じゃない。なにかにこころを動かされて、かなしい気持ちになることもある」

「ええ」

「わたしたちが死ぬことができないってことも、いまはなんだかかなしい。つまり、人間が生きてるってことが」

「わかるわ。わたしも死ぬことができない人間だもの」

ババトゥンデはハルルをつよく抱きしめた。それから言った。

「ねえ、裸になってくれないかな」

「いいわよ。朝までそうしていましょう」

ババトゥンデ・オラトゥンジは自分も裸になって、ハルル・アテアを抱いた。ハルル・アテアの肌はあたたかかった。そうして、ババトゥンデ・オラトゥンジはただずっとハルル・アテアを抱きつづけていた。

涙はいつまでも止まらなかった。

死んだ恋人からの手紙

＊

あくび金魚姫。

変わりないですか。

こっちはクァラクリが死んでから、なんとなくさみしい毎日です。

きょう、クァラクリの遺品をうけとりました。クァラクリが生前、ぜんぶぼくに渡すように、上官に言ってあったらしい。時計とかペンとかポケット判の本とかそんなものです。

なかに、彼の幼いころの写真がまじっていた。両親といっしょに写っているもの。両親はすでに亡くなったと言っていたから、その思い出に持っていたものだろう。

彼は、五つぐらい。両親の足元で、ちょっと照れたようにからだを傾けて、にやにや笑っている。それが、幼いけれども、なんだかいかにも彼らしい表情なので、見ていると妙な気分になります。

　遺影というのは不思議なものだね。

　どう言ったらいいのか。死をさかい目にして、一枚一枚の写真の持っている意味が、微妙に変わってしまうような気がするんだ。

　クァラクリが生きているあいだは、いまぼくの目のまえにある、この幼いころの写真は、「むかしの」クァラクリの姿だったわけだ。いまの彼の姿ではない。彼の姿を写したものにはちがいなくても、それはいまの彼とは異なる彼、むかしの、過去の、彼の姿なんだ。

　ほんものは、目のまえに現実にいる彼、満面にあふれるようなにこにこ笑いを浮かべてぼくを見ている彼の方で、写真はあくまでも、過去のある時点での彼の姿、いわば仮の姿だ。現在の彼にいたるまでに、彼がある一時期、一時的にそういう顔をしていたという記録にすぎない。

　ところが、彼が死んだとたんに、事情が一変する。「ほんもの」はもはやどこにも存在しない。残された彼の写真は、それが彼の二歳のときの、まだ髪の毛がぽやぽやしていて、よだれかけをして、あどけなく笑っているものであろうと、結婚したときの、盛装をしてちょっときどっているものであろうと、生まれた息子を抱いて父親然としているものであろうと、そのすべてが、彼の姿だということになる。

すべてが彼。どの時点のものであろうと、すべて「彼の写真」なんだ。「むかしの」という限定をつける必要がなくなってしまう。いまの彼とむかしの彼ということが、もはやない。どの写真も、彼の姿であり、そのすべてを合わせて、彼という人間の像ということになる。

　彼の死を悲しみ、彼を偲ぶ儀式を行なうときに、彼の写真を飾るような場面を考えてみれば、もうすこしよくわかるかもしれない。そこに飾られる写真は、たいていはできるだけ最近のものが選ばれるわけだけれども、それでも死の瞬間の写真ということはありえない。死の何か月かまえのものであり、場合によっては何年もまえのものが飾られることになる。

　何年まえのものまでを、人々が「最近の」彼の姿だと認めるかは、まったく恣意的で基準はないだろう。それならば、それが二十年まえ、三十年まえのもので、彼が小学生のときのものでも、赤ん坊のときのものでも、かまわないということになりはしないだろうか。かまわない、というよりは、小学生のときのものも、赤ん坊のときのものも、そして死ぬすこしまえのものも、まったく同等に、「彼の姿」であるわけだ。

　ある写真に写された、ある年齢の彼の姿を見て、いまの彼とはずいぶん面差しがちがっているなあ、とか、むかしは彼は痩せていたんだなあ、といった言い方はできなくなってしまっている。

ある写真で、彼が痩せて写っているとすれば、それは、「むかしは痩せていた」ということではない。彼は、人生のある時期に痩せており、べつの時期には太っていて、その両方とも が、両方ともを合わせて、「彼」であるのだ。

どうもうまく言えないけど、いまクァラクリの写真を見ながら、まあ、そんな不思議な感じにとらわれているんだよ。

あるひとりの人間の、一生という時間を通しての全体像というのは、いったいどのようなものなんだろうか。なんて、がらにもなく、哲学的というか感傷的というか、へんな気分になってしまったりしている。

この星域にいると、だれでもそんなことを、つい考えてしまうみたいです。

つまらないことをながながと書いてごめん。

クァラクリの例の特徴的なにこにこ笑いが、いまも脳裏にあざやかに浮かぶ。どこかでふっと出会いそうな気さえする。死んでしまったなんてとても信じられない。

このつぎは、もうちょっとたのしい手紙を書きます。

ククチルハーでの戦闘に、われわれの部隊も加わることになるようだけど、前線に行ってもなんとか手紙は書く。ククチルハーは激戦地だとの噂だ。なんだかちょっと怖いような気がする。

それでは、また。

愛してるよ、あくび金魚姫。永遠に、変わらずに。

ほんとうに、永遠に、変わらずにと思っています。人の死は、人の愛をかきたてる作用があるようです。

ツォイイラにて　TT

＊

あくび金魚姫。

あいかわらず、金魚みたいなかわいいあくびをしてますか。

わが戦艦イチカンシホはこれからティエムトンに向けて出撃するところです。ティエムトンはここから十五光年ばかりのところにある惑星で、以前からケツァルケツァルの自己増殖建造物が多数存在することがわかっているんだけど、そこをたたくことになったんだ。

出撃にさきだって、すこし戦闘員の配置換えがあって、ぼくは新しい相棒と戦闘艇に乗り組むことになった。

最初にひきあわされたとき、そいつは満面にあふれるようなにこにこ笑いを浮かべて握手をもとめてきた。握手をしおわっても、その笑顔は顔にはりついたままで、ずっと変わらない。

あとからわかったことだけど、彼は飯を食うときも、便所に入るときも、その笑顔を浮かべているんだ。たぶん、寝るときもじゃないかな。へんなやつだよ。

ふたりで乗り組むためのシミュレーションをやったときも、シミュレーション装置のなかで、彼はにこにこ笑いを浮かべつづけていた。こんなやつといっしょに飛ぶのは、いやな気がしたけど、でも、操縦の腕はわるくはないみたいで、ちょっと安心した。

ブズリ・クァラクリ。それが彼の名前だ。火星生まれだそうだ。顔形からすると、ぼくやあくび金魚姫とおなじモンゴロイド系の血がかなり濃くまじっているようだけど、先祖はアメリカから火星に移民してきたんだそうだ。

さて、これからまたシミュレーション・ルームへ行って、出撃まえの最後のシミュレーションをやらなきゃならない。

ここツォイイラ基地は、昼夜なしの三十時間単位の体制で動いているうえに、シミュレーション装置を遊ばせないために、びっしりとスケジュールが組まれているから、こっちのからだのつごうとしては、これから夜で眠気をもよおしているようなときに、予定がはいっていたりする。いまもそれで、ほんとうはこの手紙を書きおえて、あくび金魚姫、きみのことを考えながらベッドにもぐりこみたいところなんだけど、そうはいかない。

ああ、クァラクリが呼びにきた。例のにこにこ笑いを浮かべて、ドアのところで待っている。

行きがけに、この手紙を出すことにしよう。

それでは、また。

愛しているよ、あくび金魚姫。永遠に、変わらずに。

ツォイイラにて　TT

＊

ポポラに来ています。

一八〇時間の休暇です。

部隊の仲間四人といっしょにたのしくやっています。クァラクリも生きていればいっしょだったはずで、そのことだけが、ちょっとさみしいけれど。

ここには海がある。日の出と日の入りがあり、潮の満ち引きがある。色のついた時間が流れているような気がする。それはとてもすてきなことだ。

あくび金魚姫。きみは海が好きだったね。タヒチへ行ったときのことを思いだすよ。考えてみると、きみとふたりで旅行をしたのは、いままでにあれ一回だけなんだな。兵役がおわって地球へもどったら、もっとあちこち旅行したいもんだね。

この星域でケツァルケツァルと戦っていると、自分が地球で生まれ、そこで暮らしていたということが、なんだか幻のように思えてくる。きみの金魚のようなかわいいあくびや、子猫のようにまるまって眠る姿や、タヒチへ行ったときのセクシーな水着のことが、うまく思いだせなくなってしまう。

それが、この地球によく似た、海のある惑星にくると、いくらかあざやかに思いだせるようになるようだ。

夜と昼があって、惑星に固有の時間が、ずっと連続して流れているというのは、とてもすばらしいことなんだ。

ツォイイラのような惑星軌道に浮かんでいる基地では、時間は夜や昼という区切れ目がなくだらだらと流れるし、あちこちの恒星系にちらばっている戦場を転戦するときは、亜空間航法と冷凍睡眠のために、時間はずたずたに分断されて、きのうと感じている日が何十日もまえのことだったり、そのきのうときょうのつながりぐあいがよくわからなくなったり、その結果いろいろなできごとの起こった順序が把握できなくなってしまったりする。

人間は、生まれてから、というか、ものごころついてからずっと、順番に年齢を増やし、いろいろな経験をした結果として、ここにいるわけだから、時間の順序がそういうぐあいにばらけてしまうと、自分というものがあやふやになって、非常に不安な気持ちになるんだよ。

そういえば、この手紙も、いったいどういう順番で、あくび金魚姫、きみのところへ届いていることやら。亜空間通信というのは、おそろしくあてにならないものだからね。でたらめな順番で届いているんだろうな。

この宇宙の背後にある混沌とした高次の世界へ、情報をいったん送りこんで、必要な場所でそれをふたたび取りだすというやり方で、光の速度を超えるのが、亜空間通信や亜空間航法のやり方なんだけど、情報がこの宇宙に再出現するときに、時間と場所が不確定になるらしい。

時間を特定しようとすれば、場所が不確定になって、現われる可能性のある場所が非常に広い範囲にわたってしまうし、逆に場所を特定しようとすれば、過去から未来にわたる長い時間の流れのなかのどの時点に現われるかわからなくなってしまう。そこでその両方の不確定さのバランスをとって、適当なところで妥協して、亜空間を利用しているんだけど、時間にすれば何年か何十年か、空間にすれば何光年かぐらいはすぐにずれてしまうわけだ。

この手紙も、うっかりすれば、何十年もたってから、もしかすると、ぼくが地球にもどって、あくび金魚姫、きみと結婚して、子どももできて、そんなころになってようやく届いたりするかもしれないね。それもまた、おもしろいかな。

どんな順番で届いているにしろ、一通一通にこめたぼくの気持ちに変わりはないよ。だから変な顔しないで読んでください。

愛しているよ、あくび金魚姫。永遠に、変わらずに。

それでは、また。

ポポラにて　TT

＊

クァラクリが死んだ。

事故だった。

クァラクリのことは、手紙でも何度か書いたよね。

今回のティエムトンへの出撃から、ぼくといっしょに戦闘艇に乗り組むことになったやつだよ。いつも人の好いにこにこ笑いをうかべていて、そのにこにこ笑いどおりに人の好いやつだった。

短いつきあいだったけど、ぼくはほかのだれよりも親しみを感じるようになっていた。波長が合うというのか、相性がいいというのか、たいして話をしなくても、通じ合うものがあるような気がしていた。知り合ってすぐ、出撃前の忙しいシミュレーション期間に入ったし、そのままなだれこむようにティエムトンへ出発したから、個人的にゆっくりおたがいを知る機会はなかったのだけどね。

そして、知る機会のないまま、彼は逝ってしまった。

もう永遠にいなくなってしまったのだなんて、とても信じられない。この宇宙のなかで彼の占めていた空間が、まだぽっかりと、彼のからだのかたちに残っていて、そのかたちを鋳型にして、いつでももういちど彼を甦らすことができるような気がする。

でも、そうじゃない。そんなのは錯覚だ。彼の記憶がぼくのこころのなかに残っているだけ。

人が死ぬって、なんて簡単なことなんだろう。

ほんとうにちょっとした事故だった。

ティエムトンにはケツァルケツァルの自己増殖建造物がたくさんあって、ケツァルケツァルの強大な部隊が駐留していて、われわれは万全の態勢を整えて出撃した。かなり激しい戦闘になるだろうと思われていた。

ところが、ティエムトンへ到着してみると、建造物は予想通り多数存在し、みな「生きて」いて、増殖を続けていたけれど、ケツァルケツァルの姿はまったく見えなくなっていた。われわれが到着するまえに、すべて撤退してしまったらしいのだ。

こういうことはそんなに珍しいことじゃない。ケツァルケツァルのやることは、われわれにはいちいち理解に苦しむことばかりだからね。

有名な惑星ジョジョジョラニの話がある。ジョジョジョラニはその位置からいって戦略的には何の価値もなく、またエネルギー資源があるわけでもない、名前がついているのが不思議なぐらいの惑星だった。地球側がだいぶ以前に、一時期小さな通信基地を設けていたことはあるけれど、それもいままでは使われていない。そのジョジョジョラニを、あるとき、ケツァルケツァルの軍隊が猛烈な勢いで攻撃しはじめた。

それはもうたいへんな勢いで、惑星の形が変わってしまうぐらいどかすかやった。ジョジョラニには地球の月よりもひとまわり大きな衛星がひとつあるんだけど、その衛星とのあいだで蝕が起こったとき、衛星に映ったジョジョラニの影が、狼がとがった口を開いて吠えているみたいに見えたというから、ひどい変わりようだ。

　そのぐらい激烈な攻撃をしたんだけど、そのとき、ジョジョラニには地球の艦艇は一隻としていなかったし、もちろん基地もないし、基地を建設する計画もなかった。そのことは、ケツァルケツァルだってじゅうぶん知っていたはずなんだ。なんのために、そんなおおぼけなことをやらかしたのか、いまだに謎のままさ。

　もっとも地球側だって、そうとうとぼけたことをやってるけどね。というのは、指令部からの亜空間通信が前線の部隊に届くのが、しばしば発信順とはちがう順序になってしまうからなんだ。ふつうは前線の部隊のほうで適当に判断してなんとかやってるわけだけど、なかにだらけた部隊とか逆に律義すぎる部隊とかがあると、状況とか作戦の意味とかいっさい考えもせず、ただ指令の届いた順に実行してしまうのがいて、そうなるとジョジョラニと同じようなことが、小規模ながら起こってしまうことになる。

　亜空間通信のそういう不確定な性格は、技術的な問題ではなく、原理的な問題だから、案外ケツァルケツァルの方も地球側と似たような状況で、ジョジョラニのようなことをやらかしてしまったのかもしれないけど。

　まあ、理由はともかく、ティエムトンに到着したとき、われわれが目にしたのは、広大な大地に機械の大ジャングルといった感じに広がっている自己増殖建造物の群れだけで、ケツァルケツァルの姿は発見できなかった。

最初はわれわれもおそるおそる自己増殖建造物群のなかを索敵してまわったんだけど、しだいにケツァルケツァルがほんとうに一個体として存在しないことがわかってきて、緊張を解いて建造物の内部を歩きまわるようになった。

自己増殖建造物の内部をこんなふうに自由に歩きまわれる機会なんて、そうめったにあるもんじゃないから、好奇心いっぱいで、あちこち見てまわったわけだ。

そういう状況だったから、クァラクリも油断してしまったんだろうな。というよりは、ちょっとはめをはずしてはしゃぎすぎた。

ある場所で、建造物のかなり高いところへ上って、戦友たちとふざけあっているうちに、足を踏みはずして墜落してしまったんだ。いっしょにいた者の話だと、すこし離れたところになにか動くものが見えて、それに気をとられていたらしい。

二十メートル近い高さをまっさかさまに落ちて、クァラクリは、気密服のなかで首の骨を折って息絶えていた。ほとんど即死だったようだ。

ほんとうに、人間って簡単に死ぬもんだね。

激しい戦闘をいくつもかいくぐって生きてきた人間が、ちょっと足元をあやまっただけで、一巻の終わりだ。

あの人の好いにこにこ笑いを、もう二度と見ることはないんだ。

いままで、戦闘のなかで、何人もの仲間の死に立ち会ってきたけれど、こんなにこころが痛むのははじめてだよ。

あくび金魚姫。元気にしてるかい。

からだにはくれぐれも気をつけて。

永遠に愛してるよ。

はやく地球へもどって、きみの顔がみたいな。

きみの金魚みたいなあくびが好きだ。写真を毎日ながめている。ぽかっと小さな泡が出てきそうなかわいい唇。いたずらっぽい目。だれかが指先でつまんだみたいな鼻。ぜんぶ好きだよ。

それじゃ、また。

ツォイイラにて　TT

＊

一八〇時間の休暇ももう終わりです。

あす、ポポラを発って、ふたたびツォイイラの基地へ帰ります。

あすというのは、この惑星が自転して、いまぼくのいる場所が太陽のあたる側にまわってから、という意味です。

まえにも書いたけど、ここの夕陽は、ほんとうにきれいです。

いまも、部屋の窓から、金色に輝く大きな夕陽と、その夕陽が呼びよせたような、やはり金色に輝く雲が見えています。

ここポポラの基地は、最初から兵員の休息用につくられた施設で、地球のリゾート地のホテルみたいに、浜辺のすぐそばに、どの部屋の窓からも海が見えるように建てられているんだ。部屋のつくりもゆったりとしているし、プールやその他のスポーツ施設も充実しているし、居心地最高だよ。あらゆる場面で極端に体積を節約してつくってあるツォイイラ基地とは雲泥の差だ。

ずっとここでこうやって、夕陽をながめていたい気分だ。

もちろん、そうはいかないのだけれど。

ここには土着の植物があって、その実が料理に使われて、ここに来る兵士たちのあいだで人気があります。ぼくも食べたけど、けっこう、いける。

人間が消化できる形の蛋白質はふくまれていないので、栄養にはならないらしいんだけど、水分をたっぷりふくんで、へんな言い方だけど、鶏卵をそのやわらかさを失わせることなく凍らせたような歯ざわりと、かすかに腐敗臭のまじったような、甘酸っぱいような、なんともいえない香りが、最初は抵抗があるんだけど、慣れるとたまらなくいい。癖になる。

兵士たちのあいだでは、絶世の美女を百日間いちども垢を落とすことなく過ごさせたあと、蒸し風呂に入れて大汗を流させながら乳房を切りとり、冷凍庫で急速に冷やして食うと、それに似た味がするんじゃないか、なんてばかな冗談を言っているよ。あはは。いや、ほんとうはもっと卑猥なことを言ってるんだけど、あくび金魚姫、きみが眉をひそめるのが見えるようだから、ここには書かない。

その実が木になっているところへ近づくのは、ちょっと危険な場合があります。というのは、その実は、熱気球方式で種を飛ばすんだ。いくつかの実が集った房のうえに、腕をまわすとやっと抱えられるかといった大きさの、風船状の袋をふくらまして、そのなかの空気を熱して浮力を得て、実を遠くへ飛ばす。このとき、その熱気球がとても高温になるので、うっかり触ると火傷をすることになる。

でも、その実が、朝、まだ大気の冷たいうちに、たくさんの熱気球をふくらまして、いっせいに空へ舞いあがるところは、とても幻想的で、美しい風景です。ぼくもこの休暇のあいだにいちどだけそれを見ることができました。あくび金魚姫、きみといっしょに見られたら、もっと素敵だったでしょう。地球では見ることのできない風景です。

さて、そろそろ食事の時間です。

最後の夜だから、きっと仲間たちとしこたま飲んで、どんちゃん騒ぎをすることになるでしょう。

休暇のあいだに、クァラクリの死でできたこころの穴が、いくらか埋まったような気がします。

それでは、また。

永遠に愛してるよ、あくび金魚姫。

ポポラにて　TT

＊

あくび金魚姫。

変わりはないですか。

とうとうククチルハーへの出撃命令が出ました。

まえまえから激戦の星だと聞いていたところです。ケツァルケツァルが妙にこの惑星にこだわっているらしい。理由は例によってよくわからない。わが軍は、公式には、ここが戦略上たいへん重要な惑星だと言っているけれど、兵士たちのあいだでささやかれる噂によれば、じつはたいした意味はなくて、ただケツァルケツァルの抵抗がはげしく、すでに大量の兵員や武器を投入し、消耗してしまっているために、撤退するわけにもいかなくなって、一種の意地で戦いをつづけているという話もあります。

戦いがどんどんエスカレートして、わが戦艦イチカンシホも、ククチルハーへ行くことになったというわけです。

なんとなくククチルハーという惑星の呼び名の響きには、不吉なものを感じます。ククチルハー。どうしてだろう。

なんだか怖い。

それに、クァラクリが死んだあと、補充要員として来た新しい相棒とは、どうも馬が合わない。やけにはりきっていて、この戦いは人類が銀河系に覇を成すための聖戦だなどと口走るし、自分がいままでに挙げた戦果をさかんに吹聴するし、ぼくがしょっちゅう手紙を書いているのを知ると、めめしいといってさげすむ。英雄気取りとでもいえばいいかな。

命がけの戦いに、こんなやつといっしょに行くのは、とてもじゃないが気が重い。戦場でむちゃなことをやらかしそうな感じがひしひしとする。

しかし、まあ、行ってくるしかない。

いやな感じはするけれど、かならず帰ってくるつもりでいます。

ククチルハーでの戦いが終われば、たぶん地球へもどれることになるんじゃないかと思います。はっきりとではないけれど、親しくしている上官が、ちらりとほのめかしてくれました。

もうすこしです。待っていてください。

帰ったらすぐに、あくび金魚姫、きみの好きなタヒチへでも行って、二人きりで結婚式を挙げましょう。

愛しているよ、あくび金魚姫。

きみのあくびが、はやく見たい。

それでは、また。

ツォイイラにて　TT

＊

あくび金魚姫さん。

すこしは落ち着きましたか。

気落ちしないようにといっても、無理かもしれないけれど、元気を出してください。一面識もない人間から、こんなことを言われると、かえって腹が立つでしょうか。

でも、わたしも、短いあいだでしたが、彼といろいろ話をして、彼の人柄にはとてもひかれました。あくび金魚姫さん、あなたが彼のことを好きになった理由はよくわかるような気がします。いい友達でした。

きょう、彼の遺品を受けとりました。

たいせつに預っておきます。

地球へ帰ったら、あなたのところを訪ねて、お渡しします。

遺品のなかに、あなたの写真が何枚かありました。かわいらしいあくびをしているところのもの。彼があなたのことをあくび金魚姫なんていうあだ名で呼んでいた理由がよくわかりました。

ククチルハーでの戦いはまだつづいていて、多くの戦死者を出しています。悲しいかぎりです。

走り書きで失礼します。

元気を出してください。

ジョン・ワナカセ・プングアリ

＊

あくび金魚姫。

変わりはないですか。

ポポラから帰ってきてから、日課のシミュレーションや体力維持のためのジム通いのほかはとりたててすることもなく、けっこうのんびりと過ごしています。

ククチルハーという惑星での戦闘がしだいにはげしいものになってきているようで、いずれそこに派遣されることになるのだと思いますが、それまではここツォイイラで訓練だけしていればいいというような次第です。

ポポラでの最後の晩に、軍からの依頼でケツァルケツァルの言葉を研究しているという言語学者と知り合いました。ジョン・ワナカセという、なかなか豪放なところのある人物です。彼は休暇でポポラに行っていたのです。

ご想像どおり、ポポラの最後の夜は、基地のバーで大酒を飲んで、仲間たちとどんちゃん騒ぎになりました。ふと気がつくと、えらく自信に満ちた、大きな張りのある声で、ケツァルケツァルの奇妙さをもっともよく知っているのは自分だと主張している男がいる。われわれ兵士たちは、前線で直接ケツァルケツァルとわたりあっているのは自分たちであり、とうぜんケツァルケツァルのとてつもなさは、ほかのだれよりもよく知っていると思いこんでいるわけで、われわれとはちょっと毛色のちがうその男がそんなことを主張しているのを聞いてだまっておれず、酒が入っていたこともあって、あやうく喧嘩になるところでした。

ところが、話をじっくり聞いてみると、その男は意外なほどにケツァルケツァルについての知識が豊富だった。

それがジョン・ワナカセ博士だったのです。

ツォイイラに帰ってから、ぼくは何度かワナカセ博士の研究所へ行って、話を聞きました。もともと話好きの性格らしく、仕事中に訪ねていっても、たいていはじゃまにせずに長い時間相手になってくれました。

ケツァルケツァルの言語は、まだほとんど解明されていません。

われわれの話している言葉は、差異の体系でできています。あるひとつの単語が意味を持つのは、それ以外の単語とのあいだの違いによってです。単語がそれひとつだけで意味を持つということはない。すべての単語がたがいに関係の網の目で結ばれていて、その網の目の方が意味を形成する働きをしているのであって、単語がそれ自体で意味をつくりだすわけではありません。

ある言語を学ぶということは、その関係の網の目のつくられ方を学ぶということです。網の目のつくられ方というのは、つまり、世界を認識する認識の仕方そのものに関わっています。地球の言語であれば、どの国の言語でも、そのやり方はおおむね同じです。すくなくとも、あるものとべつのあるものを区別するということが、どの言語でも基本の構造になっていて、そこのところは、古代エジプトの言葉であれ、火星植民地で話されている言葉であれ、共通している。だからこそ、翻訳ということが可能なのです。

ところがケツァルケツァルの言語は、その世界の認識の仕方、差異化の仕方がまったくちがうらしい。いや、差異化ということを、行なっているのかどうかさえ、わからないのです。

たとえば、ケツァルケツァルは、非常に多種類の音を同時に発することがある。ワナカセ博士の採集した例のなかには、数万種類というような音を、一瞬に発しているものがあるということです。ぼくもいくつかを聞かせてもらったけど、それは、たとえば、

「グヴォッ」

というような音に聞えます。

それがどうもケツァルケツァルの言語であるらしいのだけど、もし言語であって、そのなかに含まれている多種類の音が、ひとつひとつわれわれの単語にあたるものだとすると、一冊の本を一瞬で朗読しているようなものかもしれない。

われわれの本ならば、そこに含まれる単語と単語のあいだには、統辞法というものがあって、順番に読んでいけば、意味をとることができる仕掛けになっているわけだけど、ケツァルケツァルの場合はそれが一瞬で発せられてしまって、混沌としたひとつの音になってしまうわけだ。これじゃあ、わかるわけがない。その一瞬にして発せられるたくさんの音のあいだに、なにがしかの関係法則が見つかれば、解読の手がかりになるのだろうし、ワナカセ博士もそれを探しているのだけど、いまのところとっかかりが見つからないでいるらしい。ワナカセ博士の言うところでは、「一瞬のなかにたくさんの風船がふわふわと漂っているような言葉」だそうだ。

それでも博士は絶望しているわけではない。

こんなたとえ話をしてくれた。

われわれは、あるひとつの物語を、読むなり聞くなりするときに、かならず一定の時間をかけて読むなり聞くなりしなければならない。発端からはじまって、結末にいたるまで、順番に読むなり聞くなりして、そのためには、どうしたって、一定の時間がかかる。

ところが、一度読んだことのある物語なら、頭のなかで、一瞬にして思いだすことができる。なにも物語の展開の順を追って思いださなくてもいい。ある物語のタイトルを聞いて、その物語の内容を思いうかべるのに、その物語を読んだり聞いたりするのと同じ時間をかける必要はない。

物語を例にだしたけれども、このことは、ひとつの文というようなものについても同じことが言えるし、あるいは数学の方程式のようなものについても同様のことが言える。方程式というのは純粋に論理的な関係を表わしているわけで、そこには時間の要素は入っていないのだが、しかし人間がそれを理解するためには、どうしたって左辺から右辺へとい うぐあいに、時間のなかで読み解くほかはない。その点では、やはり時間のなかで語られるほかはない物語と、おなじような性質のものなのだ。

このような、時間のなかで語り、理解するしかないという状況は、人間という生き物だけに課せられた限界なのかもしれない。人間だけに特殊なものかもしれない。それがこの宇宙に普遍的なものだという証拠はどこにもない。

げんに人間だって、頭のなかでなら、長い物語の全容を、一瞬にして思いうかべることができるわけだし、時間の要素の入らない、純粋に論理的な関係というものも操作することができる。

ケツァルケツァルは、それを、言語を発する場面でもやっているのだ、と考えてみることもできる。それがどのような言語で、どのようなコミュニケーションが成立するのか、想像のしようがないけれども。

まだ、だれにも話したことのない仮説であり、ただのよた話だと言いながら、ワナカセ博士はけっこうまじめな顔で、こんなことを話してくれた。

人間は時間とともに生きるしかないし、ケツァルケツァルとのあいだには絶望的に大きな断絶があるようだけど、しかしケツァルケツァルの言語を人間が理解できるようになる可能性は皆無ではないというわけだ。

さらによた話だが、と断りながら、ワナカセ博士はこんなことも言った。

われわれの住んでいるこの宇宙に、時間というものが流れているというふうにわれわれが感じるのも、人間という生き物が持っている、時間のなかで生きるしかないという限界のためなのではないか。

われわれが、その原理やメカニズムが完全にはわからないままに利用している亜空間というのは、アナロジーとしていえば、われわれの大脳のようなもので、大脳のなかでは、長い物語が一瞬のうちに、というよりは無時間的に存在しているように、亜空間には、一三八億年というような長い時間にわたって存在しつづけているこの宇宙のすべてが、そこに無時間的に封じこめられているのかもしれない。

その無時間的な混沌とした場所から、あたかもわれわれが言葉で物語を語るように、われわれの住む通常の空間のなかへと、ある法則にしたがって、さまざまの素粒子が流れでてくることによって、われわれのこの宇宙というものが成り立っているのかもしれない。

「宇宙というのは、物質によって語られる、長い長い物語だというわけだ」

ワナカセ博士はそう言って楽しそうに笑ったよ。

そういうこともあるかもしれないと、ぼくは思った。

ケツァルケツァルの言葉は、われわれの言語では表現することのできない、亜空間のありようをも、語ることのできる言葉なのかもしれない。

こむずかしいことをだらだらと書いて、あくび金魚姫、退屈させてしまったかな。

ワナカセ博士の話がおもしろいものだから、つい書きすぎてしまったようだ。

だけど、こういうふうに書くと、この星域でケツァルケツァルというわけのわからない相手と向きあっているわれわれの気分が、すこしは伝わるような気がするんだ。

それでは、また。

愛しているよ、あくび金魚姫。永遠に、変わらずに。

愛というものが、具体的ないろいろな場面でいろいろな表現で現われるものであり、その表現はとてもうつろいやすいものだとしても、ぼくのこころやからだのなかにたたみこまれているきみへの愛は、亜空間のなかにたたみこまれている全宇宙の時間のように、永遠に変わらないものであると信じている。

ツォイイラにて　TT

＊

ティエムトンにいます。

地表に降りた戦艦イチカンシホのすぐまえに、巨大な自己増殖建造物が広がっています。ケツァルケツァルの姿はありません。

われわれが到着するまえに立ち去ってしまったようです。

わけのわからないやつらです。

でも、すくなくとも、やつらが生き物と呼べるものであることは、われわれには直観的にわかります。どうしてなんだろう。ふしぎです。

人類と彼らが出会った瞬間に、戦いがはじまってしまい、たがいに相手のことをなにも理解できないまま、いまにいたるまでその戦いがつづいているわけだけど、しかし、理解できないと言いながら、すくなくともたがいに戦っているということだけはわかっている。とんちんかんな行動はあるものの、戦いは成立しているように見える。

戦いというのはコミュニケーションのひとつの形だから、ある意味ではコミュニケーションが成立しているとも言えるわけだ。どういうことなんだろう。

それとも、すべては、人間の側の勘違い、人間の側がかってにつくりあげた幻想の物語であって、じつは戦いすら成立していないのかもしれないな。

いま戦場のまっただなかにいるので、短い手紙です。

それでは、また。

ティエムトンにて　TT

＊

あくび金魚姫さん。

はじめてお便りします。

はじめてのお便りが、こんな悲しい内容になるなんて、とてもいたたまれない気持ちですが、しかたがありません。

悪い知らせです。

いいですか。椅子に腰を下ろして読んでください。

できれば、ここでいったんこの手紙を閉じて、だれか親しい友達か、ご両親かどなたかを呼んで、それからこの先を読んだ方がいいかもしれません。

ぐだぐだ言っていてもしようがないので、書きます。

ＴＴが亡くなりました。

戦死です。

ククチルハーという激戦の惑星に出撃して、帰らぬ人となってしまいました。

わたしは、ケツァルケツァルのことを研究している学者で、戦場には行っていませんので、亡くなったときの詳しい状況はわかりません。乗り組んでいた戦闘艇が撃墜されたというふうに聞いています。

ＴＴとは、わりあい最近知り合ったばかりですが、どういうものか話が合って、ずいぶんたくさんのおしゃべりをしました。

ＴＴはしょっちゅうあなたのことを話題にしていました。あくび金魚姫という名前で呼びながら。だから、わたしも、ぶしつけながら、あくび金魚姫さんと呼ばせてもらいます。

あくび金魚姫さん。なぐさめの言葉もありませんが、どうか気を落とさないように。

いずれ軍の方から正式の連絡がいくでしょう。

ジョン・ワナカセ・プングアリ

＊

あくび金魚姫。

変わりないですか。

いまぼくは戦艦イチカンシホでククチルハーの戦場へ向かっているところです。

ククチルハーはたいへんな戦場のようですが、航行中はさしてすることもない、のんきな状態です。死ぬかもしれない場所へ向かっているのに、そういった緊張感はあまりありません。おもしろいもんだね。

亜空間航法で何光年かずつジャンプをくりかえして進んでいると、ジャンプをするごとに、背後に遠ざかっていく基地やさらには地球のことが、しだいに遠い幻のように感じられてきます。

地球から見ると、この星域全体が、遠い幻のように、虚構の世界のように感じられるのじゃないかしら。げんにここにいてさえ、ときとしてそのように感じられることがあるのだから。

ぼくの書く手紙は、亜空間を通る際の時間の不確定さはあるものの、かなり短い時間のあいだに、あくび金魚姫、きみのところへ届く。ほとんどリアルタイムで、きみはぼくがなにをしているかを知ることができる。

しかし、じっさいには、きみとぼくのあいだには、光の速さで三〇〇年かかる膨大な距離が横たわっている。これはもう、人間の尺度からすれば、ほとんど無限の遠さだといってもいいような隔たりだ。もし、超高性能の望遠鏡があっても、きみはぼくの姿を覗きみることができない。どうやってもできないのです。

だけど、ぼくの言葉は、こうやって短い時間で、きみのところへ届く。言葉だけが、ぼくの語る物語だけが、きみのところへ届くのだ。

妙なもんだね。

ぼくが手紙に書いたことがほんとうのことかどうか確かめるすべはきみにはない。

それは地球軍全体についても言えることで、亜空間を通るときに、地球軍がまるごとどこかべつの宇宙へ行ってしまっていて、もはやこの宇宙のどこにも存在しなくなっているかもしれないのだ。存在しなくなっていたとしても、地球からはそのことは確かめようがない。

この手紙に書かれたことすべてが、虚構の物語、ぼくがつくりだしたほら話かもしれないんだよ。

自分が実在しているのかどうか、だんだん自信がなくなってきます。

ククチルハーでの戦いが終わったら、地球へ帰れそうです。帰ることができれば、実在していることが確かめられる。

帰ったら、結婚をして、子どもをたくさんつくろう。きみとおなじようなかわいいあくびをする女の子がほしいな。

帰るときには、まえもって知らせないで、とつぜんきみのまえに現われてびっくりさせることにしよう。楽しみに待っていてください。

愛しているよ、あくび金魚姫。永遠に、変わらずに。

それでは、また。

戦艦イチカンシホ内にて　TT

＊

休暇が半分過ぎました。

毎日ポポラの海に落ちる夕陽を楽しんでいます。ほんとうにきれいです。

でも、夕陽を見ると、なんだか淋しい気持ちになります。ついクァラクリのことを、思いだして、感傷的な気分になってしまうのです。

この保養地に来ている兵士たちのあいだで、一種の宗教的な考えがはやっています。考えがはやるというのも妙だけど、まあ、そういう考え方をみんながしたがり、それについてあれこれと話すことをみんなが楽しんでいるのです。

それはこんなものです。

たとえば亜空間のように、われわれの五感では感知することのできない、高次の空間が、この宇宙の背後にあって、われわれの宇宙はその投影像のようなものだ、というのです。もちろん、われわれもその投影像の一部として存在しているわけです。

ひとりの人間の一生は、死によって切断されるわけだけど、高次の世界ではそれが連続したものとして存在しているのではないか。生と死というように、べつべつのもの、対立するものとしてしかわれわれには見えないものが、高次の世界ではおなじものの二つの側面として存在するのではないか。

床に円形をした影が映っていて、壁に三角形をした影が映っているとすると、影としてはまったくべつべつのものだけれど、もしかするとそれは両方とも、部屋の中央に浮かんだひとつの円錐形という立体の投影かもしれない。

それとおなじように、この世界では不連続に見える人間の生と死というものも、高次の世界では連続したあるひとつのものなのかもしれない。

まあ、そんな考え方です。

単なる比喩だし、イメージの遊びにすぎないものですが、みんなけっこうまじめにそんな話をしています。

ぼくもそんな話の輪にくわわっていると、クァラクリの死という身近なことがあったとだけに、そんなイメージを信じてみたくなったりします。この世界では、彼は死んでしまったけれど、高次の世界では生と死の区別を超えたなにかとして生きつづけているのだというぐあいに。

それは人間がつくりだした身勝手な妄想だけど、たとえ妄想であっても、虚構の物語であっても、それがある種の安心感のようなものをもたらしてくれるなら、それはそれでその妄想にも存在価値があるような気がします。ぼくは信仰心というようなものはあまり持ち合せがないので、それを信じるとか信じないとか、そんな問題としてではなく、ただたんに、そのイメージが気持ちがいいかどうかということだけしかないんだけど。

この星域で、ケツァルケツァルというわけのわからない生き物と戦いつづけ、日々死と直面していると、なにかそんな救いのようなものが必要になってくるのかもしれません。

ほんと、みんな好きなんだよね、そういう話が。

クァラクリは高次な世界のどこかで、例の特徴的なにこにこ笑いをしながら、そんな話をするぼくらのことを見ているかもしれないね。

それでは、また。

愛しているよ、あくび金魚姫。永遠に、変わらずに。

ポポラにて　TT

著者あとがき

『日本ＳＦの臨界点［恋愛篇］』に拙作を収録していただいたのは、華やかに盛り上がる宴に招いてもらったようでした。

それにつづいて、個人作品集を出していただけるのは、末席で飲んでいたら急に舞台に引っ張りだされて、隠し芸をやって見せろと言われたみたいです。

そこへ「あとがき」を書くのは、悪乗りして裸踊りをやっちゃうみたいかな。

大岡信『うたげと孤心』は、私の愛読する名著です。

日本の詩歌の歴史を遡ると、歌合、連歌、俳諧連歌など、集団的な創作・批評の場に行き当たる。その伝統は、現代の文芸同人誌や文学的結社という場へ引き継がれている。そのような集団的な創作の場が、日本の文芸の背景、さらには、日本文化の根っこにある。

一方、集団的な価値観から離れた孤独な立場、「孤心」が、重要な役割を果たす。うたげと孤心、両者が出会うところに、日本的な文芸創作の場がある。

『うたげと孤心』は、そのような考えのもとで、さまざまの詩歌を論じます。作者の個性や独創性を重視する近代ヨーロッパ的な考え方とは別の、集団的な創作ということを、提示しようとしたのでしょう。

その「うたげ」のイメージを頭に置きつつ、『万葉集』を読むと、集団的な空気の流れを肌で感じます。

たとえば、「本歌取り」の持つ意味が、学校の古文で教わるのとは違ってくる。それは、もじりやパロディではなく、真似事や模写でもなく、パクリや盗作でもない。歌を詠む人全体が同じ空気を呼吸しているという感覚の顕現だと感じられる。掛詞や枕詞といった技法にも、似た感触がある。

「令和」の年号で有名になった大伴旅人の梅見の歌会。梅の歌を詠み合った宴会の光景が多少とも想像できてくる。

てなことを書きながら、実は（というよりは、もちろん）私が連想しているのは、ＳＦ

ファンダムのことです。

ＳＦファンは、ファンジンやサークルをつくるのも好きだし、コンベンションを開くのも好き。「うたげ」が大好きです。集まって議論をしたり、共同作業をしたり、人から刺激を受けたりする。そのなかで、ＳＦについての共通認識がつくられる。創作を試みる者は、それを踏まえつつ、また、ＳＦがつくりだした様々の材料を使いつつ、独自の世界をつくろうとする。「本歌取り」もするし、「枕詞」も使う。

「うたげと孤心」だなあ、と思います。


自分が高校生だったころ、大学生中心のＳＦファンサークルに参加していました。月一回、お茶の水や新宿の喫茶店で会合があり、ファンジンを盛んに出していた。その仲間に加えてもらいながら、でも、大学生同士の友人づきあいには、なかなかついていけなかった。高校在学中じゃ、一杯飲みに行こうかというわけにもいかないしね。それで、ＳＦファン仲間の高校生同士で交流するようになった。

そのつながりで、一九七〇年の「国際ＳＦシンポジウム」のときに、アルバイトをやらせてもらった。来日する海外作家を歓迎するパーティー会場で、「猿の惑星」のかぶりものを頭にかぶってうろうろしているという役目。そうしたら、アーサー・Ｃ・クラークやブライアン・オールディスがお猿さんと握手をしてくれた。
これが、私の「うたげ」の始まりでした。

その後、八〇年代の「TOKON8」から〈SFの本〉の時代に、また「うたげ」に加わりました。そのあたりは、伴名練さんが解説で触れてくれている。SF大会に実行委員として参加するのは、大座敷の宴会に混じっているみたいなもの。いろいろな人と酒を酌み交わして交流できる。批評雑誌に何か書くのは、隠し芸に「待ってました！」と声をかけるみたいなもんかな。

その「うたげ」は、いまも、本郷の旅館で開かれる「SFセミナー」の夜会や、私がマスターと称している酒場での、創元SF短編賞授賞式の二次会につながっている。（両方ともコロナ禍で中断中なのは残念）

アンソロジーは、SFの伝統的な「うたげ」のひとつでしょう。テーマ・アンソロジーというスタイルから、大伴旅人の宴における、梅のテーマの「題詠」を連想しておいてもいいかも。アンソロジーの編者は、歌会の主宰者。伴名練という熱量のある主宰者を得て、この「臨界点」シリーズという「うたげ」が実現している。

伴名さんの解説は、詳細にして正確で、恐れ入るばかりです。その伴名さんに、本書収録作品の選定をしていただけたのは、ただただ感謝。ありがとうございました。

奇想と抒情の奏者――中井紀夫の軌跡

SF作家
伴名　練

伝説の作家、中井紀夫がハヤカワ文庫JAに帰って来た。単著の刊行は実に二〇年ぶり。日本SF史が誇る奇想作家の精華を、新編集の傑作選という形で二〇二一年の読者に届けることができ、ひとまず安堵している。

SFマガジンでデビューし、ボルヘスやカルヴィーノ、マジックリアリズムの影響を受け、「山の上の交響楽」を始めとする文学的な奇想短篇を、多数発表してきた名匠。

なぜそういう作家が日本SF界にいるかというと、翻訳家・伊藤典夫や作家・川又千秋がボルヘスを日本SF読者に布教し、日本のSFファンにも大きな影響を与えたジュディス・メリル編の『年刊SF傑作選6』には「円環の廃墟」が収録されていて、片や〈SFマガジン〉にはカルヴィーノの『レ・コスミコミケ』が連載で訳されたのち、海外SFノヴェルズから刊行されて――という状況で、日本SF読者は、海外奇想小説を無意識にSFと思いこんで読み進めてきた流れがあるし、現在でも日本SF界には円城塔や石川宗生のような、奇想文学に強く影響を受けた作家がいる。

そして、「山の上の交響楽」は発表以来、日本SFのオールタイムベストランキングで一〇位から二一位という高順位の中を推移している。……にもかかわらず、八九年刊の短篇集『山の上の交響楽』は紙で読めなくなっている。何かの間違いとしか思えないが、その辺りの事情を知って頂くには、著者が日本SF界に残した足跡をたどるべきだろう。長くなるので、収録作について知りたい方は四四四ページの【収録作品紹介】まで飛ばしてください。

【1】商業デビュー以前

一九五二年東京生まれ。ハインラインのジュブナイルから始まって、学校の図書室や書店で、ウエルズ、ベルヌ、ベリャーエフ、バロウズ、E・E・スミス、ブラウン、シェクリイ、ブラッドベリ、クラーク、アシモフ、ヴァン・ヴォクト、ベスター、ディック、バラード、オールディス、レムと次々に読み進める。後に文学派と呼ばれるイメージと違い、思いっきりジャンルＳＦ読者の遍歴である。〈ＳＦマガジン〉は中学生から読んでおり、当時からＳＦを書き、ガリ版を切って仲間うちに回す——という、ゴリゴリのＳＦファン。六九年、高校生にして、〈ＳＦマガジン〉誌の「ＳＦ映画ストーリイ・コンテスト」に応募した「帰りたい」が第一次選考通過。

　武蔵大学人文学部卒業後はピアノ奏者となる。インタビューにいわく、

《卒業するとき、やっぱり小説を書きたいという気持《原文ママ》が強くて、あんまりまともに就職してしまうのはいやだと思ったんですね。それで、クラブとかキャバレーとかでピアノを弾く仕事をはじめました。それだと仕事をしている時間はわりあい短くて、とりあえず暮せ《原文》て《ママ》、で、残りの時間は、まあ読んだり書いたりできるだろうと。》

　かくて、生業と平行し、音楽家の労働組合である日本音楽家ユニオンにも参加しながら、創作を続ける。

　ファンダム活動でも、一九八二年夏のＳＦコンベンション「ＴＯＫＯＮ８」のスタッフとして参加。ちなみにこのイベント合わせでニーヴンのハードＳＦ『リングワールド』の同人誌に寄稿していたりする。「ＴＯＫＯＮ８」は日本ＳＦのコンベンション史の中でも語り種《ぐさ》になるような盛り上がりを見せ、このイベントを契機に、労働運動系の出版社であった新時代社がＳＦ出版に乗り出し、同年にＳＦ評論誌〈ＳＦの本〉の刊行を開始した。

編集を担ったスタジオ・アンビエントの知人から乞われた中井紀夫は、その創刊号に記事を寄せることになり、商業デビューとなった。つまり中井紀夫は、最初はSF評論の側で世に出たのである。

【2】〈SFの本〉の頃

〈SFの本〉創刊の一九八二年、日本SFは七〇年代後半に起こったSFブームの余熱の中にあった。八二年だけでも『ブレードランナー』『E.T.』『遊星からの物体X』が公開されているほか、七〇年代後半から八〇年代頭にかけてのSF雑誌は、現在も続く早川書房の〈SFマガジン〉だけでなく、小説誌に〈SFアドベンチャー〉(七九〜九三)、〈NW-SF〉(七〇〜八二)、第二期〈奇想天外〉(七六〜八一)、〈SF宝石〉(七九〜八一)、ショートショート中心の〈SFワールド〉(八三〜八五)、ファンダムに近い〈SFイズム〉(八一〜八五)、SF映画誌である〈スターログ日本版〉(七八〜八七、九九〜〇六)、ビジュアルSF・特撮誌〈宇宙船〉(八〇〜〇五)と百家争鳴の状態にあった。そんな時代だったからこそ、SF評論誌も成立し得たのだ。

〈SFの本〉創刊号に記事を寄せて以降、中井紀夫は同誌に精力的にレビュー・評論を寄稿する。その多彩な原稿を追うと、冒頭に述べたような「ボルヘスやカルヴィーノに影響を受けた奇想作家」という現在一般に共有されている中井紀夫像は、ごく一面的なものでしかないと気づくはずだ。

たとえば連載批評「パラレル・ワールド通信」（創刊号〜第三号）で見せた知識の広さにはうならされるものがある。第二回では「落下の快楽」と題して、落下というモチーフの象徴するものを、カイヨワ、稲垣足穂、ボブ・ショウ『眩暈』、バラード『夢幻会社』、埴谷雄高「自在圏」、バシュラール、ブラッドベリ「万華鏡」、スパイダー&ジーン・ロビンスン『スターダンス』、筒井康隆「到着」、星新一「おーい　でてこーい」など縦横無尽に言及しながら語る。

エリアデを引きながらの考察「ベンガルボダイジュ頌　生命の宇宙的再生を物語る『地球の長い午後』」（第二号）や、「神林長平は不安の作家である。小説の主人公たちは、みな自分自身とはぐれている。」から始まる神林長平論「不安の増殖と胎内幻想」（第三号）なども力が入っている。第三世代日本SF作家を一人ずつ論じる座談会、「スペシャル　フォーラム『日本SFの新しい可能性』」（第三号）に颯田幼（大森望）・志賀隆生・新戸雅章・巽孝之と並んで参加している点からも、〈SFの本〉内でのポジションが小さくないものだったことが分かるだろう。

何よりも特筆すべきは第八号の記事「短編ＳＦ不遇の時代〈日本短編ＳＦ〉」だ。八四年のＳＦ雑誌に発表された短篇作品を分類し、その中で連作短篇形式などの「型の繰り返し」となっている作品の多さを指摘した後に、以下のように述べている。

《「型の繰り返し」こそがジャンルというものを成立させるのだし、また、作家の作風というものを作りだすのだから、このことは別に不思議でも何でもないのだが、しかし一方、型を破ることこそがＳＦの目ざしているところのものであり、そこにこそＳＦの魅力があるともいえるわけだから、もっと型破りなものがあってよいようにも感ぜられる。（中略）

明らかに、ＳＦ界全体が長篇指向であり、それも一冊の本では収まらないような大長篇へと向かう傾向が強く、短篇ＳＦにとってはあまりよい時代ではない。かつては「短篇集が売れるのはＳＦだけ」などといわれた時代があり、短篇ＳＦの独得《原文ママ》の味わいを愛好する人も多かったのだが…。（中略）出版社の事情や作家の指向や読者の嗜好など様々な状況が重なって、全体として長篇中心になっているのであろう。それはどうもあまり面白くないことであるように思う。》

「山の上の交響楽」や「見果てぬ風」などの型破りな単発短篇で日本ＳＦ史に名を刻むことになる書き手の気概を感じさせる文章であり、言外に決意が滲んでいるように見える。

こういった評論活動を重ね、ＳＦコンベンションではパネリストとして壇上にのぼったほか、八五年からは、スタジオ・アンビエントのエディトリアル・スタッフにもなったが、やはり小説執筆への意欲も保っていた。同年、第一一回ハヤカワ・ＳＦコンテストに応募した「竜の降りる夜」が「参考作」に選ばれる。

選評公開時のあらすじには、「くじゃく座ガンマ星系の宇宙空間を遊弋する竜からはモノポール、ミニ・ブラックホールがとれるため、捕竜産業が発達していた。（後略）」というすごいことが書いてあり、どうやら体内にミニ・ブラックホールやモノポールを宿している竜を、宇宙艇で追いかけて銛で狩る話らしい。審査員の中では眉村卓に推されていて、その選評にいわく、《「竜の降りる夜」はアニメになりそうな話であり、しかも絵にしてしまうと文章を読んでの想像以下になりそうなのがいいと思った。ちらりと出ているだけであるが、人間の地球的な存在から、銀河系存在への移行を暗示している点も買う。》

この眉村卓の賞賛の前半部分は、「映像的でありながら、実際に映像化されても小説の方が上回るであろうイマジネーションを持っている」とも換言でき、「山の上の交響楽」「見果てぬ風」「暴走バス」「絶壁」などを読んだ方には、この賛辞が、中井紀夫の資質を完璧に言い当てていると分かるだろう。

「参考作」は入選・佳作より下で、作品は活字化されない。旧ハヤカワ・ＳＦコンテストではデビューが叶わないまま消えて行った受賞者も多かった。「竜の降りる夜」も今日に至るまで活字化されていないが、中井は今岡清編集長に作品を持ち込み、〈SFマガジン〉八六年六月号に「忘れえぬ人」が掲載されてデビューとなった。〈SFの本〉はその直後、第九号（八六年六月三〇日刊）で休刊となるが、凱旋作となった「例の席」も掲載されている。

【3】〈SFマガジン〉〈SFアドベンチャー〉の頃

デビュー作「忘れえぬ人」は、記憶と生死の間に重大な関係がある世界を描き、ボルヘスの短篇を連想させる奇想作品だった。これを皮切りに、八七年三月号「見果てぬ風」、同年一〇月号「山の上の交響楽」など、温かみとユーモアのある奇想ファンタジーの傑作を〈SFマガジン〉に次々と発表していくことになる。私たちの住む場所からは離れた異様な世界、時にはスケールの大きな設定を、ごくごく当たり前の日常のように書いてしまう、いかにもマジックリアリズムファンの好む作風であり、実のところ、現在広く浸透している「中井作品らしさ」は、この時期の短篇群に拠るものが多い。

短篇発表の傍ら、八七年より、《能なしワニ》（ハヤカワ文庫JA）シリーズの刊行を開始。超能力者たちの暮らす惑星で、超能力をもたないガンマンが活躍するSFウェスタン――短篇の芸風とは異なり、アクション満載でキャラクター色の強いエンタメだったこの作品は、好評を得て、当初全六巻予定だったものが七巻に膨らみ、八九年に完結した。自身のSF界への「全体として長篇中心になっている」という指摘に沿うように、短篇集より先に長篇ものが刊行され、人気を得たのである。

同じく月刊のSF雑誌である徳間書店〈SFアドベンチャー〉誌にも、八八年一月号に「山手線のあやとり娘」で初登場。ここから一年間、同誌のコラム欄に原稿用紙四百字詰め五枚半という極短ショートショート連載が始まるのだが、ページ数的な制約から、奇想ファンタジー路線以外に、「満員電車」のようなホラー色の強い作品も数多く書かれることになった。

こうして二大SF誌の双方で活躍をはじめた中井紀夫は、当時の日本SF界の最前線に躍り出た。〈SFマガジン〉八八年五月号から、若手作家へのインタビュー連載『SF新世代』がスタートするが、その第一回に登場したのが中井紀夫だった。日本SF第三世代論を評論誌で論じていた書き手は、五年後に、期待の新世代作家となっていたのである。

八八年八月、第一九回星雲賞日本短編部門を「山の上の交響楽」で受賞。参考候補作には「見果てぬ風」も入っており、人気がうかがえる。翌月には、受賞の話題が冷めやらぬ中で、徳間書店から描き下ろし長篇SF『漂着神都市《ロボゴッド・シティ》』（トクマノベルズMIO）を発表。宇宙船から降りてきたロボット群が東京中を闊歩しているという設定で、初期長篇の中でも最も分かりやすいSF的イメージを含んだ作品だった。

短篇集としての『山の上の交響楽』が刊行されたのは翌八九年だが、実はこの後、〈SFマガジン〉掲載作に変化が見られる。基本的には奇想・ファンタジー路線であった『山の上の交響楽』収録作と比較して、「死んだ恋人からの手紙」「花のなかであたしを殺して」「銀河好色伝説」「巨人族」「やさしい星」「正午列車」など、異星を舞台にしたものや、異星人の生態・文化をテーマにしたものが過半になったのである。次なる短篇集に向けて統一性を持たせようとしていたのかもしれないし、奇想を「異星人の文化・思想」にくるむことで、文学路線とジャンルSF路線の合流を図っていたのかもしれない（その最良の結実が「死んだ恋人からの手紙」だろう）。

同八九年、一方の徳間書店では長篇『闇の迷路』（トクマ・ノベルズ）を発表。こちらはSFとしては古典的なテーマを、歌舞伎町を舞台にセックスが鍵となるホラーサスペンスに仕上げたもので、ノベルス読者に刺さるように書かれた作品だった。

九〇年は、中井紀夫のキャリアにとっても重要な年になった。まずは、代表作となるシリーズ《タルカス伝》の刊行開始である。破壊者タルカスの到来が予言される世界を舞台とした、二つの国家の因縁を巡る欲望と奇想の叙事詩で、エログロも含んだ「大人のための神話物語」を標榜し、フィクションの定石を踏み潰していく破天荒なファンタジーだった。大森望はシリーズ第一部の完結に際し「日本SF史に屹立する傑作」と評している。

同年には、徳間書店から、異種婚姻譚という中井紀夫お得意の題材でありつつ、唯一、日本神話に材をとった伝奇サスペンス『海霊伝』（トクマ・ノベルズ）も刊行されている。

これらの書籍書き下ろしに加え、〈SFマガジン〉〈SFアドベンチャー〉での短篇発表も活発だったが、この年、ジャンルSF出版社での活動以上に、大きな転機となったできごとがある。

フジテレビ系列のオムニバスドラマ「世にも奇妙な物語」のノベライズである。

八九年の深夜番組「奇妙な出来事」を前身とする「世にも奇妙な物語」は、九〇年の放送開始以来、現在まで続く長寿作品だ。SF読者になじみ深い名前では、ロバート・シェクリイ、星新一、小松左京、筒井康隆、梶尾真治、山田正紀、火浦功、高井信、清水義範、草上仁、大場惑、村田基、椎名誠、岡崎弘明、中島らも、井上夢人、渡辺浩弐、小林泰三、手塚治虫、岡崎二郎、諸星大二郎などの原作がドラマ化されている。この番組で主に扱われるのは、時としてSF成分も含む、ホラー色の強い「奇妙な話」。〈SFアドベンチャー〉掲載の中井短篇を考えれば、ノベライズはまさに適任と言えた。

太田出版から刊行されたノベライズ第一巻（九〇年）ではドラマの小説化六篇と中井オリジナル作品一篇、第六巻（九一年）ではドラマの小説化五篇、中井オリジナル作品二篇という内訳だが、ドラマの小説化作品の方も、元の内容に中井紀夫が大きくアレンジを加えたものが少なくなかった。

これらの仕事は、中井紀夫の「短篇ホラー作家」としての側面を世間に広く印象付けるきっかけともなった。ちなみに、中井の短篇は現在までに、「不幸の伝説」「怪我」「夜の殺人者」の三作が同番組でドラマ化されており、相性の良さが分かるだろう。

この読者層を想定して、同じく太田出版から刊行されたアンソロジー・シリーズ《奇妙劇場》（九一年〜）は、親和性の高さもあってか執筆者の大半がSF作家という陣容だったが、ドラマ同様の「奇妙な味」の作品集であった。全三巻に中井紀夫は皆勤である。

ショートショート欄にSF作家を頻繁に登用した、桃園書房の小説誌〈小説CLUB〉誌にも九一年から寄稿を開始しており、こちらでもSF・奇想よりもホラーサスペンスや奇妙な味サイドの作品を発表していた。

二大SF出版社で執筆し、人気ドラマのノベライズを手掛けて、一般読者にホラーの書き手としても知名度を上げる——若手SF作家としては堅実な活躍である。

しかし。状況はデビュー直後の頃からは変わりつつあった。〈SFマガジン〉発表作がなかなか短篇集として纏まらないのだ。

前述したような、日本SFにおける長篇重視の傾向もあっただろうが、それよりも大きな原因は、実は（時期についても諸説あるが）八〇年代後半から九〇年代にかけて、日本SF界がいわゆる「冬の時代」に近づきつつあったことが影を落としていたのだ。

「日本SF冬の時代」とは、日本SFが危機に瀕している、という言説が九〇年代に話題となり、その原因や実情を巡って（そもそも危機に陥ってはいないとする論も含めて）論争となった時代を指すが、その推移と実態についてここで詳細に論じるのは避ける。

ともかく事実としては、九二年の第一八回をもって、旧ハヤカワ・SFコンテストが休止となりSFと名の付く新人賞が全て消滅したことと、SF雑誌が九三年に〈SFマガジン〉一誌になってしまうことと、そして——「発表した原稿が本にならない事例」の急増があったことは、確かだった。

普通の時世であれば、二冊目の短篇集が出ないのは一冊目のセールスが振るわなかったために次の短篇の依頼がなかなかこない、などの作家個人の商業的事情が第一に考えられる。だがこの時期は八〇年代中盤以降デビューの若手～中堅作家を中心に、載せても載せても連載しても複数冊分のストックが溜まっても短篇集／連作短篇集／長篇として刊行してもらえないとか、場合によっては第二短篇集どころか第一短篇集さえ出ないので書籍デビューが叶わないとか、よその小出版社に原稿を持ち込んでようやく刊行が叶うとか、あるいは二〇二一年になっても当時の原稿が纏まっていないとか、とにかく〈SFマガジン〉掲載原稿が本にならないケースが、（別の時代にもあるものの）この時期は明確に多かったのだ。中井紀夫はそのうちの一例であった。

また、八八年から一年ごとに中井長篇を刊行した徳間書店も、重要な作品発表の場だったが、やはりSF路線が苦境に陥っていたのか、〈SFアドベンチャー〉自体、九二年三月号を最後に月刊から季刊へリニューアル。更に、九三年夏号で休刊となった。〈SFアドベンチャー〉を初出とする作品群を集めた中井紀夫短篇集は、徳間書店からは出ず、波書房から『ブリーフ、シャツ、福神漬』（九一年）、『山手線のあやとり娘』（九二年）として刊行された。担当編集者は後年、リブリオ出版で《日本SF・名作集成》を夢枕獏とともに編むことになる大倉貴之。波書房は、パズル関係の出版社であるニコリの子会社で、他にSF関連書籍は『夢枕獏・あとがき大全　あるいは物語による旅の記憶』と神林長平『魂の駆動体』のみ。短篇集二冊はSF雑誌の書評では取り上げられたものの、SFレーベルが文庫化しなかったことで、後年、埋もれやすい本になってしまった。

九二年八月にはSF雑誌〈小説奇想天外〉の版元であった大陸書房から、遠未来の異星を舞台にした長篇『ミュータント・プラネット』を刊行するが、同年同月に大陸書房がビデオソフト事業の業績悪化で倒産。こうして、SFに力を入れていた出版社が、相次いで力を失いSF発表の場が消えていく状況に、中井紀夫も巻き込まれていった。少し時代が前後するが、九二年に「河童の来た夏」を寄稿した朝日ソノラマ〈グリフォン〉、九三年に「水水しい町」を発表した角川書店〈野性時代〉の二誌は、SF作家の小説掲載にも積極的な雑誌だったが、それぞれ、九四年と九六年に休刊している。

中井紀夫が〈SFマガジン〉での短篇発表を九二年に一時停止し、九〇年初出「銀河好色伝説」の第二話を発表、連作化していったのも、十分な数の短篇が溜まっているにもかかわらず、新たな短篇集が刊行されない状況とかかわりがあったのかもしれない。

翌九三年には、TVドラマノベライズ『ヤング・インディ・ジョーンズ〈2〉国境の銃声』（文春文庫）を執筆したり、『人中の鬼神　呂布』（光栄）で初めて歴史小説に挑むなど、個人としては活発な動きがあったが、SF界の状況は、〈本の雑誌〉五月号誌上で特集『頑張れ、SF！』が組まれ、いよいよ業界外からも先行きを懸念されるほどになっていた。

そしてこの年、連作「銀河好色伝説」が全六話で完結を迎えたものの、当時の〈SFマガジン〉の編集部コメントには、通例、連載完結時に書かれる書籍化予定の報が記されなかった。そして、今日に到るまで本に纏まっていない。

　更に代表作《タルカス伝》が同年末、五巻にして「第一部完」を迎える。主要二国の因縁には一旦の決着がつくものの、タルカスはようやく復活し、最初の一暴れを見せたばかりという状況で、あとがきでは商業的撤退であることが示唆されている。日本SF史にとって手痛い損失だった。結果、この完結巻が中井紀夫にとって本書刊行前の、最後の早川書房出版作品となった。

　九四年。〈SFマガジン〉三月号で《タルカス伝》特集が組まれ、新作「神々の将棋盤」、著者インタビュー、大宮信光と大森望によるエッセイが掲載された。インタビューでは第二部以降の構想も語られており、編集部コメントには、タルカスについて「いずれ復活してまたもや破壊の限りを尽くすことでしょう」と書かれていたが――やはり現在まで続きは書かれていない。

　以降、中井紀夫の〈SFマガジン〉への寄稿も激減。掲載されたのは、九四年七月号「鮫」、九五年一一月増刊号『The S-F Writers 現代日本SF作家25人作品集』の「絶壁」のみ。後者の増刊号は、ベテランから中堅までのSFマガジン寄稿者を中心に二五人が新作を書き下ろしたものだが、その性質上、新世代作家の割合が少なく、〇二年からの《ハヤカワSFシリーズ Jコレクション》で単著を刊行することになる作家は菅浩江しかいない。結果的に、この増刊号が〈SFマガジン〉最後の登場となった作家も複数おり、中井紀夫もまたその一人だった。

八九年の『山の上の交響楽』より後、〈SFマガジン〉及び増刊号に中井紀夫が発表した作品は、《能なしワニ》外伝一作、《タルカス伝》外伝一作、独立した短篇九作、連作「銀河好色伝説」六話分——うち、『死神のいる街角』に収録された「鮫」を除く一六本、ゆうに二冊半の原稿は、短篇集に入らず、今日まで置き去りにされることになった。私はこの時期の作品に、できる限り改めて光を当てたいと考えたものの、紙幅との兼ね合いで、本書で収録できたのは僅かに四作品のみである。

【4】《異形コレクション》、ゲームノベライズ、徳間デュアル文庫

九〇年代半ば、日本SFの商業的苦境が囁かれていた一方で、鈴木光司『リング』（横溝正史ミステリ大賞応募作）、瀬名秀明の『パラサイト・イヴ』、貴志祐介の『黒い家』（日本ホラー小説大賞受賞作）などのヒットで、角川ホラー文庫を中心とした、和製ホラーの潮流が大きなうねりとなっていた。〈SFマガジン〉でも九五年にホラー特集が二号に渡って組まれるなど、勢いは明確だった。

そのことが、ホラー短篇の才能も備えていた中井紀夫の執筆活動に、大きく影響を与えることになった。

九五年刊行の短篇集『死神のいる街角』は、出版芸術社で日下三蔵が刊行していた、往年のミステリ・SF作家の作品を拾い上げる叢書《ふしぎ文学館》の新企画となる一冊。帯では「名手・中井紀夫が、現代社会にひそむさまざまな恐怖のかたちをえぐり出すモダンホラー傑作集！」「ふしぎ文学館・現代恐怖小説シリーズ第一弾！」とうたい、作品選定でもSF色の強いものは避け、ホラー作家としての中井紀夫をプロデュースするものだった。

そして、〈SFマガジン〉を離脱した中井紀夫の主要な活躍の場となったのが、井上雅彦編の書き下ろしホラー・アンソロジーシリーズ《異形コレクション》だった。星新一ショートショートコンテスト出身者であり、SFとホラーの両方に造詣の深い井上雅彦は、その両ジャンルから書き手を集めた。また、井上雅彦も『世にも奇妙な物語』ノベライズを務めた経験があり、番組関連の飲み会で、中井は井上と知り合ったのである。

《異形コレクション》の記念すべき第一巻『ラヴ・フリーク』（九八年）の巻頭を飾ったのは中井紀夫作品。思考を読めるらしきエレベーターガールに惚れた男の物語「テレパス」だ。能力の描写は決して派手なものでなく、不穏なムードで男女が会話する緊張感を味わう内容となっている。「テレパス」をはじめ、《異形コレクション》掲載作は、アイデア型の〈SFアドベンチャー〉初出ホラーともまた違ったものになった。現代日本を舞台に、ごく普通の勤め人か、酒場の関係者を主人公に設定し、その周囲に幽霊・狂気・ドッペルゲンガー・ファムファタルなど、オーソドックスな怪異の題材を配置しつつ、抑制されたプロット内で、シチュエーションの妙、陰影の濃い心理描写や独特のほの暗い空気感で読ませる——という或る種日本の伝統的な文芸ホラーに回帰したような作風である。ちなみに、九八年の〈ユリイカ〉の怪談特集で、中井紀夫は好きな怪談作品に内田百閒の「件」「流渦」を挙げている。

《異形コレクション》への寄稿は、二〇二一年現在、一三作に及んでいるが、今回、本書に《異形コレクション》期の短篇を入れなかったのは、ホラー系の文庫で収録した方が読者との相性がいいと考えたためである。それでもアイデア・シチュエーション段階での奇想度・幻想度が比較的高いものを三作上げるのであれば、太平洋戦争に従軍していた親類が現代に帰ってくる「深い穴」、ホテル内での不思議な女との邂逅「海辺で出会って」、居酒屋の生簀に人魚が飼われている「恋の味」。ムード的に初期作を髣髴とさせるのは、バーテンの女性を主人公に常連客達との会話が描かれる「ジントニックの客」あたりだろう。これら、《異形コレクション》初出作の中では、超常要素のない「十一台の携帯電話」が

『電話ミステリー倶楽部』（光文社文庫）に再録されたのを除いて、他の本で読めるようになっていない。

書き下ろしアンソロジーで言えば、「バカ」をキーワードに、より広い読者層にＳＦを届けようというコンセプトの、大原まり子・岬兄悟編《ＳＦバカ本》（ジャストシステム→廣済堂文庫→メディアファクトリー）が九六年に刊行を開始している。このシリーズにも中井紀夫は寄稿していたが、全一二冊中、三度に留まっている。家族代行サービスを扱った「Ｖファミ」はドタバタ色が強く、日常の中の違和感に宇宙人の介在を見出す掌篇群「宇宙人もいるぼくの街」は稲垣足穂テイストであるなど、ＳＦ媒体とはいえ〈ＳＦマガジン〉初出作とも異なる味わいになっている。

長篇に関しては、ノベライズの刊行が相次いでいた。九六年のアスペクト『天地創造』（ログアウト冒険文庫）、『クライムクラッカーズ外伝』（ファミ通ゲーム文庫）、九七年の『ソウルエッジ　風翔《か》ける剣姫　美那編』、『ソウルエッジ　昏《くら》き森の彷徨　ジークフリート編』（ともに、アスペクトノベルス）これらは全てゲームノベライズである。

当時の日本ＳＦ界は現代に比べても、ゲーム業界との距離が近かった。そこには、日本人ＳＦ作家にＴＶゲームの愛好者が少なからずおり（日本ＳＦ大賞の候補に「ドラゴンクエストⅡ」が上がったこともある）、出版社的な縁（ＴＲＰＧメディアミックスを中心とするゲーム雑誌〈ログアウト〉は、SF作家の小説を多く掲載、発行元のアスペクトもSF作品を刊行した）、人的な縁（中井紀夫と同時期、八四年デビューの大場惑は元ナムコ社員）も重なった上で、オリジナルのSF長篇が出しにくい時代だったからこそ、SF作家によるゲームノベライズも少なくなかったのである。

中井紀夫自身、〈SFの本〉第九号の編集後記で他の編集部員から「先日も某銀行のために他のスタッフとともにミニアドベンチャーゲームを制作。意外に面白く、本格アドベンチャーゲーム制作に乗り出そうと意気込んでいます」と紹介されており、ゲームとの相性も悪くなかったのだろう。『クライムクラッカーズ外伝』のあとがきでは、七八年公開の『スター・ウォーズ』初視聴以来、いつか宇宙活劇を書いてみたいと思っていたことを告白し、それが実現したことを喜んでいる。

九九年刊行で、久々のオリジナル長篇となったファンタジー『アナベル・クレセントムーン　呪痕の美姫』（電撃文庫）も、これまでの中井作品と比べて、TRPG、あるいは「ドラゴンクエスト」以降のRPG（及びそれらに影響を受けたライトノベルファンタジー）の風味を感じさせるものだった。

気になるのは、時勢的にホラー長篇は書かなかったのか？　という点だが、〇〇年に、新潮社（幻冬舎、テレビ朝日と共催）の第一回ホラーサスペンス大賞に「RANGDA」

を応募、最終候補に残っている。選評によれば、バリ島の仮面に巣食う魔女・ランダが日本の女性に憑依する物語らしく、《新宿高層ビル街でランダが大暴れする描写は圧巻》（大沢在昌）、《最後の大破壊はガメラの大暴れを彷彿とさせて滅茶苦茶な面白さがあった》（宮部みゆき）との記述があるものの受賞は逸し、活字化されていない。

さて、日本SF界の動向はと言えば、九七年に「この10年のSFはみんなクズだ！」と題した〈本の雑誌〉三月号の特集から「SFクズ論争」に突入、様々な言論的衝突が起き、SF界を去る作家も出ていたが、九〇年代後半以降、改めて「SF」を打ち出して日本SF界をもり立てていこうという機運が複数の出版社で高まっていた。

日本ファンタジーノベル大賞・日本ホラー小説大賞出身者やライトノベルの書き手に声を掛けSFに挑ませた早川書房、ハルキ文庫で大量に第一・第二世代日本SFを復刊し、新人発掘のために小松左京賞（〇〇年〜）を準備した角川春樹事務所。

そして徳間書店も、日本SF作家クラブによって創設された日本SF新人賞（九九年〜）の後援に入り、不定期刊行誌〈SFJapan〉を〇〇年に創刊。SFへの注力を再び強めた。同年八月から、ベテラン作家の復刊、若手〜中堅SF作家の新作書き下ろしを中軸とする新レーベル《徳間デュアル文庫》を創刊。道原かつみ装画による田中芳樹《銀河英雄伝説》の再刊を商業的柱に、ビジュアル推しで若い読者に向けてSFをアピールしており、つまりライトノベル読者にも届く「徳間SF文庫」を目指したのである。

それゆえに、同レーベルから刊行された『遺響の門　サイレント・ゲート』（〇〇年）、『モザイク　少年たちの震える荒野』（〇一年、全三巻）はいずれも、中井紀夫長篇のうち、例外的に少年を主人公にし、思春期の葛藤・衝動とSF設定を強く結びつけた、ジュブナイル色のある作品となった。同じく思春期少年が主人公の「電線世界」や《タルカス伝》の中盤などと比較しても、この二長篇がユーモア・奇想よりシリアスに寄った作品であるのは、世紀末的なムードを反映してのことかもしれない。特に『モザイク』は地震と新興宗教がモチーフであり、阪神大震災・オウム真理教事件を経た時代性を強く感じさせる。

〇一年には『イルカと私が歩く街』（EXノベルズ）を刊行。OLとイルカの結婚を巡るファンタジーである本作は、レーベル的にも、岡野史佳の挿画と、軽めの女性一人称という点からも、ヤングアダルトの女性読者を想定したものだった。これが二一年現時点での、中井紀夫の最後の長篇となってしまっている。結果として、『アナベル・クレセントムーン』以降の長篇は全て、ティーン向けを意識した作品となった。《異形コレクション》収録の短篇が完全な大人向けだったこととは対照的である。

早川書房が《ハヤカワSFシリーズ　Jコレクション》創刊で大々的に新時代の日本S

Fを打ち出すのは、『イルカと私が歩く街』の翌年、〇二年からのことであった。以降、中井紀夫の小説は《異形コレクション》発表のホラー短篇のみに限られ、それも〇七年のショートショート「こんなの、はじめて」で完全に途絶える。こうして作家・中井紀夫は小説界を去ったのである。

【5】再評価と電子化

執筆を離れると、SF界との縁を絶ってそのままになる書き手も少なくないが、中井紀夫の場合は意外な形でその繋がりが復活することになった。一〇年、飯田橋に「barこや」をオープンし、そのマスターとなったのだが、場所が東京創元社本社の近くであったため、SF作家・編集者がたびたび訪れるようになったのである。創元SF短編賞の授賞式の二次会で、新人作家を連れた業界人たちが集うこともあるという。この辺りの事情は電子版《タルカス伝》第五巻のあとがきに詳しい。

そして、日本SF界は、回顧的SFアンソロジーが刊行できる状況になっていた。八〇年代後半組の代表的作家である中井紀夫の短篇は、当然ながら収録の対象となった。一三年、『てのひらの宇宙　星雲賞短編SF傑作選』（大森望編、創元SF文庫）に「山の上の交響楽」が、『日本SF短篇50　Ⅲ』（日本SF作家クラブ編、ハヤカワ文庫JA）に「見果てぬ風」が揃って再録され、長い間入手困難だった代表作が手に入りやすくなった。

　また同年より、電子出版社・アドレナライズが中井紀夫作品の電子化に着手。『山の上の交響楽』《タルカス伝》から始まり、現在では、残る短篇集全てと《能なしワニ》も電子で読める状態となった。面白いのが『死神のいる街角』の紹介文で、九五年の書籍版ではホラー作品集であることを強調しているのに対し、電子版では、収録作の中で唯一ほのぼのした奇想ファンタジーである「うそのバス」の紹介を前面に押し出している。「山の上の交響楽」「見果てぬ風」の再紹介によって、温かみのある奇想小説の書き手としての中井紀夫作品が再注目されたのかもしれない。せっかくなので、「うそのバス」同様、奇想度は低いものの、ほのぼの感の強い短篇集未収録作品として「巨人族」「おとうさんの集会」「長い休暇」「河童の来た夏」「水水しい町」「象が来る」「ジュラシック・ベイビー」「宇宙人もいるぼくの街」を挙げておく。

　更に二〇二一年に入って、徳間書店のSF電子書籍レーベル《徳間SFコレクション》で『遺響の門　サイレント・ゲート』『モザイク　少年たちの震える荒野』が電子化された。個人的には『漂着神都市《ロボゴッド・シティ》』と『海霊伝』の電子化も期待したい。

作家として最も脂が乗った時期が、日本SFの危機が叫ばれた時代と重なっていなければ、『山の上の交響楽』が絶版になることもなく、中井紀夫の奇想・SF短篇集がハヤカワ文庫JAから陸続と刊行されていたかもしれない。日本SFが盛り上がる二〇二〇年代に、本書の刊行が、中井作品の新たな出版の流れを生みだすことを願ってやまない。

【収録作品紹介】（作品のネタバレを含みます）

◆**「山の上の交響楽」**〈SFマガジン〉八七年一〇月号初出、第一短篇集『山の上の交響楽』表題作。八八年度星雲賞日本短編部門受賞作。

演奏に数千年かかる交響楽を、既に二百年以上に渡って演奏し続けている巨大楽団。その舞台裏を、楽曲の難所に備えるため奔走する、事務局員の視点から描く。壮大な奇想を軽妙に語るマスターピース。

本篇を表題作にした短篇集は長い間絶版になっていたものの、SFマガジンのオールタイムベスト企画において、発表以来、一九位（八九年）↓一三位（九八年）↓一〇位（〇六年）↓二一位（一四年）とランクインを果たし続けてきた。

『S‐Fマガジン・セレクション1987』（ハヤカワ文庫JA）、大活字本《日本SF

・名作集成》第一〇巻『幻想への招待』（夢枕獏・大倉貴之編、リブリオ出版）、『てのひらの宇宙　星雲賞短編SF傑作選』（大森望編、創元SF文庫）など定期的にアンソロジーに入り続けているほか、黒田藩プレスの日本SFアンソロジー『Speculative Japan』の第二巻にて英訳されている。

メインアイデアは、ジョン・ケージ的な現代音楽を連想させるが、実はバリ島の伝統音楽に影響を受けたことが、左記の通りインタビューで語られている。

《バリ島の音楽のケチャとかガムランを演奏する人たちっていうのは代々その家のリズムというのがあって、それしかやらないんですね。ケチャなんか非常に複合的なリズムで、いろんなリズムがいっしょにどわーっと出てくるんですが、その中で担当するリズムがひとりひとり決まっている。それが、代々ひきつがれて、あるリズムを担当する人の子どもは同じリズムを担当することになる。そのイメージが頭のかたすみにありました。》

◆「山手線のあやとり娘」〈SFアドベンチャー〉八八年一月号初出、第三短篇集『山手線のあやとり娘』表題作。

電車内でのささやかな遭遇から現実をはみ出していく「奇妙な味」ものでありながら、SFらしいオチがつくスマートなショートショート。中井作品では、「ブリーフ、シャツ、福神漬」「改札口の女」を始め、駅や電車内は、主人公が不思議な相手と出会う場所として描かれることが多く、日常から異界への接続地点として好適なのだろう。

SFとあやとりと言えば、ヴォネガット・ジュニア『猫のゆりかご』でも印象的に登場するなど決して珍しいモチーフではないが、あやとりという遊びの卑近さとそこで繋がるものの異質さ、という点で、北野勇作「あやとりすとKの告白」と双璧をなす、あやとりSFの金字塔と言える。近年の作品では、縄目を読み／作る技術がSF的に生かされる、ケン・リュウ「結縄《けつじょう》」なども想起される。

◆**「暴走バス」**〈SFアドベンチャー〉八八年二月号初出、『山手線のあやとり娘』収録。

何の前触れもなく超低速時間に閉じ込められたバス、その周囲に集う人々の姿を描くドラマ。時間の低速化ネタは、梶尾真治「美亜へ贈る真珠」（七〇年）、小林泰三「海を見る人」（九八年）、古橋秀之「むかし、爆弾がおちてきて」（〇五年）を始め、日本SFで恋愛と絡めて繰り返し書き続けられてきたアイデアであり、その系譜に連なる一本。巽孝之が指摘するように、イアン・ワトスン「超低速時間移行機」（七八年）も連想させる。拙作「ひかりより速く、ゆるやかに」（一九年）も同様の系譜に連なる一作であり、「ひかりより～」発表時には、読み手が世代によって梶尾・小林・古橋それぞれの作品を連想していたが、全作をお読みになった方は、「暴走バス」が最も直接的な影響を与えたことがお分かりになるだろう。

◆「殴り合い」〈SFアドベンチャー〉九一年一二月号初出、書籍初収録。

若者の前に突如現れて殴り合う男たち。シュールな不条理劇にしか見えない発端だが、きちんとSF的謎解きが行われる。SFの歴史の中では、主人公の置かれる境遇そのものは決して珍しくないシチュエーションだが、ヒロイックに、あるいはサスペンスフルに描かれる場合が多いのに対して、なぜか「殴り合い」という原始的な事象に結実してしまっていることがコミカルだ。と同時に、既に「殴り合い」が終わってしまったあとからの回想であり、人生の悲哀を感じさせることで、忘れがたい物語になっている。読者の年齢によって、印象が大きく変わる作品だろう。

◆「神々の将棋盤――いまだ書かれざる「タルカス伝・第二部」より」〈SFマガジン〉九四年三月号初出、書籍初収録。

一族総出で「神々の将棋盤」と呼ばれる一枚板を支え続けているタシュンカ族のもとに、破壊者タルカスが接近する――長篇シリーズ《タルカス伝》唯一の外伝であり、最も未来に位置するエピソードである。

神話的な奇想、時に人倫を裏切る展開の乱舞する《タルカス伝》。その第一巻のあとがきでは、北欧神話に登場する黄金の将棋盤について言及されており、そこに本作の発想の源があるのかもしれない。ただ、それを核にこんな奇習を生みだせるのは中井紀夫くらいだろう。

ファンタジー風の世界に「スイカ」「カツカレー」「イカの塩辛」などの単語としりとりが出てきたことを奇異に感じる方もいるだろうが、何しろこの世界、大枠がいかにも普通のファンタジーっぽく見えながら、戦争となればレールを引いて列車要塞で攻め込み、その始発駅では弁当やらアイスクリンが売られ、ある王子は戦闘機械に乗って他人の手足を斬って悦に入り、ある王子はオートバイのような鉄騎を乗り回し、自動販売機の空き缶を利用して外敵を避ける習性を持つ動物がいたかと思えば、冷蔵庫の中に暮らす風習を持つ部族がおり、あちらに恐竜がいればこちらに野球チームがおり、と想像力の赴くままに面白いことをするというのが至上の作品であり、現代日本の事物が出てくるのも特に驚くべき部分でもない。

本作でいえばタシュンカ族やモタワトの街のような奇想が次々に飛び出してくる《タルカス伝》のあらすじは、【中井紀夫書籍リスト】の四五九ページをご参照のこと。

◆**「絶壁」**〈ＳＦマガジン〉九五年一一月増刊号初出、『現代の小説１９９６』（日本文藝家協会編、徳間書店）に再録。

その男は、マンションの壁に寄りかかって昼寝をしていた。彼は人とは立ち場の異なる人間らしい——〈ＳＦマガジン〉最後の登場となった作品。ある日とつぜん一人の人間にだけ重力が別方向に働き始める、という設定は、かんべむさし「道程」など枚挙にいとまがないが、事態の原因が重力の変化でなくあくまで「立ち場」の違いであると言い切っていることはこの作品ならではのものであり、語り手が傍観者であることも珍しい。

中井紀夫もキャリアの初期であれば、まず間違いなくこの旅人自身を主人公にしていただろうが、語り手は普通の人生の中で「立ち場」が違う彼に出会い、そのことを心に留めつつ日常を生きていく、という視点の違いに、作風あるいは作者の心境の変化を感じてしまう。自分の友人である誰かが常識はずれな立ち場にいて、風変わりな旅をしながら生きている、ということを頭の片隅に置いて毎日を送れるのは、恐らく一種の希望である。

◆**「満員電車」**〈ＳＦアドベンチャー〉八八年一一月号初出、第二短篇集『ブリーフ、シャツ、福神漬』収録。

「山手線のあやとり娘」同様、電車内を舞台にした掌篇だが、こちらは中井紀夫作品の一つの側面であるホラーの切れ味鋭いものになっている。正体不明の恐怖と止まらない列車というシチュエーションで、ブッツァーティ「なにかが起こった」をも彷彿とさせる。グロテスク描写を僅かに含むが、中井ホラーでは『死神のいる街角』収録作や「バスタブの湯」など、この筆を存分に振るった作品も珍しくない。

◆**「見果てぬ風」**〈SFマガジン〉八七年三月号初出、『山の上の交響楽』収録、『日本SF短篇50 Ⅲ』（ハヤカワ文庫JA）再録。

二つの長大な壁に挟まれた世界で、壁の途切れる場所——世界の果てを目指した主人公の旅は、いつしか彼の人生そのものとなっていく。

文化や人種や生物や習俗など、私たちの住む場所とは異なる異世界を旅する、という設定はSFでも長く愛されてきたものであり、筒井康隆『旅のラゴス』などとも共振する。

中井紀夫は、『ミュータント・プラネット』の殺戮機械を狩りながらの旅、《タルカス伝》での様々なキャラクターの放浪、《能なしワニ》最終巻のグランド・グランド・キャニオンを下る探査行など、登場人物に旅をさせる中で、異世界の様々な奇景・奇習・奇妙な生き物たちを見せる、という形式を用いて読者にセンス・オブ・ワンダーを味わわせることを得意としてきた。本篇は、その嚆矢となる一篇であり、日本ＳＦオールタイムベスト五〇にも三度ランクインするなど、読者に与えた印象は強く、近年では、仁木稔が「にんげんのくに」執筆時に想起した作品としても挙げている。

◆**「例の席」**〈ＳＦの本〉第九号（八六年六月）初出、『ブリーフ、シャツ、福神漬』収録。

馴染みの喫茶店にいつも空いている席があった、という他愛のない発見の向かう先は……？　デビュー作「忘れえぬ人」とタッチの差で発表された掌篇。「満員電車」と同じく不条理ホラーで、由緒の分からない点で昨今の実話怪談的な趣きもあるが、その伝播は星新一「包囲」のように、ＳＦ作家らしいものと言える。ただ人が寄り付かないだけではない、謎の忌まわしさを湛えた店の描写は短いながら凄味がある。

本書に入っている作品の中で一番摑みどころがなく、どころか、普通の因縁と起承転結があることの多い中井紀夫ホラーの中で最も正体の摑めない作品であり、その得体の知れなさをこそ買って収録作に選んだ。

◆**「花のなかであたしを殺して」**〈ＳＦマガジン〉九〇年四月号初出、書籍初収録。

宇宙進出した人類は無数の星に散らばり独自の文化を築いた。星を巡ってそれぞれの文化を研究してきた人類学者ババトゥンデはとある惑星の村に滞在していたが……文化人類学的に異星文化を観察していた主人公が、自身も当事者に引きずり込まれてしまう。目を引くタイトルが作品の本質をずばり表す中篇。「死んだ恋人からの手紙」を既にアンソロジーでお読みの方にとっては、こちらが巻末作品となるだろう。

「五秒おきの恋人」「挽肉の味」「テレパス」「海辺で出会って」「バスタブの湯」『海霊伝』など、人間の男と、異質な体質・身体を持つ女性の恋愛および性愛は、中井作品に頻出する題材であり、その究極系とも言える。ただし、異なる生殖の形がテーマになっている一方で、幻想的なムードを優先してか具体的な性行為シーンの描写が存在しない。逆に、コミカルなムードによってそれを直接描く、という正反対のコンセプトが取られたのが、この三か月後に第一話が掲載される《銀河好色伝説》シリーズなのかもしれない。

解説原稿執筆の途中段階で、作者より、本作にアンリ・ミショー『幻想旅行記　グランド・ガラバーニュの旅』『魔法の国にて』が影を落としているかもしれない、との言葉を頂いた。いずれも旅行記／滞在記形式で架空の国の習俗について語る奇想掌篇集あるいは詩集であり、カルヴィーノ『見えない都市』の更に断章的な、あるいは散文的なバリエーションといえる。作中ではやや本題から離れた部分に現れる異星文化の記述にも、そのエコーが感じられ、本作は奇想文学とＳＦの両立が企図された小説と言えよう。

◆「死んだ恋人からの手紙」

〈ＳＦマガジン〉八九年六月号初出、『Ｓ‐Ｆマガジン・セレクション１９８９』、『日本ＳＦの臨界点［恋愛篇］死んだ恋人からの手紙』にも再録。

宇宙戦争に従軍している男から恋人のところへ、何通もの手紙が届くが、その順番はバラバラだった。過去現在未来を自在に表現可能な言葉／把握可能な視座を持つことにより、人類と異なる世界観・死生観を持つ宇宙人、というテーマは、ヴォネガット・ジュニア『スローターハウス５』（六九年）、テッド・チャン「あなたの人生の物語」（九八年）と共通しており、それが異星人の視界を体現するバラバラの時系列で語られる、という部分までが同一のものである。これら二作品がオールタイムベストとして読み継がれてきたのに対して、本作が短篇集に一度も入らずアンソロジーに埋もれたままだったのは看過できず、私が『日本ＳＦの臨界点』を編む動機の一つともなった。なお昨年、本作は大学の入試国語の問題（日本大学芸術学部令和３年度一般選抜Ａ個別方式第二期）にも使用された。

中井紀夫は本作発表の遥か後年に、好きなものにガルシア＝マルケス、筒井康隆、夏目漱石、セロニアス・モンクと並べてヴォネガットを挙げており、本作が『スローターハウス5』の影響下で書かれた可能性は高い。それでも恋愛ものというジャンル、一方的に手紙が届き続ける文通形式で、抒情性を引き出し、類のない哀切をもたらす作品になっているのは間違いないだろう。

また、言葉と世界の把握というテーマそのものは、中井紀夫が長期に渡ってこだわり続けているテーマでもある。複数の長篇の山場で言語と世界認識について考察しているほか、〈SFの本〉第五号、レム『天の声』レビューで以下のように語っている。

《理解不能なもの、言葉で言い表わせないもの、そういう空虚な中心のまわりに、人間はどんどん言葉を使い、言葉で囲いこむことで、なんとか理解した気分になろうとする。つまり、思わずフィクションを作りだしてしまう。いったいどうしてそんなにまで理解したがるのか不思議だがこの人間の性向が、実は文学そしてSFを支えているのかもしれない。》

◆次なる傑作選へ

既刊短篇集四冊、そこに入っていない未収録短篇が四〇作ほど、という「入れるべきものがあり過ぎる」状態から始まった作品選定だったので、クオリティを最重視しつつも、初期の埋もれた奇想・SF作品を集めることを優先し、ホラー作品は掌篇二本に留めざるを得なかった。また、八九年版の『山の上の交響楽』既読者のためにそちらとの重複は最小限であるべきと考え、表題作と「見果てぬ風」の二本のみとした。

その結果、クオリティがあっても落選した作品は多い。奇想度が高く、中井紀夫の最高傑作に上げる人もいる「電線世界」を、分量が百ページを超えるという事情から収録できなかったのが心残りである。この巻末解説で、私が中井紀夫作品について語れることは全て語り尽くしたが、「電線世界」を目玉に、もう一冊傑作選を編むことは可能なので、目次案を知りたい編集の方は声をお掛けください。待ちきれない読者の方は、ぜひ既刊短篇集の電書版にも手を伸ばしてみて頂ければと思います。

また、今回の本は、短篇発表が八六年から〇七年に渡った中井紀夫の作品のうち九五年まで、即ちキャリアの前半部分の作品を集めたに過ぎない。後期、《異形コレクション》初出作を集めると、ほとんど別の作家のようなテイストの一冊になるはずで、それもホラーの編集者でご興味がお有りの方にはぜひ取り組んで頂ければ幸いです。

今後の読者・編集者の方のためのガイドとして、書籍・短篇それぞれのリストを掲載する。

【中井紀夫書籍リスト】（※ＳＦ／ファンタジー要素の強いオリジナル作品にのみ、あらすじを記す）

●《能なしワニ》全七巻（八七～八九年、ハヤカワ文庫ＪＡ）（※アドレナライズより電子版発売中）

西部開拓時代アメリカによく似た文化を持っている惑星ナインガック。住人たちの多くが超能力を持つこの星で、「能なし」の男・ワニは銃の腕前で能力者たちと渡り合い、更に相棒のクサフリと組んだときだけ発揮できる放火能力で派手に立ち回る。ある時は悪党に支配される街を救い、ある時は先住種族に襲撃される砦の防衛に加わり、またある時は西部劇ショーの一員となり、やがてワニたちは、ナインガック全体の危機に際し、この星の起源の秘密に迫ることになる……ガンアクション＆超能力アクション、エロスもてんこ盛り（毎巻のように濡れ場がある）な惑星西部劇。物語の中盤からは、クサフリの呪術修行を通じてシャーマニズム的な世界＝認識論にも踏み込んでいく。

四巻の帯には「超能力が何だ！　拳銃の方が強い！」という豪快なキャッチコピーがついているが、ヒーローが拳銃で無双するという図式ではなく、単純な正義漢とは違う（列車強盗をしたりする）とぼけた主人公のワニが、絶大な力を持つ超能力者たちを相手に、危機また危機、という状況をどうにか切り抜けていく物語。作家の長嶋有が「わが人生最高の10冊」の第四位に挙げている。なお、書籍未収録の前日譚と外伝がそれぞれ短篇一本ずつ存在する。

●『漂着神都市《ロボゴッド・シティ》』（八八年、トクマノベルズMIO）

新宿中央公園に降下した円盤型宇宙船は、人類とコミュニケーションを取ろうとしなかった。やがて宇宙船からは様々な形状の自動歩行機械「漂着神機械」が送り出され、都内を徘徊し始めた。彼らの一部は、町のあちこちに奇妙な建築物を造り続けている。円盤の襲来から十年、それらの建築物を解体する業者のもとで働く真昼野正彦は、緊迫した解体現場で、漂着神機械を捕獲しようとする女性に遭遇する。

初期長篇の中では最もジャンルSF的な素材で書かれた作品。人間たちが暮らす東京の街で、理解を超えた機械群が日常的に闊歩しているイメージが鮮烈。ブラウン管テレビを頭にして二足歩行の足を付けてうろつく自動機械や、階段を無数に繋げて作られた迷路などの絵面に魅力がある。後半では、主人公たちが新宿中央公園に作られた漂着神神殿に突入するが、機械ギミックに翻弄されながら、都庁の二倍以上の高さがある神殿を登っていく過程は、ダンジョン攻略的な興趣がある。

●『**山の上の交響楽**』（八九年、ハヤカワ文庫ＪＡ）（※アドレナライズより電子版発売中）

　ＳＦマガジン掲載作に書き下ろし一篇を加え、計六篇を収録した代表的短篇集。デビュー作「忘れえぬ人」は、記憶が生命と結びつく世界で、特殊な記憶を保持する人物を描き、ボルヘス「記憶の人、フネス」にも通じる奇想作品。全ての人がもう一人の自分の存在を信じている町の物語「昼寝をしているよ」はカルヴィーノ『見えない都市』なども連想させる。巻末を飾る百ページ超の書き下ろし中篇「電線世界」は、思春期の少年が電柱の上に立つヨーヨー使いの老人との出会いをきっかけに、電線の上に暮らす人々のコミュニティに踏み入っていく奇想の名品。巻末のあとがきは中井紀夫自身のＳＦ遍歴について、書籍では一番詳しく述べたもの。

●『**闇の迷路**』（八九年、トクマ・ノベルズ）

　歌舞伎町のクラブで働くホステス・綾は、交際相手と大久保のラブホテルに入る際、不審な男を目撃した。その後ラブホテル内で惨殺死体が発見される。死体は腹を裂かれ、中を探られたような形跡があり、紫色のゼリーのような組織が見つかった。事件翌日、綾の勤務する店に、あの不審な男が現れる。事件の被害者が店の常連客であったことを知った綾は、男を事件の犯人ではないかと疑い、身の危険を感じながらも男の正体を探ろうとするが……SFとしての王道テーマを含んでいるが、性交渉が物語の根幹にかかわり、長篇の中で最もホラー色・サスペンス色が強く、濡れ場なども含めて、当時のノベルスとしての需要にこたえた作品。

●**《タルカス伝》第一部全五巻**（九〇〜九三年、ハヤカワ文庫ＪＡ）（※アドレナライズより電子版発売中）

血と精液の都・グユを統べる狂熱風雲王は、花と硝子の国アムネシアの首長の娘・ユリアネを手に入れるべく戦争を仕掛けた。狂熱風雲王と、大半が頭のネジの外れた王子たちに率いられて、列車要塞や鉄騎で攻め込むグユの軍勢に対し、アムネシアの人々は、オルガンで操ることのできる硝子麦や、地雷のような性質をもつ一寸待《ちょっと》て茨を用いて防戦し、その戦いは苛烈を極めた。シリーズ中盤からは時間が飛び、グユとアムネシア双方の血を引く若者が、この奇妙な世界を旅しながら成り上がっていく貴種流離譚の様相を呈する。やがて二国が再び干戈《かんか》を交える時が来るが、予言に語られる「存在するもの全てを破壊する怪物」タルカスの接近が迫っていた。

大人のための神話物語を標榜し、《神話的な物語原型の創造ないし再話ということは、SFの果たすべき一つの重要な課題である。》《物語は本来道徳的でも非道徳的でもなく、物語それ自体の論理で動いて行くはずのものである。》（〈SFの本〉創刊号、ヴィンジ『雪の女王』レビューより）と自身が語るように、特に序盤は、定式的な勧善懲悪にならず物語の常道を踏み外していく。シャーマニズムが力をもつ一方で、電気も鉄道もミサイルも存在し、古代遺跡から次々に過去の武器弾薬や機械群が出土する、という設定を生かして想像力のままに奔放なフィクションを展開する手腕は、ラブレーにもたとえられた。

七一年に、エマーソン・レイク&パーマーの発表したセカンドアルバム「タルカス」が着想の元で、七二年の彼らの来日コンサート以来、中井紀夫が一八年にわたって温めていた、「広大な大地を走りまわる怪物」の物語こそが本作だった。疑いようのない代表作だが、第一部完結後、第二部よりと称された「神々の将棋盤」発表後、続きは書かれていない。

● **『海霊伝』**（九〇年、トクマ・ノベルズ）

大学生の亀谷史崇は、アパートの隣室から聞こえる睦言の声をたびたび盗み聞きしていたが、ある日、海の生物が立てるような物音と、男の絶叫を聞いてしまった。その後、史崇は、隣室の主である斎王谷澪子と親しくなる一方で、澪子の部屋を訪れていた男が失踪していることを知り、彼女に重大な秘密があると気づく。やがて結婚を決意した二人は、澪子の郷里である、薩摩半島の南、瀬々辛と呼ばれる集落を訪問する……。中井紀夫がたびたび描く、異形の女性／異種婚姻譚モチーフの作品だが、日本の神話・伝承を参照する伝奇色の強い作品であることは唯一無二。後半で一気に十年以上の時が経過し、家族テーマを内包し始めるのも特色で、ラストの意外性は随一。

●『**世にも奇妙な物語1**』（九〇年、ＯＨＴＡ　ＮＯＶＥＬＳ→九二年、『世にも奇妙な物語』として太田文庫で文庫化）

オムニバスドラマノベライズ六篇に加え、中井紀夫のオリジナル作品（〈ＳＦアドベンチャー〉九〇年九月号初出）「友人」を収録。疲れたサラリーマンが大学時代の友人に会いに行こうとするもののなぜか会うことができない……という不思議から始まる、まさしく「奇妙な味」の物語。

●『**世にも奇妙な物語6**』（九一年、ＯＨＴＡ　ＮＯＶＥＬＳ→九三年、『世にも奇妙な物語Ⅱ』として太田文庫で文庫化）

オムニバスドラマノベライズ五篇に加え、中井紀夫の書き下ろしオリジナル作品二篇（「痒い！」「夜の殺人者」）を収録。高層マンションで起きる連続殺人を描いた「夜の殺人者」はホワイダニット系のサイコサスペンスで、親本発売時、手法の斬新さで十分に理解できなかった読者からの問い合わせが編集部に殺到した。同作は後に『世にも奇妙な物語』で「真夜中の殺人者」のタイトルでドラマ化された。

●**『ブリーフ、シャツ、福神漬』**（九一年、波書房）（※アドレナライズより電子版発売中）

一七篇収録、大半が〈SFアドベンチャー〉初出作品で、ほぼ全作がショートショート。『山手線のあやとり娘』と比べると、SFよりもホラーにより近く、大掛かりな奇想よりも日常に近い奇妙な味のものが多い。表題作は地下鉄駅での物々交換を描いた物語で、ぎりぎり現実世界でも成立しそうな不思議を描いている。最も奇想度が高いのは、交際相手の女性の家系が妙に寿命が長い、というネタでラファティ「九百人のお祖母さん」のライト版とも呼ぶべき「とてもたくさんの数」。隣人の盗み聞きから始まる「肌が合う」は『海霊伝』の原型。都市伝説を調べる作家が、不幸の手紙の亜種について知る「不幸の伝説」は『世にも奇妙な物語』でドラマ化された。

●**『山手線のあやとり娘』**（九二年、波書房）（※アドレナライズより電子版発売中）

一四篇収録、大半が〈SFアドベンチャー〉初出作品。ショートショートと短篇が約半数ずつ。『ブリーフ、シャツ、福神漬』と比較すると、時間ネタなどSF要素を含む作品の比率が僅かに高い。一台の自動歩行機械に性愛を感じてしまった男が主人公の「二本足のンダ」は『漂着神都市《ロボゴッド・シティ》』の外伝。《機会があれば続きを書いてもよかったが機会はなく、外伝はこれ一作のみである》とのこと。「薔薇の館」は、薔薇の溢れる屋敷に踏み入った少年の目撃するファンタジックな光景が印象的。「祖父の物語」は、家庭の団欒のひとときに、故人の思い出があやふやに語られる。未来社会の日常を切り取っている点で、中井作品では珍しい一篇。書き下ろし作品で、他人の真似をしたがる隣人の行動がエスカレートしていく「隣人」は、映像化されていないものの、『世にも奇妙な物語』にぴったりの一本。

●**『ミュータント・プラネット』**（九二年、大陸ノベルス）

遠未来。滅亡に瀕した地球から逃れた人類の末裔たちは、移住先の惑星で様々な異形へと進化していた。甲殻人間、蟻人間、スフィンクスや両生類めいた身体を持つ者など、彼らはそれぞれの形態で暮らしていたが、その生存を脅かすのが地上を徘徊する殺戮機械たちだった。かつての人類と同じ身体を持つ男《転ばない木》は、三二本の歩行脚をもつ機械《河馬》を駆って、殺戮機械に抗いながら旅をする。オールディス『地球の長い午後』や西島伝法『宿借りの星』を連想させる異形未来SF。題材そのものはSFファン好みのものである一方、一文ごとに改行される文章、ヒーロー的な主人公、各話がコンパクトな連作形式など、ノベルス読者向けの軽みと読みやすさに完全にチューンナップされている。タッチこそ古いものの、加賀谷鴻一による挿画（＋メカニックデザイン協力・藤沢信）は、世界の解像度が高く良い仕事。

●**『ヤング・インディ・ジョーンズ〈2〉国境の銃声』**（九三年、文春文庫）

インディ・ジョーンズシリーズのスピンオフ作品として、テレビ朝日系列で九三年に放映されたテレビドラマ《インディ・ジョーンズ／若き日の大冒険》シリーズの一エピソードのノベライズ。このノベライズシリーズはSF関係者の担当した巻が多く、他に森下一仁、大森望、小尾芙佐、横田順彌、川又千秋、岡崎弘明、梶尾真治の執筆巻がある。

●**『人中の鬼神　呂布』**（九三年、光栄）

ゲーム会社・光栄の企画である人物伝シリーズ《三国志武将列伝》の第二弾。後漢末期の武将として知られる呂布の幼少期から董卓の配下に入るまでの期間、即ち歴史に本格的に登場する以前を想像によって埋める物語。幼少期のいざこざから、異民族との戦闘、黄巾の乱鎮圧への従事など、戦いを繰り返すうちに、好戦的な呂布が悪鬼に魅入られて行くさまを描きだす。悪鬼というのは中国古典に登場する魔物そのものであり、伝奇要素も含む作品。

●**『天地創造』**（九六年、ログアウト冒険文庫）
九五年にエニックスから発売されたスーパーファミコン用アクションRPGのノベライズ。

●**『死神のいる街角』**（九五年、ふしぎ文学館SPECIAL）（※アドレナライズより電子版発売中）
一〇篇収録、〈SFアドベンチャー〉、〈小説CLUB〉その他に発表したショートショートと短篇のうち、ホラー・怪奇色の強い作品を集める。唯一のSFマガジン初出作品「鮫」は、空中から突如現れて人間を食い殺す鮫、という突飛なアイデアだが、抑えた筆致で雰囲気はダークなもの。怪我だらけで家に帰ってきた妊婦の身に起きる怪異を描き、ボルヘスの某短篇を連想させる「怪我」は『世にも奇妙な物語』でドラマ化されている。『山海経』に材をとった「獣がいる」は、心因性らしき下痢に悩まされる中学生が、その解消のために奇妙な生き物を飼い始める——という設定で思春期の暗部を描く、サキ「スレドニ・ヴァシュター」もかくやの暗黒作品。二〇二一年五月現在、出版芸術社公式サイトで「在庫あり」の表示となっているため、この本からは本書への作品収録を見送った。

●**『クライムクラッカーズ外伝』**（企画・原作　ここまひ赤い靴クラブ）（九六年、ファミ通ゲーム文庫）

九四年にソニー・コンピュータエンタテインメントから発売されたプレイステーション用のアクションRPGのノベライズ。

●**『ソウルエッジ　風翔《か》ける剣姫　美那編』**（九七年、アスペクトノベルス）

九六年にナムコから発売された格闘アーケードゲーム（同年にプレイステーション版が発売）のノベライズ。

●『**ソウルエッジ　昏《くら》き森の彷徨　ジークフリート編**』（九七年、アスペクトノベルス）
同右

●『**アナベル・クレセントムーン　呪痕の美姫**』（九九年、電撃文庫）
一四歳の王女にして優れた剣の使い手、アナベル・クレセントムーンは、身分を偽っての捜査によって、父王の親衛隊長ペイルスキンに謀反の計画があることを嗅ぎ付ける。警告空しく城を落とされ、その身に呪いを刻まれたアナベルは、再起を図って仲間とともに逃亡するが……。若干のSF要素を含むものの、《タルカス伝》のような型破りの世界設定ではなく（作者本人が《魔法使いとドラゴンのでてくる話を書いてみたいなあと思った》と語る通り）、水や風を操る魔法使い、魔法で操られる鋼鉄の兵士、宝を守るドラゴンなど、王道的異世界ファンタジーのモチーフをちりばめた、当時のライトノベルの定石を守る作品になっている。亡国の王女の逃亡譚という大枠によって、ページターナーな一冊。イラストは当時の超人気イラストレーター・いのまたむつみ。

●『**遺響の門　―サイレント・ゲート―**』（〇〇年、徳間デュアル文庫）（※徳間書店より電子版発売中）

遠未来。惑星グレイストームのドーム都市に暮らす、不登校気味の少年・日野遥は、路地で出会った少女と親しくなる。彼女はライブハウスの歌い手だった。ある日、グレイストームの原住種族であるギタリストが故郷へ帰ることになり、二人はその旅に同行する。旅の目的地で遥たちは、破壊と殺戮を行動原理とし、対話不可能な人類の天敵たるエイリアン・キラーバグの秘密に近づくことになる……。少年読者を強く意識しており、主人公の大人に対する不信や鬱屈に紙幅が割かれた異色作。若者の抱える言語化できない思いを、SF設定・宇宙観と結びつける。自身のSF体験とトドロフの著作を引き、「少年時代にSFに出会わない人生なんて、いったい人生と呼ぶに値するのだろうか」と語るあとがきに熱がこもっている。

●**『モザイク　少年たちの震える荒野』全三巻**（〇一年、徳間デュアル文庫）（※徳間書店より電子版発売中）

M震《クウエーク》と呼ばれる局所的な地震の多発によって、無傷の区域と崩壊した区域がモザイク状に入り混じっている東京。子どもたちだけで生活しているグループのリーダー・大輔は、食糧強奪に訪れた街で、リュウと名乗る少年に出会い、M震《クウエーク》を引き起こす力を持っていると告白される。リュウは力の利用を目論む者に追われていた。大輔や、医療キャンプで働く女性・唯花は、仲間とともにリュウを守ろうとする。地震・新興宗教・クローン・日常化した終末的風景、などのモチーフが横溢し、世紀末ムードを色濃く反映した作品。形式は「超能力を持つ少年を守るための防衛戦」を描く群像劇だが、クライマックスにおいて、リュウ（ひいては思春期青少年）の精神の深奥や、存在論にフォーカスされる点、『遺響の門』で取り組んだ主題への再度のアプローチとともとらえることもできる。

●**『イルカと私が歩く街』**（〇一年、EXノベルズ）

二五歳のOL・美知留は、交際相手の男との倦怠期に突入していた。ある日、美知留の家にイルカが訪問する。ロボットの足に支えられて歩行し、クリック音をノートパソコンで変換して人語を喋るそのイルカは、美知留に結婚を申し込む。実は数か月前、美知留の父が、海釣りで溺死しそうになった際イルカによって助けられ、感謝の余り「娘を嫁にやってもいい」と口を滑らせたのだ……。人間の男とイルカが主人公を取り合う三角関係や、楽団へのイルカのスカウトなどファンタジックな展開がメインになるが、イルカを地上で行動・会話させる技術の裏付けにはSF色を滲ませ、イルカたちの労働運動に翻弄される終盤の展開などからは、著者自身のユニオン参加を反映しているような感触がある。

【未書籍化長篇】

●《銀河好色伝説》（九〇年七月号「銀河好色伝説」↓『S-Fマガジン・セレクション1990』に再録／九二年八月号／九二年一一月号／九三年二月号／九三年六月号／九三年九月号）

宇宙港の歓楽街のボスにのしあがった男・ナンダワンテは、「国際親善」と称してあらゆる種族の異星人と性交することに生涯を捧げていた。消息を絶ったナンダワンテを追い、秘書と主治医、そして彼の生涯を文章にまとめていた語り手は宇宙へと旅立つ。

序盤こそ、異星人（肉の崖みたいな身体だったり高所から落下しながら性交する種族だったり嗅覚でコミュニケーションしたり）相手のセックスのため困難に直面して、異星人の身体のパーツを自身に移植し、時に自ら妊娠して大量の赤ん坊を生んだりする、ナンダワンテ本人の苦労話が多いが、連載途中からは、ナンダワンテの遍歴を口実に異星の生殖・性・官能文化を次々と紹介していく『見えない都市』やミショーめいたカタログ小説となる。全六話で紹介された異星人・異星文化は合わせて三〇を超える。書籍に纏まれば日本SF史でも類を見ない奇書となるだろう。

【短篇集未収録作品リスト】

◆〈SFマガジン〉（早川書房）計七作

八七年八月号「能なし」※《能なしワニ》前日譚／八九年四月増刊号〈小説ハヤカワ「ハィ!」〉No．1「決闘酒場」※《能なしワニ》外伝／八九年一〇月号「五秒おきの恋人」／九〇年一一月号「巨人族」／九一年四月号「やさしい星」／九一年八月号「おいしいお店」／九二年二月号「正午列車」

◆〈小説CLUB〉（桃園書房）計五作

九一年一月号「うしろから、して」／九五年一二月号「耳の穴」／九七年一月号「透明猫」／九七年一二月号「象が来る」／九八年一二月号「隣の部屋の男」

◆その他雑誌　計四作

〈SFアドベンチャー〉（徳間書店）九〇年六月号「BUGがでる」※いがらしみきおのナンセンス四コマのノベライズ／〈グリフォン〉（朝日ソノラマ）九二年一一月号「河童の来た夏」／〈野性時代〉（角川書店）九三年一月号「水々しい町」／〈問題小説〉（徳間書店）九八年二月号「子供部屋」

◆《奇妙劇場》計二作(OHTA NOVELS)
『vol.1 十一の物語』(九一年)「おとうさんの集会」/『vol.2 ロング・バケーション』(九一年)「長い休暇」

◆《SFバカ本》計三作(『SFバカ本』のみジャストシステム、他は廣済堂文庫)
『SFバカ本』(九六年)「ジュラシック・ベイビー」↓『SFバカ本 たわし篇プラス』(九八年)として廣済堂文庫で文庫化/『SFバカ本 ペンギン篇』(九九年)「宇宙人もいるぼくの街」/『SFバカ本 リモコン変化』(〇〇年)「Vファミ」

◆《異形コレクション》(廣済堂文庫↓『帰還』以降は光文社文庫)、《異形コレクション 綺賓館》(カッパ・ノベルス)計一三作
『ラヴ・フリーク』(九八年)「テレパス」/『変身』(九八年)「きれいになった」/『屍者の行進』(九八年)「三次会まで」/『時間怪談』(九九年)「歓楽街」/『帰還』(〇〇年)「深い穴」/『異形コレクション 綺賓館Ⅱ 雪女のキス』(〇〇年)「バスタブの湯」/『異形コレクション 綺賓館Ⅳ 人魚の血』(〇一年)「恋の味」/『恐怖症』(〇

二年）「ドア」／『酒の夜語り』（〇二年）「ジントニックの客」／『夏のグランドホテル』（〇三年）「海辺で出会って」／『妖女』（〇四年）「通り魔の夜」／『闇電話』（〇六年）「十一台の携帯電話」→『電話ミステリー倶楽部』（光文社文庫）／『ひとにぎりの異形』（〇七年）「こんなの、はじめて」

【追記】　校了直前になって、十四年ぶりとなる中井紀夫の新作短篇が二一年六月発売の『秘密異形コレクション』に掲載されるとの報が飛び込んできた。伝説の作家は、今ここに帰還した。

初出一覧

「山の上の交響楽」〈SFマガジン〉一九八七年十月号、早川書房
「山手線のあやとり娘」〈SFアドベンチャー〉一九八八年一月号、徳間書店
「暴走バス」〈SFアドベンチャー〉一九八八年二月号、徳間書店
「殴り合い」〈SFアドベンチャー〉一九九一年十二月号、徳間書店
「神々の将棋盤」〈SFマガジン〉一九九四年三月号、早川書房
「絶壁」〈SFマガジン〉一九九五年十一月増刊号、早川書房
「満員電車」〈SFアドベンチャー〉一九八八年十一月号、徳間書店
「見果てぬ風」〈SFマガジン〉一九八七年三月号、早川書房
「例の席」〈SFの本〉第九号、一九八六年六月刊、新時代社
「花のなかであたしを殺して」〈SFマガジン〉一九九〇年四月号、早川書房
「死んだ恋人からの手紙」〈SFマガジン〉一九八九年六月号、早川書房

2010年代SF傑作選 2

大森望&伴名練・編

ハヤカワSFコンテストと創元SF短編賞という二つの新人賞が創設された二〇一〇年代。ジャンル外の文学賞でも評価される宮内悠介、高山羽根子、小川哲をはじめ、酉島伝法、柴田勝家、倉田タカシなど両賞から輩出された才能、電子書籍やウェブ小説出身の藤井太洋、三方行成、そして他ジャンルからデビューの野﨑まど、小田雅久仁――日本SFの未来を担う十作家を収録するアンソロジー第二弾。

編者略歴　1988年生，作家　著書『なめらかな世界と、その敵』（早川書房），『少女禁区』（角川ホラー文庫），編著『2010年代SF傑作選（1・2）』『日本SFの臨界点［恋愛篇・怪奇篇］』

HM=Hayakawa Mystery
SF=Science Fiction
JA=Japanese Author
NV=Novel
NF=Nonfiction
FT=Fantasy

日本《にほん》ＳＦの臨界点《りんかいてん》　中《なか》井《い》紀《のり》夫《お》
山の上の交響楽

〈JA1489〉

二〇二一年六月二十日　印刷
二〇二一年六月二十五日　発行
（定価はカバーに表示してあります）

著者　中《なか》井《い》紀《のり》夫《お》
編者　伴《はん》名《な》練《れん》
発行者　早川浩
発行所　株式会社　早川書房
郵便番号　一〇一 - 〇〇四六
東京都千代田区神田多町二ノ二
電話　〇三 - 三二五二 - 三一一一
振替　〇〇一六〇 - 三 - 四七七九九
https://www.hayakawa-online.co.jp

印刷・精文堂印刷株式会社　製本・株式会社明光社

ISBN978-4-15-031489-7 C0193

本書は活字が大きく読みやすい〈トールサイズ〉です。